Vu de l'extérieur

Katherine Pancol

Vu de l'extérieur

Roman

Les Éditions Retrouvées

Collection dirigée par Francesca Orlando-Trouvé

Les Éditions Retrouvées, 2016
avec l'autorisation des Éditions du Seuil

ISBN : 978-2-36559-162-1

Anita et moi avons une chose en commun : mon cousin Christian a assassiné sa meilleure amie, Diane Ducocher. C'est bien tout ce qui nous unit d'ailleurs car Anita et moi ne nous ressemblons guère.

Vous me direz que peu de gens se partagent un cadavre et que cela suffit à rapprocher deux jeunes filles habitant Paris. Oui, mais lorsque j'ai emménagé chez Anita, ni elle ni moi ne savions que nous étions liées par un corps froid. Ce n'est que plus tard, un soir où nous jouions au gin-rummy, en soliloquant pendant qu'elle remettait de l'ordre dans son jeu, que j'ai mentionné la mésaventure de mon cousin. Anita est devenue pâle, a lâché ses cartes sur la moquette et m'a contemplée un long moment sans rien dire. Depuis, il lui arrive de me regarder ainsi de son œil noir et fixe, et elle n'est pas toujours très aimable. Elle peut même se montrer dure, tyrannique, voire méprisante. Ces jours-là, je tente de me faire oublier car Anita est la seule personne, hormis ma mère et ma grand-mère, que je connaisse à Paris. Sans elle, je serais perdue. Je souffre, en effet, d'une maladie bien connue des psychiatres : je ne sais pas qui je suis. Je ne me situe pas. Enfin, je sais comment je m'appelle, où j'habite et tout ça, mais je n'ai pas une haute idée de moi. Pour parler franchement, je pense même que je suis un échec sur toute la ligne. Une bonne à rien. Ce qui ne m'empêche pas d'autres fois de m'aimer beaucoup et de me prendre pour la fille la plus intelligente, la plus bandante de l'Ouest. Mais ces accès-là sont rares, hélas... C'est assez épuisant de vivre entre deux altitudes. Ça fait le même effet que les trous d'air en avion.

Mon cousin Christian, le fils de ma tante Fernande, celui avec qui je décollais les arapèdes en plein midi sur les rochers de Carry-le-Rouet, qui m'emmenait à minuit dans les cimetières pour guetter l'âme des morts, a étranglé, un soir de pleine lune, Diane, jeune fille pâle et bien élevée qu'Anita chérissait.

Depuis des mois déjà, bien avant l'accident, Christian et Diane se livraient à des attouchements intimes sur la banquette avant de la voiture de mon cousin sans jamais parvenir à la perforation fatale. Un soir où, moite et énervé, dans une petite chambre d'hôtel avec vue sur la mer, il crut enfin pouvoir donner le coup de rein libérateur et étreignit vigoureusement le cou de sa bien-aimée, Diane rendit l'âme. Sans piper mot. Elle devint toute molle, inerte et lourde entre ses bras. Christian la secoua, la supplia de cesser ce petit jeu macabre qui pouvait le conduire tout droit au pénitencier puis, résigné et triste, il s'allongea sur le lit, lui caressa tendrement la joue et médita. Non seulement sa vie est finie, se dit-il, pensif, mais la mienne aussi. Après un dernier baiser, il se releva, plaça le corps dans une fort belle valise en cuir qu'il tenait de mon grand-père et alla la déverser dans les rochers du Finistère inférieur. Les mouettes feraient le reste.

Christian est un grand ami de la nature. Il possède une très belle collection d'herbiers. Aujourd'hui, à la centrale de Fleury, quand sonne l'heure de la promenade, il est le premier à répondre présent, arborant les magnifiques Nike aérées que je lui ai offertes pour Noël. Noires avec des bandes vertes et orange sur le côté, et des lacets jaunes qui brillent dans l'obscurité. Saviez-vous que nombre de joggeurs périssent écrasés à la tombée du jour, par manque de signalisation ?

Ça crée des liens, un cadavre mitoyen. Même si Anita et moi ne le voyons pas du même œil. Selon moi, un meurtre sans préméditation ni malveillance aucune, un meurtre par étourderie en quelque sorte, relève de la malchance, voire de la position maléfique des planètes. Cela peut arriver à tout un chacun, et bien malin qui croit pouvoir y échapper ! L'homme le plus placide empoigne un hachoir ou une clé à molette et supprime, sans intention de nuire, un collègue de bureau aux doigts jaunis par le tabac, une inconnue aguichante ou un voisin de palier qui traînait par là. Vous seriez étonnés de savoir que nous avons tous cette pulsion criminelle en nous, pulsion que nous refoulons certes, mais à laquelle certains, moins organisés, plus fragiles, succombent. Moi-même, je dois le reconnaître, suis prise d'envies violentes de découper, de trancher, de dépiauter si je côtoie trop longtemps un couteau de boucher ou un coupe-papier. Des visions de lame plantée dans le cœur ou saignant les côtes me font déglutir de manière très apéritive. Il me faut alors faire appel à mes restes d'éducation pour remettre le couteau ou le coupe-papier à sa place d'objet usuel et abandonner mes visions d'Écorché. Mon cousin Christian, ce soir-là, n'eut pas le temps de se reprendre.

Une fois la belle trépassée et éparpillée dans les rochers, Christian se présenta aux policiers à qui il raconta, par le menu, sa stupéfiante aventure. À peine s'il prit le temps de se laver les mains et de refaire son nœud de cravate ! Christian est très coquet. Ses mains douces et blanches sont toujours soignées, son menton rasé de près et ses cols de chemise immaculés. Il coiffe ses cheveux noirs de brillantine Pento (tube rouge) et entretient sa fine moustache avec un zèle d'hidalgo pointilleux. Vous avez compris : j'aime Christian, et davantage encore depuis cet incident stupide qui lui vaut de croupir en prison où il recopie des toiles de peintres impressionnistes pour le plus grand profit des propriétaires de galeries parisiennes ou japonaises. Le procès n'a pas encore eu lieu. Christian se morfond en attendant de pouvoir se justifier aux yeux de la société. D'après son avocat, il risque d'écoper de huit ans fermes, si ce n'est plus.

Pour Anita, un crime est un crime et conduit obligatoirement à la guillotine dont elle déplore la disparition. Elle ne trouve aucune circonstance atténuante dans la conduite aguichante de sa copine. Pire même, cette preuve évidente de sensualité chez son amie redouble sa haine pour mon cousin. « Cet homme est un porc, et le porc doit être enfermé. Ou débité en saucissons, boudins, jambons et fricassées. »

Anita n'apprécie guère les nuances, les langueurs de l'âme ou la lente éclosion d'une rose. Anita aime les gagnants, les hamburgers, les résumés, le noir OU le blanc, les guerres éclair, les autoroutes à six voies, les favorites, les privilèges et elle.

Infiniment.

Anita déteste : la pauvreté, l'anonymat, le don de soi, les pantalons écossais, la peau des tomates, les yeux placés trop près du nez, les feuilles de Sécurité sociale, le métro, les rots, les défécations et Christian.

Pour moi, Diane — paix à son âme — n'était qu'une allumeuse pudibonde qui n'avait pas les moyens de ses avances et réduisit un pauvre homme à utiliser la force là où d'autres déploient caresses, arguments savants, fleurs, parfums et diamants. « On doit savoir, rétorqué-je à Anita, à quoi on s'expose chaque fois qu'on attise le noir désir de l'homme. On risque le pire. C'est ça qui est bon. » À l'idée du pire si bon, si doux, si pénétrant, mon corps se déchire, mes yeux chavirent dans leurs globes blancs. Anita me traite de dépravée et boude jusqu'à ce que je lui propose une partie de gin-rummy. Je la laisse gagner quelques tours, consciente de l'avoir commotionnée. Il m'arrive même de lui offrir une colonne blitz pour amener un sourire sur son visage congestionné de douleur contenue.

Anita et moi partageons le même appartement, un premier étage, au 12 rue du Nain-Jaune à Paris, 11e. J'ai droit à la chambre plein sud donnant sur un jardin rempli de roses pompon, de tonnelles odoriférantes et de bancs moussus tandis qu'Anita doit se contenter de la chambre plein nord dominant un carrefour, quatre feux de signalisation, un bar-tabac avec flippers et une épicerie qui, dès l'aube, enroule son rideau de fer pour recevoir ses premières livraisons. Anita dort fenêtres et volets fermés, le téléphone sous l'oreiller, pour être sûre de l'entendre. Tous les matins à 8 heures moins le quart, son amant, un industriel de haute envergure, animé d'ambitions politiques, marié et père de quatre enfants, vient lui rendre visite et se livre à ce qu'Anita appelle un « frotti-frotta sans intérêt ».

— Il est lourd, maladroit, a le cuir chevelu huileux et le coude râpeux, soupire-t-elle à 8 h 15, une fois l'affaire conclue.

Le dos voûté, les cheveux en mèches éparses sur le col jaune poussin de sa robe de chambre douillette, elle remue sa petite cuillère dans sa tasse à café et s'affale en bâillant sur son coude qui glisse sur la table. Elle ne mange pas de croissant car elle est au régime mais ramasse soigneusement les miettes des miens, du bout de ses longs doigts humides.

— Mais pourquoi le vois-tu alors ?

— Parce qu'il a le bras long et qu'un jour il divorcera pour m'épouser. Ce jour-là...

Anita se redresse et tend les manches de sa robe de chambre en duvet jaune. Sa nuque se raidit, ses yeux se plissent, sa bouche siffle :

— Ce jour-là, je serai la femme officielle du Président-Directeur Général et je ferai chier tout le monde !

En attendant, celui que nous n'appelons plus que le Président revient à la charge, tous les matins à 7 h 45 précises, juste avant d'aller à son bureau parisien gérer les intérêts de son invention : un plastique biodégradable à partir duquel sont fabriqués poubelles, emballages, gobelets, plateaux-repas, sandalettes de plage, joints de robinets, coquetiers, etc. Son brevet se décline à l'infini, assurant la fortune du Président, lui procurant des sommes d'argent rondelettes qui l'aident à financer son projet de société pour la France.

Tapie derrière la porte, écoutant le chant du sommier, il m'arrive de suivre leurs ébats. Ou plutôt le long monologue du Président. « Petite Anita, ma petite Anita, A-ni-ta. A-nie-ta. Ni-ni-ta. Ma ni-ni. Ma na-na. Ma-ni-ta. Mon amour de Nina. Ma-ni-ta chérie. Et qu'est-ce qu'elle sent là, la petite Anita ? Et là ? Et là ? Et là ? Et comme ça, elle aime la petite

Anita ? » Anita ne dit mot. Le Président souffle et psalmodie. Pousse un cri. S'affale. Le sommier lâche un dernier accord, grinçant et métallique. Puis tout s'arrête et je cours me réfugier côté jardin. Je contemple la courbe d'une rose presque fanée et pense à la femme du Président : la chevauche-t-il encore ?

La première fois que j'ai vu le Président, il étreignait de ses cuisses blanches et poilues le bidet de notre salle de bains et s'ablutionnait. Il s'est excusé d'un geste vague de la main et a eu un mot d'esprit pour souligner l'incongruité de la situation :

— Il n'y a pas de grand homme pour un bidet...

Je pense toujours au bidet quand je l'entends parler de l'entreprise et du libéralisme, de la lutte pour l'environnement et la préservation des paysages, du destin de la France et des Français. La céramique blanche, le mince filet d'eau et les fesses vergeturées l'emportent sur les trémolos grandioses qu'il emploie pour parler des affaires du pays qu'il se propose de diriger comme son entreprise : efficacement et proprement.

Grâce à lui, Anita travaille dans un journal à grand tirage. Elle interroge les stars de l'écran. C'est son gagne-pain, elle n'y met aucune ambition. Tout le monde sait qu'elle est la maîtresse du Président. On ne lui fait jamais reproche de ses absences, alors que le règlement stipule que chaque congé non justifié est retenu sur la feuille de paie. Anita a raison : le Président a le bras long. Anita pourrait avoir d'autres soupirants mais elle refuse de se disperser avec des hommes plus adroits, moins pesants, aux coudes plus lisses. Elle préfère attendre d'avoir la bague au doigt. Ce jour-là, prédit-elle, ce jour-là seulement, quand je sentirai l'anneau d'or rouler sous mes doigts, quand je foulerai l'épaisse et blanche moquette de notre appartement, quand je reviendrai d'un après-midi d'emplettes suivie du chauffeur ployant sous les paquets, ce jour-là, je me choisirai un amant aux doigts habiles, aux reins légers, à la peau lisse et douce, douce, douce...

Anita aime rêver. Elle ferme les yeux et invente l'avenir en faisant une moue gourmande. Ses longs cheveux noirs ondulent sur ses épaules, sa bouche ferme, rouge sang, laisse entrevoir des dents blanches et bien alignées, sa peau mate s'irise, ses pommettes hautes donnent à son visage un air de bâtisseur d'empire, ses narines frémissent, ses oreilles délicates pointent un lobe replet sous la masse de cheveux sombres. Selon Christian, un lobe en dit souvent plus long sur la personnalité que les attitudes ou le langage choisis. Un lobe ne ment pas. Celui d'Anita, par exemple, indique un goût aigu du pouvoir, une gourmandise raffinée qui sait se retenir pour mieux se délecter, une tendance à la paresse et à l'onanisme doublée d'un don certain pour manipuler son prochain.

Anita rêve. Belle, voluptueuse, mystérieuse. Je ne peux m'empêcher d'être fascinée par sa beauté que je détaille quand elle a les yeux fermés. Quand Anita soulève ses paupières, ses yeux noirs coupent tel un diamant, brûlants ou froids, dédaigneux ou moqueurs, des yeux qui parlent de guerre et de reddition sans condition. Je redoute l'œil ouvert d'Anita et lui conseille de toujours garder les yeux fermés pendant l'amour. Il suffirait que le Président surprenne un de ses regards pour que jamais plus il ne l'escalade. Dans l'œil noir d'Anita, je lis les préparations détaillées de l'exécution de Christian. Elle rétablit la peine de mort, embauche un ex-bourreau, dresse l'échafaud, aiguise la lame, place le petit panier, convoque deux médecins légistes, verse le verre de rhum et craque l'allumette pour la dernière cigarette. Une mise en scène cruelle et raffinée où mon cousin n'en finit pas de trembler, de crier, de se tordre avant d'avoir le cou tranché. Je sais que la peine de mort n'existe plus. Mais c'est plus fort que moi. L'idée, rien que l'idée, qu'on puisse exécuter Christian me révulse. C'est comme si on m'amputait d'un membre.

C'est ce que j'explique au docteur qui me suit. Un psy très gentil. Il m'encourage à travailler sur ce sentiment que Christian et moi ne faisons qu'un. Il faut que j'acquière mon indépendance vis-à-vis de ce cousin qu'il juge encombrant. Il n'a pas tort au fond, je le sais. Moi-même, j'ai lutté de toutes mes forces contre cet amour si envahissant... Mais, voyez-vous, je suis très attachée à Christian, au-delà de tout ce que vous pouvez imaginer.

Ce matin, dans l'autobus qui me conduisait à la prison, j'ai posé mon panier à provisions sur la banquette vide, face à moi. Outre le camembert qui puait, je lui apportais de la crème pour les mains qu'il s'abîme à force de manier des solvants, du Pento rouge, un puzzle blanc, des Traou-Mad par paquets de vingt-quatre, des sachets de thé Grand Yunnan, une affiche de Mesrine pour contrarier le maton et un poster de Brigitte Bardot (jeune) pour rêver la nuit quand ses lacets jaunes ne suffisent plus.

Christian estime que Brigitte Bardot est la plus belle femme du monde. Il produit des chiffres à l'appui. Des mensurations de favorite de harem ou de princesse de sang royal, qui correspondent exactement au tour de hanches, au galbe des seins, à la finesse de la taille, au pulpeux de la bouche de l'ex-star de cinéma quand elle avait 20 ans.

Ce matin, au parloir, il soupire derrière la paroi de verre et me demande, une nouvelle fois, de lui raconter la vie au-dehors. Les costumes des hommes, la longueur des robes des femmes, les affiches de cinéma, l'état de floraison des ormes et des marronniers, les expressions à la mode, les sujets de conversation dans les transports en commun, l'odeur du parfum dont il a vu la pub à la télé. Ses genoux s'entrechoquent sous la table et il s'emporte si je ne lui donne pas assez de détails.

— Tu as des yeux pour voir, des jambes pour circuler, tu es aveugle et paralysée ! Tu mériterais d'être à ma place !

Je lui promets de m'appliquer et d'être plus précise. Il hausse les épaules, balaie l'air de la main et répond que ce n'est pas ma faute. La vie va trop vite pour les gens, dehors.

— Tu as trouvé du boulot ?

Je lui dis que non. Pas encore.

Il a fini de recopier un tableau de Renoir pour un restaurateur de Tokyo et commence un Degas, demain. Il n'aime pas Renoir mais ses copies se vendent comme des petits pains.

— Non vraiment, répète-t-il, têtu, Renoir est un peintre pour calendriers de Noël. J'ai la nausée de ces chairs roses, de ces minois charmants, de ces berceaux de verdure, de ces bras potelés, de ces enfants gonflés de lait...

— Tu parles comme un dépliant de musée !

— Est-ce que les hommes te touchent ?

— J'ai plus envie.

— Les hommes sont des brutes. Le monde est brutal. Les voitures écrasent les petits enfants.

— J'ai plus de sous. C'est une sale passe.

— Comment va la belle Anita ?

— Elle prie pour que tu aies le cou tranché et les couilles arrachées.

— Elle paie ton loyer ?

— Elle voit toujours le Président.

— Tu n'as pas de respect pour toi.

— Christian, s'il te plaît, ne recommence pas.

— Adopte un chien. On pourra comparer les mérites des boîtes et de la viande hachée, des boulettes et des croquettes, du riz Basmati et des haricots verts frais.

— Je vais trouver un travail. Un vrai travail. Je vais consulter les petites annonces des journaux.

— À quoi sers-tu ? À rien.

Dans l'autobus qui me ramène à la maison, je pleure dans mon mouchoir : il a raison. À 26 ans, je n'ai ni amant ni emploi. Je vis avec les derniers sous que m'a donnés Mamou, ma grand-mère paternelle, après qu'elle eut vidé ses **PEA**, ses **PER**, ses **PEL**, toutes ses petites économies mises de côté pour ses vieux jours. Je regarde les gens autour de moi : des retraités qui font bien attention à ne pas déborder sur la place d'à côté, une bande de jeunes qui revient du lycée, un walkman sur la tête, ils ne se parlent pas, ils fredonnent, enfermés dans leurs écouteurs, une mère de famille qui porte un cabas plein de poireaux. Ce doit être le légume de saison.

Autrefois, moi aussi, j'achetais des poireaux.

Pour faire plaisir à André, mon mari.

Je les fendais en quatre de la pointe du couteau, les nettoyais et les faisais cuire à la vapeur dans un grand couscoussier. À la vapeur car André craignait le cholestérol. André les arrosait de vinaigrette. « T'es la reine de la vinaigrette », il disait. « Et du clafoutis aux cerises noires », j'ajoutais très fière en levant les yeux vers lui. André est un vrai Français. Il dit qu'il n'y a que les Français pour inventer le béret, que le béret est la chose la plus intelligente du monde parce qu'il tient chaud au sommet du crâne et que 65 % de la chaleur du corps s'échappent par la tête. Il n'en porte jamais car cela ne convient pas à son costume croisé, mais regrette qu'on en fasse si peu cas de nos jours.

Les filles de mon âge, à cette heure-ci, sont occupées au bureau ou à la maison à éplucher des poireaux. Ou elles s'envoient en l'air avec l'employé du gaz. C'est très fréquent dans les grands ensembles. Je le sais parce qu'André avait un copain qui relevait les compteurs à Meudon. Il me racontait comment cela se passait, et j'imaginais le reste. Elles enlèvent leur soutien-gorge et frictionnent la marque de l'élastique. C'est pas beau quand la chair est striée, rouge et gonflée. On voit le gras et la blancheur de la peau. Faut frotter pour que ça s'efface. Et, de l'autre main, on enlève la culotte. On passe un doigt discrètement entre les jambes, on le renifle pour voir si ça sent bon ou pas, des fois qu'il y colle sa bouche. Avec un peu de chance, il y collera sa bouche, l'employé du gaz... Là où il faut pas, là où c'est pas propre, là où c'est si bon. Avec André...

Je ne veux pas y penser. Pas encore. Le temps n'est pas venu.

Le médecin m'a bien recommandé de ne pas évoquer le passé sans une prise immédiate de tranquillisants Gourex. Comme je n'aime pas les médicaments, surtout ceux qui soignent l'âme, j'hésite à repartir en arrière. Mais c'est plus fort que moi. Je repars toujours en arrière. J'essaie de comprendre ce qui s'est passé dans ma vie pour que tout éclate en mille morceaux. Le meilleur moyen de ne pas s'attarder sur soi est encore de penser aux autres. Comme une forcenée. Un seul moment d'inattention peut m'être fatal. Il faut que je sois tout le temps occupée avec la misère d'autrui, sinon la mienne me saute au visage. Et alors, j'ai le souffle coupé. Je me plie, je me tords, je me love par terre. J'ai envie de disparaître. Je suis terriblement triste d'exister.

Depuis que j'habite avec Anita, les crises se sont espacées. Mais ma mère veille au grain.

Elle dit que la Vérité est le Médicament Suprême et que, si je fuis la Vérité, Elle se vengera en me tombant dessus. Par surprise. Comme une bête féroce qui guette sa proie et s'en saisit. « C'est pour ton bien, n'arrête-t-elle pas de me répéter. IL FAUT REGARDER LES CHOSES EN FACE. » Elle cite les saints Évangiles, surtout saint Paul, son chéri, le plus violent, le plus hardi, fringant sur son cheval en route vers Damas : « On va plus vite en allant droit. » Quand j'étais petite, le soir avant de me coucher, elle me faisait répéter cette phrase jusqu'à ce que les mots n'aient plus de sens. « Il sera beaucoup pardonné à ceux qui se dénoncent très vite », affirmait-elle en hochant du menton, les dents émaillées de jambon persillé de chez Coucounnot, le charcutier de la rue principale. Dès qu'elle faisait un péché, le jambon persillé de chez Coucounnot par exemple, elle allait aussitôt se confesser à l'église. Un jour où je lui conseillais de se convertir au protestantisme pour parler directement à Dieu et éviter le détour par M. le curé, elle m'envoya une gifle à cinq doigts écartés et me condamna à un rosaire entier de pénitence à réciter à genoux dans ma chambre en face du crucifix.

Je ne suis pas très douée pour me retrouver les yeux dans les yeux avec la Vérité. Et puis la Vérité, c'est quoi ? « C'est la Version Unique, celle qui apporte la Lumière », me répond-elle. Ça me fait peur. Elle le sait. Elle éprouve du plaisir à me faire peur. Elle me dit, par exemple, que je ne suis pas normale. Qu'elle souffre de ne pas avoir une petite fille normale. « Je ne suis pas une petite fille. Ça fait vingt-six ans que je suis sortie de ton ventre. »

Elle me dit : « Ne me parle pas comme ça. On ne dit pas ça à sa maman » et elle me raconte combien elle a souffert quand je suis sortie de son ventre. Les heures et les heures de douleur sur la table du docteur. Les jambes écartées, les chairs qui se déchirent, le sang qui coule, le masque à gaz appliqué brutalement sur le nez, les mains du médecin qui disparaissent jusqu'aux coudes dans son ventre, les forceps, la déchirure, les forceps, la déchirure, le masque à gaz. Les mots dansent dans ma tête et je n'ai plus envie de sortir du tout. Je suis dans un long tunnel doux, rouge, chaud, et une paire de tenailles m'attend tout au bout.

« Vue de l'extérieur, t'as l'air tout à fait normale, et pourtant... T'es comme ton cousin Christian », disait André en secouant la tête sans comprendre.

Moi non plus, je ne comprenais pas.

À la fin, je ne savais que me taire et me plier. Partout.

On me retrouvait par terre dans les toilettes, par terre dans le salon ou sous les coussins du canapé. André soulevait un coussin et criait à ma mère :

— Ça y est ! Je l'ai trouvée ! Vous savez où elle était ? Sous les coussins du canapé ! Faut le faire ! À son âge !

Il riait, puis son rire se figeait en une grimace de douleur.

— T'es pas normale, tu sais ça ? J'ai épousé une anormale. Et il fallait que ça tombe sur moi !

Il avait l'air si triste que je me dépliais et, mettant les bras autour de son cou, caressant le poil ras de la nuque, je promettais de devenir normale. De faire tout ce qu'il voulait.

— Dis-moi ce qui te ferait plaisir.

— Je voudrais avoir une vie normale, avec une femme normale comme tous mes copains.

Alors je courais acheter des poireaux et les nettoyais sous le robinet en les coupant en quatre de la pointe du couteau. Puis je les pliais dans le couscoussier. Je me faisais une mise en plis. Je mettais une jolie robe pour le soir. J'allumais la télé et regardais les informations avec lui, sur le canapé, en buvant un Martini, comme lui. Je téléphonais à sa mère, à ma mère. Je leur disais que tout allait bien, que les enfants dormaient et qu'André avait eu une bonne journée. Puis je mettais la table et servais les poireaux cuits à la vapeur. Je le regardais, très fière, déguster ces poireaux à la vapeur avec ma fameuse vinaigrette dont le goût inimitable vient d'une cuillère de tamari et de quelques pincées de levure maltée. Et d'une huile d'olive à première pression à froid. Ce doit être écrit sur l'étiquette. C'est impératif. Les autres huiles sont trafiquées. Elles laissent des déchets dans l'organisme qui, peu à peu, s'encrasse ; le taux de cholestérol augmente et les chances de crise cardiaque aussi. Il me souriait, soulagé. Il levait son verre, le vidait d'un coup et disait : « Tu vois, ce n'est pas difficile d'être normale. Tu peux y arriver... T'as qu'à faire comme les autres et y aura plus d'histoires. » Ce n'est pas difficile mais ça prend du temps : il faut acheter des poireaux, les laver sous le robinet, retirer la pellicule transparente qui recouvre le pied, ôter les feuilles trop dures du bout, les éventrer, les nettoyer, les rouler dans l'étage supérieur du couscoussier et les faire cuire pendant une demi-heure environ. Ça fait de la vapeur sur les vitres et après faut nettoyer. Se baisser sous l'évier, prendre le Glassex, asperger la grande vitre, s'étirer pour attraper le Sopalin, en découper quelques feuilles, sortir l'escabeau du débarras sans rien faire tomber, nettoyer la vitre en équilibre sur l'escabeau, rajouter un peu de Glassex, reprendre quelques feuilles de Sopalin, reculer pour juger de l'effet, ranger le Glassex sous l'évier, remettre l'escabeau à sa place et se relever, essoufflée.

Mais André souriait. André sauçait son assiette avec un morceau de baguette. André se régalait. André se renversait sur sa chaise. André disait : « Et après, tu m'as préparé quoi ? »

Rien. J'avais pas pensé à la suite.

André ne pouvait pas le croire. Les poireaux vinaigrette, c'est l'entrée. Après vient le plat de résistance, puis le plateau de fromages et le dessert. André se frappait le front. Il se levait de table et allait dîner chez sa mère. Il partait en claquant la porte.

Moi, je rangeais. J'avais décidé de ne jamais pleurer.

Je me permettais tout juste de renifler en chantant une berceuse. Je rangeais tout bien proprement puis j'allais me plier quelque part. Au pied du lit ou sur le tapis blanc de la salle de bains et je m'endormais. Je m'endormais en rêvant. À un homme qui me laisserait de la place. On serait sur une île déserte tous les deux et il n'y aurait plus de ménage, plus de cuisine, plus de courses à faire, plus d'apéritif sur le canapé en regardant la télé. Du sable blanc partout et toute la place pour moi.

Avec André, le désir ne venait que lorsqu'on était dans le lit, le soir, qu'il m'embrassait, qu'il me roulait dans ses bras et posait sa bouche entre mes jambes. Je me glissais entre ses jambes, la bouche refermée sur son sexe, sexe doux que je tenais dans ma bouche, que je suçais, que je tétais. Il gémissait, il gémissait puis il s'endormait en me gardant entre ses jambes, et moi, je partais dans l'île déserte, la tête enfouie dans ses jambes, j'entendais les vagues, j'entendais glisser les petits grains de sable qui roulent sous la vague, je m'étendais sur la plage et j'attendais la vague qui allait m'emporter.

Quand je suis arrivée à la maison, au retour de la centrale, ma mère était là. J'ai changé de voix. Comme toujours avec elle.

Elle a regardé mes cheveux et n'a rien dit. Elle a attendu une minute puis a laissé tomber que c'était intéressant. Qu'elle aurait peut-être mis moins de gomina mais que tous les goûts sont dans la nature. Et puis, comme c'était vraiment trop dur pour elle de se taire, elle a conclu en disant que ce n'est pas comme ça que je retrouverais un mari. Je lui ai répliqué que ce n'était pas mon but dans la vie. Et d'ailleurs, que pouvait-on attendre de bon de l'union d'une robe et d'un pantalon ? À mon avis, rien.

Elle a pris son air pincé et a ajouté que j'étais irresponsable, à côté de la plaque.

— De la plaque dentaire ? j'ai demandé.

... que j'avais d'autres tâches autrement plus dures à accomplir que le jeu de mots ou la contrepèterie.

— Contrepèterie, contreplaqué. Qui est pétrie sans être plaquée ?

Seulement voilà... Je ne m'en rends pas compte. Je préfère rire à gorge déployée que de prendre mon destin en main.

— Comme Sissi.

Pour maman, il suffit de mettre un pantalon et une robe ensemble, de les faire passer devant M. le curé et le pli est pris. Un véritable conte de fées. Enfin, c'est ce qu'elle me répète à longueur de discours parce que, avec mon père, le pli n'a jamais été pris. Mais on n'en parle pas. Ce serait l'offenser. J'aimerais bien mais elle s'y refuse. Elle dit que ce n'est pas intéressant, qu'il n'y a que les histoires où les gens se tiennent bien qui valent le coup d'être racontées.

— D'où viens-tu ?

— De la prison. J'ai vu Christian et je lui ai apporté son petit panier de provisions.

— Comment va-t-il ?

— Pas bien.

— Quand je pense que ce garçon avait tout pour lui ! Une situation d'avenir, la beauté, le charme, toutes les femmes à ses pieds...

Je connais la suite par cœur.

Et pourquoi d'abord veut-elle que je me remarie ? Ce n'est pas la solution miracle, un mari. À 20 ans, quand j'ai épousé André, je croyais que le bruit dans ma tête allait s'apaiser. Que je mettrais les bras autour de son cou et que tout s'arrangerait. J'ai essayé mais ça n'a pas marché. Alors, aujourd'hui, je dois tenter autre chose. « On naît deux fois, me dit mon docteur, le jour de sa naissance et le jour où on devient conscient. Ça prend du temps. Il faut être patient. Ça vaut peut-être le coup d'essayer ? »

Maman, elle, a employé toute sa vie à ne pas essayer, et son destin lui est passé sous le nez. C'est pour ça qu'elle m'en veut. Je la soupçonne, la nuit, de planter en rêve des aiguilles chauffées à blanc dans une poupée à mon effigie. Mon Dieu, faites que ma fille ne réussisse pas là où j'ai échoué ! Faites qu'elle répète les mêmes erreurs que moi ! Mon Dieu, s'il vous plaît ! Et vlan ! une aiguille chauffée à blanc, et vlan ! une autre aiguille chauffée à blanc ! C'est pour ça que je change si souvent de coiffure. Pour ne pas ressembler à la poupée percée.

Maman estime que mes efforts pour changer ma vie se sont révélés catastrophiques. Là, je suis bien d'accord avec elle. Mais comment savoir que ça va être une catastrophe si on n'essaie pas d'abord ?

D'après maman, il aurait suffi que je lui demande avant.

Maman sait tout. Les mamans savent toujours tout. Moi, je ne sais rien.

Le docteur m'a interdit de penser trop fort. Il préfère que je fasse des contrepèteries. Il dit que les mots sont mes amis. Je peux dire n'importe quoi. Raconter n'importe quoi. Un jour, j'y verrai clair. Quand ? je lui demande. Quand est-ce que j'irai mieux ? Ça, il ne le sait pas. Il n'est pas voyant. Lui, il lit dans l'âme ou dans le *Vidal,* pas dans les astres ou les cartes. C'est dommage. Je devrais peut-être aller voir une voyante. Ça irait plus vite et reviendrait moins cher.

Quand j'étais petite, je voulais être bergère et garder des moutons. Christian voulait être pompier. Vous imaginez un monde où tous les petits enfants grandissent et réalisent leur rêve ? Un monde peuplé uniquement de bergères et de pompiers, d'hôtesses de l'air et de cow-boys, de petits rats et de cosmonautes ? Alors il vaut mieux essayer autre chose, non ?

Maman ne rit pas quand je dis ça. « Certaines fois, je regrette que tu ne sois pas bergère et Christian pompier. Je me ferais moins de soucis. » Parce qu'avec maman, tout se ramène toujours à elle. C'est vous qui faites les expériences, qui prenez les risques, qui encaissez les coups et les échecs, qui moisissez en prison, mais c'est elle qui souffre. Qui a des palpitations et court à l'hôpital se faire faire un électrocardiogramme.

Le jour de mon mariage, sur les photos, on ne voit qu'elle. À côté d'André. Elle lui donne le bras. Le photographe de la mairie avait beau crier : « Et la mariée, où elle est la mariée ? » La mariée, c'était la petite chose en blanc, chiffonnée, engoncée, à gauche derrière ma mère. Elle reculait, elle reculait, la mariée. Elle ne savait pas où était sa place : elle faisait de la figuration.

Ce n'est pas difficile : tout ce que j'ai lui appartient. Ma vie d'abord (au bout du tunnel, juste après le masque à gaz), mes jambes et mes dents droites (rectifiées par de nombreuses prothèses, grâce à elle), mon orthographe infaillible et ma bonne santé. Les tares et les défauts proviennent tous de l'héritage de mon père.

Mon père : un irresponsable, un débauché, un vaniteux. Un jour, il est parti forer un puits en mer du Nord et on ne l'a jamais revu. J'avais 8 ans et demi. Toutes les photos où il figurait ont été découpées laissant un grand trou à sa place. Je ressemble à un trou. Un trou en mer du Nord. Un trou de mémoire. Un trou du cul chapeau pointu !

Un trou en mère, ajoute finement mon psy en étirant son sourire façon Joconde. Quelquefois, je me dis que Joconde était la psy de Léonard de Vinci. Et le mystère de son sourire tient à l'épaisseur des dossiers qu'elle avait contre lui.

— Alors j'ai décidé de venir parler à Anita. Elle peut t'aider. Avec tous les gens qu'elle connaît.

— M'aider à quoi ?

— À trouver du travail. Il faut que tu gagnes ta vie. Ce n'est pas avec ce que t'a donné ta grand-mère et que tu dilapides sans compter. Et moi, je ne peux pas, tu le sais, j'arrive à peine à joindre les deux bouts.

— ...

— Ma chérie, écoute-moi. J'ai tout fait pour toi et...

— J'étouffais pour toi, j'étouffais pour toi ! T'aurais mieux fait de respirer un bon coup !

— Doudou, ne me parle pas comme ça ! Ne me juge pas sans arrêt !

J'ai essayé de rester calme parce que le docteur me l'a recommandé. Mais je n'avais pas pris mes pilules Gourex et, très vite, j'ai déraillé. Je lui ai demandé de partir, de me laisser tranquille, que c'était MON problème, pas le sien. Qu'elle me laisse vivre MA vie sans y mettre le bout de son nez de Messaline de la fibre maternelle et de saboteuse de croissance. J'ai dit tout ça entre mes dents mais je n'ai pas crié trop fort. J'avais des gouttes de sueur qui coulaient sur mes tempes, des plaques rouges sur le cou, les joues et le front qui me démangeaient furieusement. Je l'ai regardée droit dans les yeux puis j'ai regardé la porte.

Il fallait qu'elle parte.

Et pourtant...

Quand elle n'est pas là, quand je me l'imagine à moi toute seule, je l'aime beaucoup, beaucoup.

Oh ! comme je l'aime alors...

Quand on allait, avec Christian, lors de nos vacances à Carry-le-Rouet, se réfugier sur sa serviette bariolée et qu'elle nous servait de grands verres de citronnade, tenue bien au frais dans la glacière. La seule maman du monde à me mettre de la crème écran total toutes les dix minutes pour que je ne brûle pas, la seule à me raconter les aventures de la petite souris Souricette quand le soleil brillait trop fort et qu'on se réfugiait sous le grand parasol à trois... La seule à goûter les arapèdes gluantes qu'on rapportait dans nos seaux pleins de sable boueux et à les trouver délicieuses, à en demander encore et encore, à me guérir de mes indigestions de chocolat en posant sa main sur mon ventre et en comptant jusqu'à cinquante, la seule maman du monde, ma maman amour à moi...

J'ai tout un album comme ça, avec des clichés de « ma maman à moi ». Ils ne sont pas tous vrais, je le sais, mais ce n'est pas grave.

Elle a dû comprendre qu'il ne fallait pas insister. Ni rien ajouter à l'homélie brûlante que je venais de lui déverser sur la tête parce qu'elle a ramassé son sac à main, ses gants de peau, boutonné son manteau et pris la porte. Très dignement.

— Je n'ajouterai rien à ce que je t'ai dit. Réfléchis, Doudou.

On m'appelle Doudou.

Mon vrai nom, c'est Lucienne, à cause de mon grand-père maternel, Lucien.

Je n'aime pas du tout l'idée de porter le prénom d'un mort. C'est un terrible handicap pour débuter dans la vie. Quand maman était enceinte, je lui donnais tout le temps des coups de pied et elle ne savait plus comment se tenir pour éviter mes ruades. Elle n'était bien qu'en voiture parce qu'alors je me calmais. À condition que les feux rouges ne durent pas trop longtemps. Il n'y avait que les autoroutes qui tempéraient mes ardeurs fœtales. Christian, qui avait 5 ans alors, essayait de me calmer. Il s'approchait du ventre de maman et parlait au bébé. « Doux, doux, bébé, tu vas sortir bientôt et on jouera ensemble. Doux, doux... » Il essayait de poser des baisers sur le ventre rond qui tendait la robe en jersey imprimé mais maman s'y refusait. Il était furieux : c'est mon bébé à moi, il criait, je suis l'homme du bébé Doux-doux. Il n'avait pas tort : mon père n'était jamais là. Pas même le jour de l'accouchement. C'est ma tante Fernande, la sœur de maman, qui est allée me déclarer à la mairie. Avec Christian. Il est revenu très fier de cette démarche officielle. Maman est restée huit jours à la clinique et Christian a trouvé le temps long. Il n'avait pas le droit de monter dans la chambre de maman et devait attendre dans la salle d'attente en bas pendant que sa mère rendait visite au bébé. Il s'occupait en découpant les revues posées sur la table et me confectionna ainsi toute une garde-robe en papier pour que je ne me promène pas toute nue à ma sortie de clinique. C'est ainsi qu'il tomba amoureux de Brigitte Bardot et de ses mensurations parfaites. Ses ciseaux suivaient amoureusement les courbes du corps de l'actrice, et aucune mèche, aucune rondeur, aucun doigt de pied n'était mutilé par le tranchant des lames. Quand il comprit que la petite Doudou ne porterait pas les robes vichy ni les pantalons corsaires prélevés sur papier journal, il les colla dans un grand cahier pour plus tard. Ce fut son premier « herbier ».

Après le départ de ma mère, je suis allée dans la cuisine. J'ai ouvert le Frigidaire et j'ai vu Anita. Elle tripotait son lobe duveteux, replet. Elle réfléchissait. Puis elle a plissé son nez si fin, si transparent, aux narines si délicatement dessinées et elle a dit :

— Ce n'est pas bête, l'idée de ta mère. Je vais te trouver un boulot, comme ça je serai sûre que tu paieras tes factures à la fin du mois.

Ce que j'aime chez Anita, vous l'avez sûrement déjà remarqué, c'est son honnêteté. Anita ne triche pas. Ne se raconte pas d'histoires. Ni ne trompe son monde. Franche, dure et droite comme un i sans pitié. Elle ne me faisait pas la charité : ça l'arrangeait.

— T'es pas idiote après tout. Tu dois pouvoir trouver un travail. Au besoin, je demanderai au Président de t'aider...

J'ai dû mettre fin à son enthousiasme en lui affirmant qu'il n'était pas question que je travaille pour l'instant. J'en étais incapable. Je n'avais ni les nerfs ni le savoir-faire. Et puis j'étais sensible aux trous d'air.

— Mais qu'est-ce que tu racontes ?

Il n'en était pas question. Je l'ai répété plusieurs fois.

— Et comment vas-tu payer ton loyer ce mois-ci ? Tu comptes sur moi ?

— Je me débrouillerai, j'ai dit en faisant des plis avec l'ourlet de mon tee-shirt. Je me débrouillerai.

Il devait bien rester un peu d'argent de Mamou. Je ne tenais guère mes comptes à jour mais... Je n'étais pas capable de travailler. Pas encore, pas encore. Anita a haussé les épaules et tourné les talons. Elle était trop occupée pour insister longtemps.

— Je me débrouillerai, je me débrouillerai, ai-je fini par chantonner.

Et puis, demain, c'est dimanche. Le dimanche est un grand jour. Un jour différent des autres.

Tous les dimanches, je vais les voir. En observant scrupuleusement le même rituel. Comme lorsque j'allais à la messe quand j'étais enfant. Je me lève tôt le matin, prends une douche, me lave les cheveux, avale un bon déjeuner, mets mes plus beaux habits, un peu de parfum — quelques gouttes de Jicky, l'eau de toilette de papa — derrière l'oreille, sur la nuque et sur les poignets. Je ferme doucement la porte et descends l'escalier en sautant une marche sur deux. Je prends le train de 11 h 20 à la gare Saint-Lazare puis le car de 12 h 35 à Montreux-les-Baigneux jusqu'à Verny. Puis je marche environ deux kilomètres et demi, en empruntant le petit chemin creux qui passe derrière le village et évite la rue principale. Je renifle l'aubépine et fais un vœu. Toujours le même : qu'on me les rende ! Personne n'a le droit de me les prendre ni de m'empêcher de les voir !

Je ne rencontre jamais personne car aucune voiture ne passe par là : la voie n'est pas assez large. J'aperçois des lapins qui détalent en soulevant leur derrière blanc, des poules faisanes qui traînent de l'aile en traversant... Un jour, je vous le jure, j'ai même vu trois biches. Trois biches collées l'une contre l'autre, qui me regardaient en tremblant sur leurs pattes. Je me suis arrêtée net de renifler l'aubépine. Je n'en croyais pas mes yeux. Je n'ai pas bougé. Elles non plus. Elles avaient de jolies têtes fines, des naseaux qui palpitaient et un dos brun trempé de sueur. Elles étaient tendues et frémissaient en me jetant des regards inquiets. J'ai fermé les yeux pour formuler à nouveau mon vœu, sûre ce coup-ci d'être entendue de Dieu ou d'un autre. Ce n'est pas banal de croiser trois biches dans un petit sentier de France...

Quand j'ai rouvert les yeux, elles s'étaient enfuies.

Ce dimanche-là, je n'ai rencontré ni biche, ni lapin, ni poule faisane. Je suis arrivée devant la grille en fer forgé sans m'être arrêtée en chemin. J'arrive toujours à l'heure du déjeuner. Tout le village est à table et personne ne me voit glisser le long des murs clos jusqu'à la grille de la maison. Les gens sont bien trop occupés à manger pour remarquer une ombre qui se faufile sous les arbustes ou le long des haies. Le déjeuner du dimanche, c'est sacré. J'attends derrière la grille qu'ils aient fini. Café, pousse-café, ceinture qu'on desserre pour se renverser un peu plus dans le fauteuil en osier, bouche qui bâille, propos qu'on ressasse, petit rot et sieste en haut. Au premier étage. André dort toujours après le déjeuner. Son père aussi. Sa mère dessert la table et remplit la machine à laver la vaisselle. Personne ne peut me voir. La grille est ancienne, tapissée de lilas, de buis, de bambous. Je suis à l'abri. J'ai défriché une place pour moi et je m'y love.

J'attends.

J'attends.

Chaque dimanche, j'agrandis un peu mon trou. Je repousse les bambous et le buis contre la grille pour être sûre de ne pas être vue. J'aplatis les ronces et les herbes que je lisse comme un joli coussin. Je ne crains pas d'être aperçue ni dérangée : la véritable entrée se fait plus loin par un portail en bois, tout neuf, plus facile à manier que la vieille grille.

Je me cache et j'attends.

Je ne peux rien faire d'autre.

J'avais pensé au début à emporter un livre ou une revue. Un jour, j'ai cru bon de venir avec un vieil herbier de Christian pour reconnaître les feuilles et les fleurs, les arbres et les mousses. Mais je ne peux qu'attendre. Les yeux vrillés sur la grille. J'écoute le temps qui passe en mâchonnant des herbes, amères à la racine, sucrées et tendres au milieu puis dures et âcres.

Plus le temps passe et plus j'ai peur. J'invente des histoires terribles qui me serrent le ventre. Ils ne viendront pas. Ils sont partis ailleurs. Je ne les verrai plus. L'angoisse s'infiltre en moi et j'ai le sang qui bat sous la peau. Je mords mon poing pour ne pas pleurer et regarde si intensément les barreaux de la vieille grille qu'ils deviennent flous, presque liquides. Ils se dissolvent sous mes yeux et la maison se dilue aussi. Je tends la main pour que le mirage disparaisse, touche les barreaux un à un et retrouve le paysage que je connais : le jardin, la balançoire, la vieille maison couverte de lierre avec sa petite véranda et son perron en pierre. Je respire et j'attends. Quand j'ai les bras trop fatigués d'avoir tenu la grille, je pose les mains entre mes cuisses, baisse la tête et compte tout bas pour mesurer le temps, pour qu'il arrête de m'échapper.

Ils sortent comme des pétards de quatorze juillet. Alice d'abord. Et puis Antoine qui lui crie de l'attendre.

Alice a la bouche bien propre, les mains essuyées alors qu'Antoine porte souvent des traces de son dessert tout autour de la bouche ou sur son tee-shirt et il s'essuie les mains en courant sur son petit pantalon blanc. Ou bleu. Ou écossais. Ils sont bien tenus. Ça, je peux le vérifier chaque fois. De temps en temps, j'arrive à deviner ce qu'ils ont eu comme dessert. Une glace à la vanille pour Alice et au chocolat pour Antoine. Ou des fraises au sucre. Alice a dû faire un petit tas de sucre dans son assiette pour y tremper les fraises, méthodiquement, tandis qu'Antoine les a saupoudrées abondamment, en versant du sucre un peu partout.

Ils courent jusqu'au fond du jardin. Tout près de la grille. C'est leur domaine. Loin des adultes. Ils s'y recroquevillent et se parlent. Ou inventent des jeux. Alice invente et Antoine obéit. Il répète, docile, tout ce que sa sœur lui demande de répéter. Certaines fois, en tendant la main, je pourrais les toucher. Remonter de la main à l'épaule comme quand ils étaient petits et que j'allais les embrasser avant de me coucher. Je les effleurais du bout des doigts pour me convaincre qu'ils existaient. Que c'était moi qui les avais faits. Moi toute seule. Dans mon ventre. Moi qui les avais fait sortir dans le monde, doucement, tendrement, sans pleurer. Comme des fleurs qui éclosent. Une fleur fille et une fleur garçon. Le choix du roi, disaient les grand-mères en se bourrant de dragées. Ça, elle l'a réussi. Pas dans le bon ordre mais tout de même. Et j'étais fière de moi. Fière du choix du roi. André aussi était content. Et le docteur répétait : si elle les met au monde aussi facilement, elle peut nous en fabriquer une douzaine. Et repeupler la France de bons petits Français.

Une fois, je me rappelle, Alice s'est adossée à la grille, presque contre moi et j'ai senti son odeur de petite fille, une odeur de sueur acidulée qui s'échappait de ses nattes. De longues nattes blondes. Il en avait fallu du temps pour les faire pousser ! Quand j'étais partie, elles lui arrivaient aux omoplates et on les tressait tous les matins, avant d'aller à l'école, en racontant des histoires ou en récitant des comptines. C'était notre moment de récréation à deux. « Pommes et poires dans l'armoire, sucre et pain dans la main, fraises et noix dans le bois, plumes et colle dans l'école et le faiseur de bêtises bien au chaud dans ma chemise... » D'autres fois, elle boudait. Elle ne voulait pas que je la coiffe. Elle trépignait, disait que je lui faisais mal. Que j'étais méchante. Alors je lui récitais le poème de Saint-John Perse, celui que m'avait appris Christian quand j'avais 12 ans, je crois. « Quand vous aurez fini de me coiffer, j'aurai fini de vous haïr. Ne tirez pas ainsi sur mes cheveux. C'est déjà bien assez qu'il faille qu'on me touche. Quand vous m'aurez coiffée, je vous aurai haïe. » Je me disais alors que tout recommençait et qu'Alice ne manquerait pas de me haïr comme j'avais haï ma propre mère. Je ne pouvais empêcher les larmes de couler et, pour les cacher, je les mélangeais aux siennes en la serrant fort contre moi jusqu'à ce que, étonnée, elle me demande pourquoi je pleurais. Et me console.

— C'est les brosses, les méchantes, maman, pas toi...

Ce jour-là, derrière la grille, j'ai tendu la main et caressé le bout de la natte blonde. J'ai pris la mèche de cheveux dans la main et j'ai touché chaque cheveu, presque un par un. Je les ai fait crisser sous mes doigts, je me suis penchée pour les respirer, j'ai enroulé la boucle blonde au bout de mes doigts. La prochaine fois, je viendrai avec des ciseaux, et je couperai une mèche des cheveux d'Alice pour la respirer dans l'autocar et dans mon lit, le soir. Mais elle s'est dégagée, est partie en gambadant vers Antoine. Alors on dirait que je suis la princesse et que tu es le prince... Alors on dirait que je suis la maîtresse et que je t'apprends les lettres... Alors on dirait que je suis la maman et que tu es le papa et qu'on a plein de petits enfants...

Ils jouent à la Belle au bois dormant. Je déteste l'histoire de cette fille aux longs cheveux blonds qui attend son prince en roupillant et ne revient à elle que pour s'abandonner illico à un inconnu dont elle ne sait rien, avec qui elle a esquissé trois pas de danse dans une clairière ! Jolie poupée qui se laisse rouler dans la farine par la méchante sorcière et qui somnole pendant que le prince fait tout le boulot, affronte les monstres, l'huile bouillante, les ronces et le dragon avant de venir la réveiller d'un baiser. Alors elle bat des cils, émerveillée, et offre sa bouche rose d'un air confus. Alice et Antoine adorent ce conte. Ils voulaient que je le leur raconte encore et encore. J'avais récrit la fin, au feutre rouge, sur le grand livre offert par la grand-mère. En barrant rageusement la version officielle pour la remplacer par la mienne. « La belle princesse se réveilla, aperçut son prince, lui donna un baiser et lui promit qu'elle l'épouserait lorsqu'elle aurait fini l'école et aurait un métier. La vie n'est pas faite pour dormir en attendant le baiser du prince Charmant, se dit-elle en comprenant son erreur. Un bon métier lui permettrait d'être indépendante, de gagner ses sous et de savoir qui elle est. De ne dépendre de personne. Il ne faut jamais dépendre de quelqu'un. On est trop malheureux. »

Ça veut dire quoi « dépendre de quelqu'un » ? demandait Alice.

Ça veut dire quoi « être malheureux » ? demandait Antoine.

Aujourd'hui, ils jouent au prince et à la princesse et n'ont pas besoin de comprendre des mots compliqués. Antoine brandit son épée de preux chevalier. Il galope sur la pelouse en hennissant. Alice se lasse vite : la princesse ne fait rien que dormir, ce n'est pas rigolo. Elle préfère jouer. Ils ont chacun un cerceau en plastique qu'ils font tourner dans l'air ou autour de leur taille, des arcs en bois que leur père leur a confectionnés avec des flèches blanches et droites, la ficelle se défait et ils rentrent dans la maison pour demander de l'aide. Ils jouent. Ce sont les mêmes jeux qu'avant mais ils ont plus de vocabulaire. Antoine surtout. Il fait des phrases maintenant. Il dit : je monte pas à l'arbre car je risque de tomber. Ou : je vais pas sur les marches car je risque de tomber. Antoine aime bien les mots pour les mots. Alice aime parler pour parler.

Ils jouent jusqu'à 4 heures, 4 heures et demie. Leur grand-mère sort un transat et finit son café dans le jardin, les surveillant de loin. Feuilletant un journal. Posant ses lunettes sur la table à côté. Somnolant.

C'est ma place à moi dans le transat.

C'est moi, la maman. Pas elle.

C'est mon rôle à moi de passer les dimanches après-midi dans le jardin de ma belle-mère avec mes enfants et mon mari. Je frotte mes mains l'une contre l'autre. Je transpire. Je me replie dans le trou derrière la grille. J'ai les genoux qui cognent le nez, qui bloquent mes larmes. Je reste cachée. Si je me fais voir, ils n'iront plus jamais jouer dans le jardin, le dimanche après-midi, et je ne pourrai plus les espionner. Je prends des photos aussi. J'en ai toute une collection. Quand je rentre à Paris, je porte l'appareil contre mon ventre et il saute à chaque pas. Avec mon imperméable par-dessus, on dirait que j'ai le ventre gros. Le choix du roi. Je suis la reine. Une reine renversée, les quatre fers en l'air, la couronne de travers parce qu'on lui a enlevé ses petits.

À 4 heures et demie, quand la digestion est finie, ils vont se baigner dans le lac ou se promener sur les rives. Comme tous les habitants du village. En été, ils montent sur les pédalos, plongent dans l'eau, achètent des beignets sucrés, des guimauves, font des pâtés, des barrages, des châteaux. En hiver, ils lancent des cailloux et comptent les ricochets. C'est l'heure où je remets mon imper, enfonce mon chapeau, longe la grille et repars par le petit chemin creux reprendre mon car au sommet de la côte. Je ne croise jamais personne. Sauf une fois...

À l'arrêt du car. Ce jour-là, Guillaume est passé en moto. Il a ralenti. J'ai cru qu'il m'avait reconnue. J'ai baissé la tête et mon chapeau a roulé par terre. Je me suis penchée pour le ramasser et, pendant que j'étais baissée, il est passé. En pétaradant sur sa belle Honda rouge. Sans s'arrêter. J'étais devenue couleur de grille et le vent soufflait dans ma tête. Chantait et hurlait : « Pommes et poires dans l'armoire, sucre et pain dans la main, fraises et noix dans le bois, plumes et colle dans l'école et le faiseur de bêtises bien au chaud dans ma chemiiiIIIIIIse... »

Guillaume a eu le droit de revenir au village. Sans se cacher.

Pas moi.

C'est ma faute aussi. Je suis une méchante femme, je suis une méchante mère : j'ai abandonné mes enfants et mon mari.

Ma tante Fernande, qui chantonne tout le temps et porte des boucles d'oreille en verroterie de toutes les couleurs, me le dit souvent : j'étais la petite fille la plus docile, la plus exquise qu'on puisse imaginer. Tante Fernande aime le mot « exquis ». Quand elle le prononce, on dirait qu'elle suce un bonbon qui coule dans sa gorge. Elle s'en gargarise et il devient exxxsssquiiis. Elle ajoute aussi que ce n'est pas normal qu'un enfant soit aussi facile que je l'étais. « Un enfant doit dire non, piquer des caprices, se rouler par terre, tirer la langue, dire des gros mots... Toi, jamais ! Tu étais exxxsssquiiiiseee. C'était presque louche. Tu voulais tout faire bien tout le temps. »

C'était le seul moyen de voler le regard de ma mère. Les yeux pâles de ma mère glissaient sur moi sans s'arrêter et fixaient un point au-dessus de ma tête. J'avais l'impression qu'elle guettait quelqu'un. Elle se tenait toujours très droite, le cou et le menton tendus vers un ailleurs mystérieux.

D'elle, je ne possédais que les mains qu'elle m'abandonnait le temps de traverser une rue ou d'entrer à l'école : de longues mains aux ongles émaillés de taches blanches. Je les tenais dans les miennes et la suppliais de me serrer plus fort. « Tu es folle, disait-elle, je vais te faire mal ! » « Non, plus fort, plus fort, je demandais. Ça fait rien si tu me fais mal » « Tu es folle ! » Elle resserrait un peu son étreinte puis, effarée, la relâchait aussitôt. Mais le plus souvent, quand je m'agrippais à ses mains, elle me repoussait comme on écarte un insecte qui volette autour de vous. Je devais me dresser sur la pointe des pieds pour entrer dans son regard. Je m'entraînais dans ma chambre à sauter très haut, les deux pieds réunis, les genoux serrés, les bras tendus vers le ciel. Devant le grand miroir posé sur la cheminée. Nous habitions chez ma grand-mère maternelle, rue Lepic, dans un vieil appartement, avec ma tante Fernande et mon cousin Christian. Quand, fière de mes progrès et sûre de pouvoir attraper son regard, je m'élançais devant elle, elle secouait la tête et coupait net mon élan : « Arrête, Doudou, arrête, tu me fatigues... » Alors je retombais comme une grosse baudruche crevée et faisais semblant de danser au milieu des guéridons, des bergères, des canapés du salon. Je faisais la folle pour oublier ce regard qui jamais ne se posait sur moi. Je dansais la polka, je sautais comme un cabri, je criais Abracadabra. Très vite, je n'ai plus sauté que dans ma chambre ou devant Christian qui m'encourageait à toucher le plafond. Mais, avec maman, je gardais les pieds serrés sur le parquet.

Un samedi matin, je me souviens, elle a reçu une lettre et l'a ouverte devant moi. Puis elle s'est assise et son regard est tombé par terre. D'un seul coup. Sa nuque s'est ployée, ses épaules se sont affaissées, son dos s'est arrondi. On aurait dit une marionnette dont on avait coupé les fils. Le rayon de soleil, qui entrait dans la salle à manger, éclairait son profil aux lèvres minces, serrées, ses pommettes anguleuses, son menton qui pointait en avant. La poussière dansait dans le rayon de soleil et semblait si vivante auprès du profil buté de maman. Elle a serré les bras contre elle et s'est laissée aller contre le dossier de la chaise. Le regard bas et lourd, posé sur la pointe de ses chaussures. J'en ai profité. J'ai grimpé sur ses genoux. J'ai ouvert ses bras et elle les a refermés sur moi. Mécaniquement. Je me suis blottie contre elle et je l'ai respirée. Elle sentait le propre, le vêtement bien repassé, l'empreinte du fer sur le coton de la blouse. Je l'ai reniflée longuement, cherchant une trace de transpiration, d'eau de Cologne ou de cuisine, je n'ai rien trouvé et suis restée là, immobile, en tenant fermement ses coudes pour qu'elle ne me lâche pas. Son étreinte était si raide que j'ai passé la paume de ma main sur ses bras afin qu'ils se détendent et deviennent un cercle rond et doux où je puisse poser ma joue. Je les ai caressés longuement, étonnée de sentir sous mes doigts les coudes pointus, la peau rêche, les muscles tendus. J'ai glissé ma main sous son chemisier blanc, je voulais toucher ses seins, vérifier si son cœur battait. Elle m'a repoussée doucement et m'a dit « vilaine, vilaine... ».

— Tu sens le savon, maman.

La radio jouait des chansons de Tino Rossi et les auditeurs devaient appeler pour dire « Stop ou encore ». J'entendais la voix haut perchée du chanteur qui articulait « Ma-ri-nel-la, reste encore dans mes bras... » et j'essayais de faire comme dans la chanson, de fondre ma tête, mes épaules, mes mains dans le corps de ma mère qui demeurait si raide que je renonçai.

— T'as du chagrin, maman ? j'ai demandé en m'asseyant toute droite sur ses genoux.

Même alors, son regard ne s'est pas posé sur moi mais sa voix s'est cassée. Tout son corps tremblait comme si elle entrouvrait une porte, une porte qui devrait toujours rester fermée.

— Ce n'est rien, Doudou, ce n'est rien. Quelquefois, tu sais, la vie est lourde à porter. Je ne comprends pas. Je ne comprends pas. Je n'étais pas faite pour cette vie-là, tu sais...

J'ai gardé mes bras autour de ses épaules, ma tête contre son cou et l'ai bercée contre moi. Ce fut un bref instant mais un instant si heureux, si rempli de promesses de bonheur que j'ai cru que, grâce à son malheur, on allait se retrouver toutes les deux. Qu'elle allait se consoler avec moi. J'allais devenir sa confidente, son amie, et je pourrais lui donner tout l'amour que j'avais pour elle. Je n'aurais plus jamais besoin de sauter en l'air ou de faire l'exquiiise pour qu'elle m'accepte à ses côtés.

— Maman, je suis là, moi, je t'aime à la folie de mon cœur, tu sais...

Elle avait dû oublier que c'était à moi qu'elle parlait parce qu'elle s'est aussitôt reprise. Elle s'est redressée. Son regard est reparti vers le haut de la fenêtre, vers le rideau en velours rouge, son corps s'est raidi dans la blouse en coton et elle m'a échappé. Elle a remis son collier de perles bien en place sur le col de son chemisier et a lissé sa jupe que j'avais dérangée.

— Ce n'est rien, Doudou, ce n'est rien. Arrête la radio, veux-tu ? Ces chansons sont si bêtes. Tu as rangé ta chambre ? Tu as fait ton lit ?

Elle s'est levée, a étiré son menton comme un long muscle. J'ai glissé le long de sa jupe et je me suis retrouvée comme avant : sous le regard, ignorée. J'ai rien dit mais j'ai donné des grands coups de pied dans la chaise où elle était assise. De toutes mes forces, j'ai frappé la chaise. Si j'avais pu arracher les rideaux en velours rouge, je l'aurais fait aussi. Mais j'étais trop petite et les rideaux trop hauts. Alors c'est la chaise qui a tout pris.

— Tu es folle, ma fille ? m'a-t-elle demandé, glaciale. Il ne manquerait plus que ça...

Maman est la première qui m'a traitée de folle. Les gens, aujourd'hui, disent tout haut que je suis cinglée. Pas normale. Les plus gentils disent « fragile ». Je préfère. Ça m'arrange. On me soigne. Le docteur me donne des pilules et hoche la tête savamment quand je parle. Il prend des notes dans un petit carnet recouvert d'une couverture en toile.

André ne disait pas « fragile » mais « zinzin ». Il le dit couramment, maintenant, paraît-il. Il ne fait plus d'efforts pour sauver les apparences. « J'ai épousé une zinzin totale. Une femme qui abandonne ses enfants, pensez donc ! »

Quand tu es venu, André...

La première fois que tu es venu sur moi.

Tu te souviens ?

C'était après une soirée avec tes copains où tu avais beaucoup bu, beaucoup mangé, beaucoup ri. Tu empilais des gros morceaux de viande sur ta fourchette à fondue et tu les engouffrais d'un seul coup. Tu parlais fort et ta fourchette allait et venait

au-dessus de ton assiette. J'étais assise à côté de toi
et ton bras m'entourait. Je ne pouvais pas manger
tellement tu me serrais. J'avais ton coude contre
l'oreille et je ne bougeais pas. Je te regardais par
en dessous. Je me disais que toutes les filles rêvaient
d'être à ma place.

Quand tu ne mangeais pas, tu attrapais la bouteille de bière et buvais au goulot. Tu me tenais fort
contre toi et j'aimais ça. Tu me flattais la tête comme
une bonne petite bête et parlais à tes copains, sans
me regarder. Tu me tâtais et tu disais : « Elle a de
belles jambes et de longues cuisses. C'est surtout
les cuisses qu'elle a de belles... » Et moi, j'étais
fière. Je remettais ma vie entre tes mains. Je me
disais... La vie va être facile avec son bras autour de
moi. Je vais être bien à mon aise. Bien à mon aise.
Plus besoin de penser, de décider, d'agir, de sauter
en l'air pour qu'on me voie. Il m'aime, il m'aime,
il va m'aimer toute la vie et je n'aurai rien d'autre
à faire qu'à recevoir tout cet amour et à m'en ras-
sasier. Je voulais me blottir plus près de toi. Que
tu me portes à ta bouche comme la bouteille de
bière. Que tu boives au goulot de ma bouche. Que
tu remplisses le grand vide que je sentais en moi.
Qui me donnait le vertige. Pas penser, pas penser. Devenir collier autour de ton cou. J'aimais
tout le monde quand tu me tenais contre toi. Je
n'avais plus besoin de père, ni de mère, ni de bac-
calauréat. J'étais légère comme une plume et je
me posais sur ta bouche. J'ai encore le goût de ta
bouche dans la mienne. Élastique, douce, chaude,

mouillée, qui sent la bière et l'écume que tu posais sur mes lèvres quand tu m'embrassais.

À la fin de la soirée, tu t'es levé en titubant, tu as repoussé tes copains en me tenant toujours par le cou et tu as dit : il est temps...

De rentrer.

Tu es rentré en moi. D'un seul coup. J'étais encore tout habillée. Tu as poussé. C'était fait. Tu t'es endormi. À moitié sur le lit, à moitié sur la descente de lit. Les bras et le haut du corps sur le lit. Les genoux et les pieds sur la descente de lit. Tu n'avais pas pris le temps d'ôter ton pantalon et il était entortillé autour de tes mollets. Moi, je t'observais. Je m'étais déshabillée et enroulée dans les draps. J'ai regardé par la fenêtre et j'ai vu l'enseigne au néon de l'auberge. Au bout d'un moment, elle s'est éteinte et j'ai fermé les yeux. Le lendemain, tu t'es réveillé et tu as fait une horrible grimace. J'ai eu très peur. Peur que tu sois déçu, que tu me jettes. Que tu me demandes pourquoi il n'y avait pas eu de résistance à l'intérieur de moi. Pourquoi je t'avais accueillie, ouverte, d'un seul coup. Mais tu as dit :

— Ouille ouille ouille, ma tête ! Oh là là ! Qu'est-ce que je tiens ! C'était bien ?

J'ai dit oui. Très bien.

— Alors on se marie. On ne fait plus traîner. Je t'aime, tu m'aimes. On est bien tous les deux, non ?

J'ai répété oui-oui. Avec un grand sourire. J'ai bien vu que tu étais déçu, que je ne montrais pas assez de joie à ton goût. Alors je me suis mise à bondir dans la pièce, à faire le cabri, à te sauter au cou, à te lécher partout. Pour que tu sois heureux, que tu voies comme j'étais heureuse. Tu as eu l'air rassuré. Tu m'as prise dans tes bras, tu m'as allongée sur le lit, tu as ouvert mes jambes et tu m'as embrassée là où tu devinais que ça me faisait si plaisir.

Tu t'es montré si doux, si savant, si patient...

Si délicat.

Ce plaisir que tu m'offrais, c'était ton amour que tu me donnais, sans le dire. L'amour que, peut-être, tu ne connaissais pas toi-même et qui ne pouvait jaillir que comme ça, avec ta bouche, tes doigts, ta langue, avec la science de ta bouche, de tes doigts, de ta langue qui me remerciait de faire le cabri, de danser la plus belle danse du monde pour toi...

Après, l'eau est entrée dans ma tête et elle a tout emporté.

Après, je ne sais plus.

Je ne sais plus le mariage, les préparatifs, je ne sais plus le maire, je ne sais plus le prêtre, les paroles échangées devant Dieu, les invités qui me félicitaient.

De quoi, de quoi ?

Les invités dont je serrais la main en faisant un grand sourire ouvert. Un sourire de bonimenteur de supermarché qui cherche à placer sa tondeuse à gazon : « C'est gentil d'être venu, vous êtes si gentil, merci beaucoup, je suis si heureuse, c'est le plus beau jour de ma vie. » Et c'était vrai. C'était le plus beau jour de ma vie. J'étais pleine de l'amour que tu me donnais. Je n'avais plus peur de rien.

J'entendais des mots : quel beau couple ! Qu'ils sont mignons ! Ils se connaissent depuis long-temps, vous savez ! C'est le premier garçon qu'elle a fréquenté ! Elle est si jeune ! Si gaie ! Elle rit tout le temps ! Elle fera une maman charmante !

J'entendais les mots et je les mettais bout à bout. C'était nous, ces mots-là. Et j'essayais de ressembler aux mots. J'étais charmante. Et gaie. Je passais d'un invité à l'autre, je me penchais sur une épaule, je me laissais enlacer par des hommes que je connaissais à peine, qui parlaient très fort contre mon oreille en faisant des allusions aux bons moments qu'on allait se payer, aux beaux bébés qu'on allait faire, au bel homme que j'avais épousé. « Il est vigoureux, André, il est vigoureux, tu sais. C'est de famille, du reste. Moi, si j'étais plus jeune, je t'aurais bien fait ton affaire... » « Ne l'écoute pas, disait une femme qui devait être la tante d'André, ce sont tous des vantards dans la famille. J'en sais quelque chose ! » Ils éclataient de rire. Et moi aussi.

Je ne savais plus les noms, les liens de famille, je les remerciais d'être là, au début d'une vie nou-velle. « C'est si gentil d'être venu... Il ne fallait pas nous faire ce si beau cadeau... Vous nous avez tant gâtés... »

Je m'inclinais, j'embrassais, je remerciais, je m'inclinais encore.

À un moment seulement, à un moment, j'ai eu une drôle d'impression.

Je me suis arrêtée de danser, de parler aux uns et aux autres et j'ai reculé. J'ai vu ma robe blanche qui dansait...

Ma robe qui riait, disait des mots drôles, étreignait des vieilles mamies et les embrassait tendrement. Qui repoussait un invité trop pressant. Qui avalait un gros morceau de gâteau en souriant pour le photographe. Ma robe blanche que tu prenais dans tes bras, André, et que tu froissais en disant : « Attends ce soir, attends et tu vas voir ! Je vais me surpasser... »

Ça n'a pas duré longtemps.

Je suis revenue dans ma robe et j'ai fait le cabri.

Si. Si. Je me souviens d'une chose...

D'une autre chose.

Mais quelquefois je me demande si je ne l'ai pas rêvée.

Si c'est bien arrivé ce jour-là.

Je n'en suis pas sûre. Je n'ai plus voulu y penser après.

Plus jamais. JAMAIS.

Il y a des souvenirs comme ça que j'enfonce tout au fond de moi pour les perdre. Parce que je n'en suis pas fière. Qu'ils ne vont pas avec le reste, avec la belle histoire que je me raconte. Quelquefois, ça réussit très bien, ils se décomposent. Mais d'autres fois, ils resurgissent. Impératifs. Brûlants. Ils se pavanent et me forcent à les reconnaître. Ça m'est arrivé à moi, ça ? je m'interroge, incrédule. Et j'ai honte, j'ai honte. Je me cache la tête dans les mains. Je me débats comme un diable, je veux les chasser, leur cracher dessus mais ils s'incrustent, me narguent, me tourmentent tant que je ne les ai pas reconnus.

Je me souviens de Christian, le jour du mariage...

Il a fait irruption dans la fête.

Je pensais qu'il ne viendrait pas.

Il était là, appuyé contre le chambranle d'une porte. Il n'était pas habillé comme on se doit de l'être dans ce genre d'occasions. Non. Son col de chemise était ouvert et il portait un blouson en jean. Il tenait un verre de champagne dans une main et, de l'autre, il agrippait le montant de la porte.

Il était venu tout seul.

Il me regardait. Avec des poignards dans les yeux. Ses yeux noirs aux cils clairs, presque blonds, ne me quittaient pas. J'attrapais son regard en dansant, en passant de bras en bras, par-dessus les costumes gris et bleu lustré et les robes des femmes, par-dessus les bouchons de champagne qui pétaient et la mousse qui coulait le long du goulot, par-dessus la pièce montée où un copain d'André avait sculpté deux figurines à notre image. Ma figurine à moi avait de longues jambes, de longues cuisses, des seins tout ronds. Il ne voulait pas lui mettre de robe. Finalement, il en avait peint une. Violette. Pas blanche, violette. Ça m'avait contrariée et je m'étais vengée en la barbouillant de crème Chantilly. J'ai attrapé le regard au couteau de Christian et je lui ai souri de mon sourire de belle mariée dans sa belle robe blanche. Un sourire qui invitait à la paix.

Il me regardait sans bouger. Il ne répondait pas à mes sourires.

Une fille est venue s'appuyer contre lui et il l'a repoussée d'un méchant coup de coude. Il ne me lâchait pas des yeux. Quand l'orchestre a entamé la chanson d'Yves Montand et que le chanteur a lancé « Trois petites notes de musique ont plié boutique au creux du souvenir... », il s'est avancé vers moi, m'a attirée contre lui, les doigts appuyant très fort sur mon poignet et m'a invitée à valser à trois temps. Je ne savais pas quelle contenance prendre. Je me doutais bien du danger. J'ai souri encore. J'ai fait la détachée, je lui ai dit : « Alors, tu es venu finalement ? Tu n'as pas résisté. Tu ne me souhaites pas plein de bonheur ? »

Il n'a rien répondu.

Il valsait, il valsait, j'essayais de le suivre, de ne pas me prendre les pieds dans ses pieds, de me tenir comme il sied à une jeune mariée et j'entendais sa bouche dans mes cheveux qui disait : « Pourquoi tu te maries, Doudou ? Pourquoi tu te maries ? Tu le sais seulement ? Tu n'en sais rien, tu te jettes dans cette histoire comme une pierre dans la mer. Tu l'as regardé ton mari ? Il est grotesque. Si content de lui. Avec son costume gris perle et ses bretelles. Doudou, ma Doudou... » Il tournait, tournait et m'entraînait vers la cuisine du restaurant, vers la petite cour derrière où s'entassaient les bouteilles vides, les cageots, les poubelles pleines d'os de gigots, de flageolets figés en une masse molle, de croûtes de fromages, de crème pralinée, de choux éventrés, de quignons de pain, de feuilles de salade...

Pas là, j'ai dit, pas là...

J'ai glissé, il m'a rattrapée, m'a appuyée contre une poubelle, moi et ma belle robe blanche, j'ai protesté et sa bouche a continué de me parler. Il avait glissé ses deux pouces dans la ceinture de ma robe blanche et il me maintenait contre lui. J'entendais à peine la musique qui faisait tatata-tatatata ta tatatatata ta tatatatata et j'ai senti sa bouche sur ma bouche. J'ai crié « non, pas main-tenant. Pas aujourd'hui ». Il a dit « si, justement, aujourd'hui ». Il a mis ses mains sous mes fesses, m'a installée sur le dessus de la poubelle et a relevé la belle robe blanche sur mon ventre. J'avais mis des jarretelles pour être une vraie mariée avec des bas blancs nacrés et une petite culotte blanche cou-sue de festons. Il a tout déchiré et il m'a renversée, moi, la belle mariée toute propre. J'avais honte, j'avais honte. Je tremblais de tout mon corps. Je n'osais pas crier. Je ne voulais pas qu'on l'attrape. Qu'on nous surprenne.

Alors là... Si on nous avait pris !

Il est entré en moi très fort, puis très doucement et encore très fort jusqu'à ce que je ne comprenne plus si je le voulais ou pas. Jusqu'à ce que je le laisse faire, là sur la poubelle, dans ma belle robe blanche. L'orchestre jouait *Capri, c'est fini*, je me suis dit que c'était le quart d'heure des slows, que les lumières allaient se tamiser, que chaque garçon attraperait sa cavalière pour la coller contre lui et qu'André me chercherait. J'avais envie qu'André me prenne dans ses bras, qu'il me console, qu'il me protège. Qu'il me dise « ce n'est rien, ma chérie, ce n'est rien, je suis là, c'était un mauvais rêve ». Mais Christian a repris ma bouche et m'a embrassée, m'a embrassée comme s'il avait tout le temps et que je lui appartenais. Comme si, à nous deux, on n'avait qu'une seule bouche. Je me rappelle. Je ne bougeais plus. J'avais sa langue qui léchait mes lèvres puis sa langue dans ma bouche d'abord légère et pointue, puis forte et épaisse, meurtrière.

Pendant tout le temps où l'orchestre jouait, il m'embrassait. Penché sur moi, les mains plaquées sur moi. Moi appuyée contre le couvercle de la poubelle. Nos bouches emmêlées, mouillées de la même salive, nos langues comme une épée, comme un serpent, comme un ruban, ses hanches contre les miennes. Sans rien dire. Sans rien dire. J'avançais vers lui, vers sa bouche, je le cherchais. Il reculait, reculait, se refusait puis revenait et je le recevais dans ma bouche pendant que son sexe m'écorchait le sexe, me brûlait le sexe et que je sanglotais :

— C'est mon mariage, c'est le jour de mon mariage...

— Je te hais quand tu fais le cabri. Arrête de faire semblant. S'il te plaît. Arrête de faire semblant... Pourquoi tu te maries ? Pourquoi ?

Il me reprenait contre lui, défaisait le haut de ma robe tout doucement en égrenant les boutons et en caressant la peau découverte comme une pierre précieuse. Je m'avançais, je m'avançais. Je le cherchais avec ma bouche, avec mon ventre, avec mes mains. Sa bouche était dans mes yeux, me mangeait le nez, me respirait la peau. Il chuchotait « écoute, respire avec moi, écoute les battements de mon cœur comme ils battent pour toi ». Il se retirait, haletant, pris de fièvre, ses yeux se rétrécissaient, mauvais, cruels, et il enfonçait un doigt dans mon ventre. « Tiens, il disait, tiens », puis la main tout entière. Je criais : « Tu me fais mal, arrête ! » « Tu me fais mal, toi aussi, tu ne sais pas comme tu me fais mal ! » Et sa main pétaradait dans mon ventre, me déchirait le ventre.

Tout le monde est si heureux quand je fais le cabri. Quand je ris. Quand je danse. Quand je me marie. Moi aussi, je suis heureuse, Christian, laisse-moi, va-t'en. Et puis je ne sais pas faire autrement... Ou alors j'ai peur, Christian. Tu sais que j'ai peur. Il fallait que tu m'encordes à toi quand j'étais petite et que tu m'emmenais la nuit faire des expéditions dans les cimetières.

Il reprenait ma bouche et suppliait « tais-toi, tais-toi... ». Et ses genoux s'écorchaient contre la poubelle et, moi, j'étais affamée de lui, affamée de sa bouche en moi, de son sexe en moi. Je glissais, j'étais trempée et je priais que ça ne s'arrête jamais. Continue, s'il te plaît, avance, avance. Enlève-moi ma belle robe blanche, jette-la dans la poubelle par-dessus les choux éventrés et les os de gigots. Enlève mes bas blancs et ma culotte blanche, enlève tout ce blanc sur moi. Emporte-moi ! Ne me laisse pas seule avec eux. Je suis perdue si tu me laisses, tu le sais... Mais je savais qu'il repartirait.

Il repartait toujours, Christian. Il me prenait quand il avait le temps. Ou l'envie.

Continue, ne t'arrête pas, marche dans moi, je lui demandais, agrippée à lui. Plus le cabri, plus le cabri, il répétait, répétait comme un fou qui secoue sa tête dans le ciel, la bouche déformée, la tête rejetée en arrière, si laid, si laid, ses hanches collées aux miennes, son sexe étripant le mien. Plus le cabri, plus le cabri... Ma Douce que je respire, que je mange, ma Doudou à moi, rien qu'à moi... Il coulait sur moi, il coulait sur ma robe, sur mes bas si blancs, mes bas nacrés. Regarde-moi, Doudou, regarde-moi. Ose me dire que tu es heureuse d'avoir épousé ce crétin à bretelles et pantalon gris.

Non, pas regarder, pas regarder. C'était une journée si belle, si pure... Regarde-moi, Doudou, regarde-moi ou je deviens fou, ou je n'existe plus. Non, non, je disais, pas regarder, pas savoir, pas aujourd'hui. Laisse-moi retourner avec eux, Christian, s'il te plaît... Je suis toute sale maintenant. J'ai la robe en lambeaux, les cheveux tout collés. Je suis sale, sale...

Moi je t'aime comme ça, ma Doudou, quand t'es sale, quand t'es propre, quand t'es moche, quand t'es belle. Je t'aime tout le temps, ma Doudou à moi.

Christian, laisse-moi ! Laisse-moi !

Jamais, tu entends, jamais je te laisserai. Tu crois que j'ai vécu vingt ans avec toi pour t'abandonner au premier crétin venu ? Tu crois ça ? Pauvre fille ! Tu ne sais rien, tu ne comprends rien. Tu es bête mais bête... Et les connes, tu sais ce qu'on en fait, on les baise comme je te baise, au milieu des poubelles le jour de leur mariage, parce qu'elles ne savent pas ce qu'elles font et qu'elles ne disent jamais non.

J'avais mal aux bras à force de le repousser, de l'attirer, de le garder. Je ne savais plus où mettre mes forces.

Et puis un vieux de la noce est sorti pour prendre l'air dans la cour et il nous a aperçus. Christian n'a pas bougé, il est resté collé contre moi. Il regardait le vieux et il lui a demandé de partir, de se tirer. Il voyait pas qu'il dérangeait ?

J'ai juste eu le temps de me rajuster, de crier très fort :

— Mais où est passée ma boucle d'oreille ? J'ai perdu ma boucle d'oreille.

Le vieux a cligné des yeux, a titubé, a regardé ses mains, ses pieds. S'est frotté la tête comme s'il se débarbouillait. A regardé tout autour de lui, hagard, projeté dans la vision de notre couple enlacé, aveuglé, il ne pouvait plus écarquiller les yeux, il ne voyait que du blanc dans les yeux qu'il fermait, qu'il ouvrait, qu'il se frottait...

— Moi, je voulais aller aux cabinets, il a dit.

— Ma boucle d'oreille ! Ma boucle d'oreille !

Et on s'est mis tous les trois à chercher la belle boucle d'oreille en diamants que tu m'avais donnée, André, en guise de bague de fiançailles. Tu m'avais dit « l'autre, je te l'achèterai quand j'aurai des sous. Au premier enfant, peut-être... ». Et tu m'avais fait une copie de la vraie pour que ça fasse la paire. C'est la vraie que j'ai perdue dans les poubelles...

Je voulais être bénie le jour de mon mariage. Bénie par le Dieu de maman. Être une mariée exemplaire. Une mariée qui rachète tous ses péchés d'un seul coup de robe blanche et de promesse à Dieu. La promesse d'être pure et sans tache, à la hauteur de mon fidèle compagnon. De partager ses peurs, ses échecs comme ses baisers, sa force et sa tendresse. De lui offrir mon amour, mes faiblesses, mon courage, toute ma miséricorde.

André... Je voulais grandir avec toi, devenir celle que tu voulais que je sois. Laisser l'autre derrière et ne plus jamais la retrouver. L'autre qui me faisait si peur, l'autre qui suivait Christian. Te chuchoter des mots d'amour que j'aurais faits tout neufs rien que pour toi et te dire : « Regarde, regarde comme je suis devenue forte grâce à toi, regarde comme je te soutiens, comme je te porte, regarde la force que tu m'as donnée, que j'ai puisée en toi, en cette vie avec toi. Regarde comme je suis devenue femme pour toi mais femme solide qui peut porter sa vie, son père et sa mère et leur pardonner et les aimer et les prendre sur elle avec tout le noir de leur histoire. Regarde comme tu m'as réunie avec eux, avec l'amour que j'ai pour eux mais qui jamais ne sort de ma bouche morte, regarde, regarde comme je vais t'aimer grand et fort comme une petite fourmi qui, obstinément, refait le même chemin avec tellement d'énergie, d'entêtement, de soin qu'à la fin elle creuse un puits, elle trace un canal, elle ouvre toutes les voies. Regarde cette femme nouvelle qui va porter tes enfants, tes petits enfants au regard clair comme le tien, aux cheveux blonds frisés comme les tiens, à la bouche élastique comme la tienne et qui sortiront de mon ventre. Regarde, André, regarde ton amour comme une source pure en moi... »

C'était fini, tout ça.

Par la folie d'un homme qui voulait que je sois à lui, rien qu'à lui, un homme avec qui j'avais grandi, avec qui je m'étais écorché les genoux sur les rochers, avec qui j'avais raclé la terre pour extirper les vers pour la pêche, un homme qui m'enfermait dans ses bras la nuit dans les cimetières, qui m'écartait, me forçait, m'aimait parce que j'avais si fort envie d'être aimée. Un homme qu'un jour j'avais repoussé de toutes mes forces, de toutes mes forces, parce que je savais qu'avec lui il n'y aurait jamais de vie, jamais la moindre lumière d'espoir, mais qui toujours me rattrapait... Qui disait « d'accord, d'accord, je ne te touche plus. Je ne te touche plus du tout. D'ailleurs, je n'ai plus envie... Juste un petit peu, là, entre les jambes, laisse-moi mettre ma main entre tes jambes... ». Un homme que j'avais enfoncé tout au fond de moi pour qu'il ne revienne plus et qui revenait toujours. Parce que je ne suis pas forte, André. Pas propre. Un autre est passé avant toi et il m'a marquée et, malgré tout mon amour pour toi, il revient, il revient toujours et, chaque fois, je lui ouvre les bras.

Aujourd'hui, André, j'ai la paix.

Il est en prison. Et quand je vais le voir, il y a toujours une paroi de verre entre sa main et le creux de mes jambes.

Je sais qu'il m'aime toujours. Je sais que je l'aime toujours.

Je sais aussi qu'il va falloir que je me sépare de cet amour.

Pour grandir.

Il ne me fait plus peur maintenant.

Enfin... Il me fait moins peur.

Les hommes l'ont enfermé.

Les hommes l'ont enfermé. Et je suis libre.

Je suis désolé. La manière dont elle raconte nos noces sur la poubelle est inexacte. Totalement inexacte. Et le jour où on lira cette confession, on me prendra pour un malade, un enfiévré, un obsédé sexuel. Personne ne comprendra l'amour, le désespoir qui s'est emparé de moi ce jour-là.

Personne...

Il est vrai que je ne peux guère passer pour un narrateur crédible. Mais Diane, c'est une autre histoire. J'en parlerai plus tard.

Le jour du mariage de Doudou, j'étais là. C'est exact. Je l'ai renversée sur la poubelle, c'est exact aussi, mais elle ne demandait que ça. Je l'ai compris tout de suite dès que je suis arrivé au repas de noces. C'est elle qui m'a entraîné vers les poubelles. Je n'ai fait que ce qu'elle me demandait. Je ne voulais pas assister à ce mariage.

André, je ne le supporte pas. On dirait qu'il sort d'un cadre. Avec sa belle tête de prince consort autrichien, ses cheveux frisés, blonds, son beau regard franc et clair, ses costumes rayés cintrés et la cravate assortie, ses chaussures qu'il achète sur les Champs-Élysées — chez Weston, il trouve cela très chic et souligne, comble de vulgarité, le montant de ce qu'il porte aux pieds —, il se croit irrésistible. Il est persuadé que toutes les filles sont folles de lui. Il le croyait jusqu'au jour où Doudou l'a plongé dans un doute profond en partant avec Guillaume, un motard.

Ah ! Ah ! Ah !

Ce jour-là, j'étais à la fois triste et content. Je jubilais et j'enrageais. Je l'imaginais, André, tout seul dans son pavillon blanc à se demander comment, mais comment on pouvait abandonner un type aussi bien que lui pour un voyou de quatre sous ! Un type parfait, qui avait un métier plein d'avenir, faisait partie du Rotary, achetait ses meubles chez les brocanteurs, était classé au tennis et retournait trois fois la terre de sa pelouse avant de semer les graines pour qu'il n'y ait pas le moindre caillou qui apparaisse sur le gazon ! Il n'a pas dû comprendre, André. Ça c'est sûr.

Moi non plus d'ailleurs.

Pourquoi n'est-elle pas venue me chercher ? Je lui aurais fait faire le tour de France et de ses canaux, je lui aurais parlé des nuits et des nuits durant... Parce que Doudou, ce qu'elle aime, c'est qu'on lui raconte des histoires, qu'on lui agrandisse la tête. André, des histoires, il ne lui en racontait jamais. Le pauvre garçon, son imagination ne dépassait pas le pli de son pantalon !

Le jour du mariage, donc, je suis resté à la maison. Toute la famille a défilé derrière ma porte en disant : « Mais viens, mais viens donc ! C'est pas tous les jours que tu maries ta petite cousine. »

Ma petite cousine... mon trésor caché... si fragile, qu'on peut la casser. Quand je la portais dans mes bras, je repliais ses jambes sur ma poitrine pour qu'elle ne se blesse pas. Qu'elle ne heurte rien. Ses longues jambes si fines, si lisses, avec son duvet blond qui devenait tout blanc sur le haut des cuisses... tout blanc aussi dans le creux du dos. Elle cache deux petites fossettes au-dessus des fesses qui forment une cuvette. Si on y verse de l'eau, elles deviennent lacs. Si on y dépose deux petits coquillages nacrés, elles se transforment en cavernes de pirates. On peut y planter le bout de sa langue aussi... en faisant la langue toute pointue, on y écrit comme avec un crayon. Ce fut ma première carte de géographie, Doudou. Je lui disais : replie ton coude et dessine-moi la Bretagne ou écarte les jambes et montre-moi le golfe de Gascogne. Elle me laissait tout faire et je la parcourais des doigts, enchanté.

Je me souviens, je me souviens...

Pourquoi dit-on « donner sa langue au chat » ? me demandait-elle avant de s'endormir. Dis, Christian ? Pourquoi ? Ses yeux papillonnaient de fatigue et elle répétait « pourquoi ? pourquoi ? On pourrait dire donner sa langue au poisson rouge ou au lion ou au rat musqué... ». Puis elle s'endormait, les draps entre les jambes, et, moi, je restais là. Comme un imbécile. Je ne savais pas lui répondre et je ressentais cette ignorance comme un manquement à mon amour. J'étais le preux chevalier, sans cheval, sans cuirasse. Un cul-terreux.

Dès le lendemain, j'allais à la bibliothèque du lycée et je cherchais, je cherchais... Je trouvais *Le Bouquet des expressions imagées* de Claude Duneton, je recopiais l'explication et revenais, triomphant, à la maison avec la réponse. Je ne la lui donnais pas tout de suite. Je la faisais attendre un peu, bien sûr. Et quand elle se retournait, fière et sûre de m'avoir collé, et qu'elle me lançait « alors ? La langue au chat ? », je déballais toute ma science comme un tapis rouge à ses pieds. Je récitais Mme de Sévigné et ses belles lettres où elle écrit : « Ne sauriez-vous deviner ? Jetez-vous votre langue aux chiens ? » J'évoquais l'époque cruelle où on coupait les oreilles, le nez, la langue de ses ennemis et des ignares en guise de châtiment.

— Des ignares ? demanda Doudou, effrayée, en disparaissant sous son drap.

— Des ignares, parfaitement, répliquai-je, sûr de mon fait. L'ignorance est un crime.

Et j'enchaînais sur le glissement progressif du chien au chat parce que le chat fait moins peur aux enfants. Doudou m'écoutait, des lumières dans les yeux, et j'étais allumeur de réverbères, manipulateur de lanternes magiques.

Le jour de son mariage, j'aurais pu lui apprendre qu'autrefois, dans la Rome antique, les mariées portaient des voiles jaunes.

Le jour de son mariage...

Tout le monde est parti. Moi, j'ai tourné, tourné dans ma chambre et je devenais fou. Je regardais l'heure et priais pour que le marié ait le crâne

67

éclaté au volant de sa voiture, que le prêtre et le maire se trompent et unissent deux autres nigauds, anonymes ceux-là, que la foudre tombe sur le cortège, épargnant ma petite cousine.

Soudain, j'ai poussé un grand cri : j'allais l'enlever comme Dustin Hoffman dans *Le Lauréat.* J'arriverais au volant de ma Lancia et la subtiliserais au nez et à la barbe de tous. C'est pour elle que j'avais acheté cette voiture. Pour l'épater. Alors j'ai foncé à la mairie, à l'église. Trop tard. Trop tard ! J'ai foncé jusqu'au restaurant. J'ai fait irruption dans la salle où ils avaient fini de déjeuner.

Je n'ai vu qu'elle, en robe blanche.

Vue de l'extérieur, elle ressemblait à une mariée heureuse et comblée. Elle virevoltait, elle souriait, elle se laissait embrasser par tous. Mais j'ai compris tout de suite qu'elle m'appelait au secours. Elle me tendait les bras et il n'y avait que moi pour le voir. J'ai lu dans ses yeux qu'elle me criait : « S'il te plaît, Christian, enlève-moi, sauve-moi. Qu'est-ce que je suis en train de faire ? C'est une erreur, une terrible erreur... »

Je ne l'ai pas rêvé, ce regard-là. Il m'a tout fait oublier. La rage que j'avais contre elle, contre la famille, contre le marié. Je me suis approché et je l'ai emmenée danser dans la cour. Je voulais être seul avec elle, dans la petite cour de l'auberge et lui annoncer qu'on allait partir tous les deux, que je lui achèterais des livres, que je l'emmènerais dans les musées, que j'arracherais des affiches de cinéma pour elle sur les murs de la ville. Il fallait seulement qu'elle me fasse confiance comme lorsque nous étions petits et que j'étais le chef. J'allais lui dire tout ça, tout doucement en prenant son menton dans mes mains, en mordillant son lobe d'oreille droit plus malin et plus fort que le gauche... quand elle a levé la tête vers moi, un peu étourdie il est vrai, je l'avais fait tourner et tourner et elle vacillait. Elle a relevé la tête vers moi et sa lèvre supérieure s'est mise à trembler. Un petit bout de lèvre qui tremblait comme dans le plaisir... Les yeux fermés, le bout de lèvre qui tremblait... J'ai perdu la tête.

Elle s'est laissée aller d'un seul coup. Je l'ai reçue contre moi et j'ai senti ses petits seins sur mon torse, ses petites mains sur mes hanches, sa bouche qui mordait la manche de mon blouson et je l'ai embrassée.

On était là, tous les deux, sur la poubelle.

À s'embrasser, à s'embrasser...

À rattraper tout le temps perdu. Le temps où on s'était fait la guerre.

L'orchestre, derrière nous, jouait les slows les plus idiots et nos bouches s'écrasaient de plus belle comme pour faire taire ces ritournelles qui nous emplissaient la tête. J'ai pensé un instant à André qui devait chercher sa jeune épousée partout, et cette image fugace redoubla mon ardeur. C'est moi qui la possède, jeune crétin en Weston et veston croisé, c'est moi qui la mange, qui la dévore, qui souffle le vent de la révolte dans sa toilette de mariée déjà adultère. À toi les restes !

C'est vrai que j'ai saccagé sa belle robe de mariée mais elle le demandait. Elle le demandait. Les jours précédant la noce, alors que tout le monde s'affairait aux préparatifs de la cérémonie, elle s'était enfermée dans sa chambre et avait refusé les essayages. Elle ne vous l'a pas dit, ça ?

Elle ne vous l'a pas dit !

Sa mère avait dû l'y emmener de force. Parce qu'elle est tellement menue, Doudou, qu'il fallait reprendre et reprendre la robe sur elle, la piquer d'épingles, la brider de fils pour que la toilette lui tienne au corps. Elle répétait, les poings fermés : je la veux pas cette robe, je la veux pas. Et elle s'écorchait les doigts sur les épingles, elle arrachait le faufilé, arrachait les épaulettes. Sa mère ramassait les épingles et les replaçait sans rien dire, en refermant d'un coup sec les coutures sur elle, en maintenant son corps bien droit pour que la robe la tienne comme un corset. « C'est normal, ajoutait-elle après, quand elle était revenue à la maison et qu'elle laissait reposer ses pieds en dehors de ses chaussures à lacets, c'est le bonheur qui lui fait peur. Mais elle s'y fera, elle s'y fera. Il faudra bien qu'elle s'y fasse... »

Alors il m'est venu comme une idée de la lui enlever cette robe. Oh ! je sais... C'est elle que vous allez croire. Je vais passer pour un fou, un type qui radote son amour, qui se l'est construit tout seul dans sa cervelle. Mais moi, ce jour-là, sur la poubelle, si j'avais été moins bête et moins brutal, si j'avais gardé la tête froide et les sens raisonnables, je l'aurais emmenée, Doudou, emmenée avec moi. Pour un tour de France comme je lui promettais quand on était petits. Avec des histoires à chaque escale.

J'en connais des histoires. J'ai appris le dictionnaire par cœur pour l'éblouir. Elle m'écoutait et, dès que je m'arrêtais, elle disait encore et encore, trouve-moi un autre mot et tu me racontes l'histoire du mot. Je remontais jusqu'au grec et au latin, à l'égyptien et à l'hébreu, à l'arabe et au celte. Si j'ai fait de brillantes études comme ils disent dans la famille, c'était pour allumer les petites lueurs dans ses yeux. Alors, vous voyez que ce n'est pas juste une histoire de galipettes sur la poubelle, notre amour, et à l'écouter parler, Doudou, on peut croire ça.

On peut croire ça...

Parce que, Doudou, elle ne sait pas. Elle pensait qu'en épousant André, elle n'aurait plus de tourmentes dans la tête. Qu'elle effacerait son père, l'histoire de son père parti en mer du Nord et porté disparu. Qu'elle rachèterait l'honneur de sa mère. Avec un beau mari en costume gris et la cravate assortie. Pour faire plaisir à sa mère...

Mais lui, il ne sait pas raconter les histoires. Il ne connaît pas les dieux grecs et les dieux égyptiens. Il connaît la vie de tous les jours, les histoires de collègues et de bureau. Il sait remplir les feuilles d'impôts et de Sécurité sociale mais pas le vide dans sa tête. Les premières statues égyptiennes qu'on a rapportées en Grèce faisaient le mouvement de marcher et les Grecs les attachaient la nuit pour qu'elles ne s'échappent pas.

Doudou, elle est comme ces statues. Elle fait le mouvement de marcher mais elle reste sur place, entravée par tout ce qu'elle a dans sa tête.

Il ne le savait pas, ça, André. Moi, je sais tout sur elle. Je lui ai mâché la vie, je l'ai nourrie à la becquée. Tout ce qu'elle sait vient de moi.

Elle ne vous raconte pas tout parce qu'elle ne veut pas se rappeler. Elle veut aller de l'avant maintenant. C'est trop lourd à porter ces souvenirs. Moi qui suis enfermé, je pense à elle tout le temps. En un sens, et rien que dans ce sens-là, j'aime bien la prison. Je ne vois rien d'autre que ce grand espace rempli d'elle et de mes souvenirs. Elle est là, à côté de moi, je lui parle, je la caresse, je l'allonge près de moi. Elle vient me voir à chaque parloir. Elle n'en laisse pas passer un seul. La prison nous a réunis. Elle arrive avec son panier plein de gâteries, achetées en mon honneur. J'ai honte de le dire mais je ne suis pas malheureux. J'ai le teint frais et rose et je fais de la gymnastique tous les matins dans ma cellule. Pour être en forme quand je sortirai. Mon avocat dit que ce n'est pas bon pour moi d'avoir l'air si pimpant. Ça m'est bien égal. Ce qui me tourmente pendant les parloirs, c'est quand je sens qu'elle m'échappe. Pourquoi a-t-elle un pull neuf ? Qui le lui a offert ? A qui veut-elle plaire ? D'où proviennent ces mots ou cette expression nouvelle ? Elle ne disait pas ça avant. Est-il possible qu'un autre homme...

Ça s'emmêle dans ma tête, je ne me maîtrise plus. J'ai envie de la gifler, de la cogner pour lui faire avouer, mais il y a toujours cette vitre entre nous. Je me contente de lui souffler des insultes sournoises pour qu'elle perde de sa superbe et revienne, humble et douce, vers moi.

Après le parloir, je suis furieux. Je m'en veux de l'avoir bousculée. Je crains qu'elle ne veuille plus jamais revenir. Je me raisonne : tu vois bien qu'elle t'aime puisqu'elle ne te laisse pas tomber. J'en vois des femmes qui, au bout d'un moment, espacent leurs visites puis disparaissent. Mais c'est plus fort que moi. Je n'aime pas respirer la liberté sur elle. Elle est à moi, vous comprenez, elle est à moi. Elle est ma famille, mon début, ma fin, toute ma vie. On ne se dépossède pas de sa vie. On n'y renonce pas. Ou alors il faut être fou. Ou désespéré. Je ne peux pas être désespéré : elle m'aime.

Mais je commence à sentir que vous vous lassez. Je vous ennuie. Il est absurde de raconter une passion, je le sais. Il faut être fou pour croire que cela intéresse les autres. Ou puéril. N'importe. Il fallait que je l'interrompe. Parce que, si on me vole cette histoire, en la dénaturant, qu'est-ce qu'il me reste à moi ?

... J'étais dans un si sale état, avec ma robe blanche en lambeaux, que j'ai demandé à Christian de me ramener à la maison. Je ne voulais pas réapparaître devant les invités, devant André, avec l'amour d'un autre sur le corps. Il a conduit en silence, m'a déposée rue Lepic et a ouvert la portière de sa Lancia. Je ne lui ai pas dit au revoir. Je ne l'ai pas regardé. J'ai gardé le nez collé contre la fenêtre pendant tout le trajet. J'ai couru me réfugier dans ma chambre. J'ai pris une douche, je me suis lavé les cheveux, les dents, le visage, le sexe, les cuisses. J'ai frotté, frotté. Je contemplais l'eau grise qui tournoyait dans le bac à douche, l'eau sale, sale... J'ai enfilé un jean, je me suis allongée sur le lit et j'ai attendu qu'on vienne me réveiller. J'ai fait comme la Belle au bois dormant.

Il était furieux. Il répétait « on ne se conduit pas comme ça avec ses invités. Tu aurais dû me prévenir au moins, je suis ton mari ! TON MARI ! ». Je gardais les yeux fermés et ne disais rien. Il me secouait de toutes ses forces, me forçait à ouvrir les yeux. Il avait toujours son bel habit de marié mais sa bouche se tordait de colère.

— Bordel de merde, réveille-toi, réveille-toi, je suis ton mari ! Tu me dois une explication ! On ne disparaît pas comme ça de son mariage ! De son propre mariage ! J'avais l'air fin, moi, au milieu des autres ! Tu y as pensé à ça ? Même pas !

Au bout d'un moment, j'ai grogné entre mes dents :

— J'ai trop bu, j'ai trop mangé, j'ai trop dansé, je voudrais dormir, s'il te plaît... C'est fatigant de se marier, je ne recommencerai plus.

Ça lui a coupé sa colère, net. Il n'a plus rien dit. Il a donné des coups de pied avec ses grosses pompes de marié dans mes petits escarpins blancs qui traînaient par terre et puis il a piétiné ma robe...

Il est ressorti de la chambre en disant qu'il avait besoin de prendre l'air.

Je savais qu'une réflexion de petite fille fatiguée le désarçonnerait. Qu'il se sentirait tout à coup fort et costaud devant sa petite femme, épuisée par une journée de noces et qu'il me laisserait tranquille. Je me suis retournée contre le mur et je me suis endormie pour de bon.

Le lendemain matin, il faisait encore la tête. On est partis pour notre voyage de noces.

En Martinique.

Si c'est joli, la Martinique ? Je ne pourrais pas vous le dire. On est restés enfermés dans la chambre du premier au dernier jour. Un cyclone était annoncé, et les habitants consignés chez eux n'avaient pas le droit de sortir. André fulminait en arpentant la chambre :

— On aurait pu aller n'importe où, à Montélimar ou à Romorantin ! C'était pas la peine de payer deux billets d'avion et une chambre d'hôtel à mille balles la nuit ! Tu parles d'un voyage de noces, on n'aura pas une seule photo à montrer à notre retour !

On nous servait des plateaux-repas dans la chambre, on regardait les rayures de l'écran de télévision en essayant de deviner ce que ça représentait, on lisait les prospectus sur l'île et les deux San Antonio abandonnés par de précédents occupants plus chanceux que nous : les pages étaient collées de sable et de crème solaire ! Je reniflais les livres, fermais les yeux et imaginais la mer, les vagues, les coraux, les poissons de toutes les couleurs, ma tête plongeant sous l'eau, les yeux grands ouverts. André tournait en rond et faisait crisser ses sandales : des sandales en cuir tressé, toutes neuves, découpées sur le côté, qu'il avait achetées pour aller à la plage. Ça faisait crrr crrr quand il marchait et il n'arrêtait pas de marcher.

— On joue ? j'ai demandé à André, renfrogné.

— On joue à quoi ?

— Aux cartes, aux devinettes, au papa et à la maman...

— J'ai pas envie. Ça me coupe tout d'être enfermé.

— Tu savais que ce sont les Égyptiens qui ont inventé l'air conditionné ? je lui ai demandé, sûre qu'il me répondrait non.

— Non.

— 3 000 ans avant Jésus-Christ. Ils faisaient geler l'eau dans des grands bacs de glaise peu profonds qu'ils disposaient un peu partout dans leur maison à la tombée du soir. La nuit, l'eau gelait et, dans la journée, quand il faisait chaud, la glace fondait, rafraîchissant toute la maison.

— Tu me fais le jeu des mille francs ?

Crrr crrr, grinçaient les sandales. Pause. Demi-tour contre le mur puis à nouveau crrr crrr crrr...

— Je me demande s'il y a des assurances qui remboursent en cas de cyclone ? Peut-être bien, après tout ? Il doit y avoir une clause « catastrophes naturelles » dans le catalogue. Je vérifierai en revenant.

Les sandales s'étaient tues. Il se tenait debout devant le lit où, recroquevillée, je le regardais réfléchir, les mains dans les poches de son bermuda écossais.

— Et tu sais qui a fabriqué la première sauce Ketchup ?

— Non, a-t-il dit avec l'œil qui s'ouvrait et une lueur d'intérêt. Du ketchup, un bon McDo et un Coca... Une terrasse au soleil...

— Tu donnes ta langue au chat ?

— Oui.

Il s'est jeté sur le lit, a laissé tomber ses sandales qui ont fait cric crac et a crapahuté sur les coudes jusqu'à moi.

— Les Romains en l'an 300 avant Jésus-Christ ! Il était composé de vinaigre, d'huile, de poivre et d'une pâte d'anchois séchés, et servait à relever viandes et poissons. Dans les ruines de Pompéi, on a retrouvé des petites amphores...

— Comment tu sais tout ça, mon lapin ? Hein ? T'es tombée dans une encyclopédie quand t'étais petite ?

— Non. Pas du tout. C'est Christian...

Je prononçais son nom, il ouvrait la porte de la chambre et s'installait sur le lit, à côté de nous. Il observait André qui m'embrassait à pleine bouche. « Quel balourd ! il ne sait pas te lutiner, marmonnait-il. Il te prend la bouche tout entière et tout de suite ! Et la chambre ! Tu as vu la reproduction au-dessus du lit ? Ces palmiers sur fond de coucher de soleil ! Quel manque de goût ! Il les a eus au rabais ses billets ? Ce doit être le roi du forfait et de la bonne affaire ! Doudou, ma Doudou... Que fais-tu dans les bras de cet homme-là ? Dis-le-moi. Coupe-lui la tête d'un coup de dents, ma Doudou. Comme la mante religieuse qui supprime le cerveau de son amant pour avoir plus de plaisir. Écoute, ma Doudou, écoute : le centre du désir copulatoire chez l'insecte mâle se niche dans les replis de l'abdomen, et le cerveau joue le rôle inhibiteur. Alors, vas-y, décapite-le, qu'on en finisse... »

Et pour les hommes alors, c'est pareil ? Le centre du plaisir est dans le ventre, et le cerveau bloque tout ?

Je me bouchais les oreilles et poussais la tête d'André entre mes jambes.

L'eau entrait dans ma tête et j'oubliais...

Je redevenais de la chair sans souvenirs, sans passé. De la viande crue. Unie à un autre morceau de viande crue. De la bonne viande rouge.

Nous étions propres, sains, robustes, et nous nous donnions du plaisir. Un plaisir non toxique. Sans germes porteurs de doutes, de remords. C'est à ce titre-là, je crois, que j'ai épousé André. Il me nettoyait de tout ce que je trouvais sale chez moi. Et puis il était si beau. Il m'arrivait, quand il dormait, d'ouvrir les yeux et de le contempler. Je me disais : alors, tu le trouves comment ?

Parfait. Parfait. Bon, honnête, loyal, travailleur, intelligent, attentif à mon bien-être, rempli de projets d'avenir, agréé par tous. Je n'ai rien à lui reprocher. Et cette perfection me rassurait, me donnait une identité. J'étais la fille qui avait décroché la lune.

André était désinfecté mentalement et physiquement, et je me frottais à tant de propreté. Il sentait bon. Toujours. De partout. Il n'avait pas d'odeurs corporelles. Ne transpirait pas. N'avait ni pellicules ni points noirs. Le ventre était plat et ferme. Les bras musclés, les poils dorés, les hanches minces. Il se douchait matin et soir. Changeait de linge de corps chaque fois. Ses dessous de bras sentaient bon, son sexe aussi. Je n'avais aucune répulsion à le prendre dans ma bouche. Il n'avait pas de goût. Même son sperme n'était pas écœurant. Quelquefois, je frottais le nez contre les poils de son sexe, cherchant en vain une odeur et ne respirant que le savon. Il se savonnait de longues minutes sous la douche et son corps était recouvert d'une abondante mousse blanche parfumée dont l'odeur flottait longtemps autour de lui.

J'avais toujours envie de lui. Il en était gêné parfois, il me repoussait, il disait : « Attends, lapin, attends, on vient juste de le faire... » Mais j'insistais, j'insistais, je descendais sa fermeture Éclair et je le prenais dans ma bouche, lui debout, moi à genoux, le forçant, lui volant son secret de propreté. Ce n'était plus lui le plus fort, c'était moi. Moi qui lui volais sa force. Lui, il était cassé en deux, ratatiné, rabougri. Et quand il m'embrassait entre les jambes, quand il s'appliquait avec sa bouche, avec ses doigts, avec ses dents, il était à mon service. Je le possédais. Je lui avais volé sa propreté puisqu'il faisait des choses sales. Pour un temps infiniment court. Parce qu'après le plaisir il redevenait un mari parfait. Il disait : je t'aime, ma femme, mon amour de femme, mon lapin.

Et tout était à recommencer.

Mais je ne savais pas tout ça à l'époque, dans notre chambre d'hôtel aux volets cloués par peur du cyclone. Je sentais bien que j'étais insatisfaite. Je m'étonnais des violentes colères qui montaient en moi d'un coup. Je passais de la plus grande exaltation au plus grand dégoût. De tout. Je me repliais sur le lit et attendais que le dégoût passe. C'est à partir de mon voyage de noces que j'ai commencé à faire semblant, à me construire un personnage « vu de l'extérieur », le seul que pouvait comprendre André. Je me disais qu'à force de jouer à être la gentille petite épouse parfaite, je le deviendrais. Je changerais. Je me nettoierais de tout.

J'y croyais dur comme fer.

Au retour de notre voyage de noces, nous nous sommes installés dans une petite maison blanche, achetée à crédit dans un lotissement, près d'Évreux. Nous étions entourés de petits couples. Les maris partaient travailler le matin en embrassant leur femme sur le pas de la porte. Ils montaient dans leur voiture, tiraient le starter, enfonçaient la clé de contact et faisaient de grands gestes affectueux à leurs épouses, qui les regardaient partir en se tapotant les bras pour se réchauffer, soufflant, scrutant le ciel et leur envoyant de petits baisers avant de refermer la porte en sautillant dans leurs pantoufles. André travaillait dans une boîte d'informatique. Il était entendu que je resterais à la maison, que je m'occuperais du ménage, des courses et des enfants à venir. Je ne protestai même pas. J'agitais la manche de ma robe de chambre comme toutes les autres, envoyais un baiser et refermais la porte.

Anita ne lâche pas prise facilement.

Le dimanche soir, quand je suis rentrée d'avoir vu les enfants, elle m'attendait, revêtue d'un long kimono noir avec un aigle brodé dans le dos. Dans les griffes de l'aigle est marquée une devise au fil perlé jaune, une devise qu'elle a faite sienne depuis longtemps : « Quand on veut, on peut. » Quand Anita n'est pas là, il m'arrive de lui emprunter son kimono. Rien que pour la devise.

Comme si les mots allaient s'animer et s'imprimer dans mon cerveau au fer rouge. Je bombe le torse, gonfle les pectoraux et arpente l'appartement en tenant de grands discours sur mon avenir. Je m'exhorte, je m'enflamme. J'ai tous les courages. J'aime ce peignoir avec l'aigle dans le dos. Et puis, en l'enfilant, je retrouve l'odeur d'Anita. L'odeur de sa crème pour le corps qui imprègne la soie noire et s'échappe en bouffées voluptueuses.

Ses cheveux sont tirés en arrière, noués en un petit chignon sur la nuque, tenu par deux baguettes chinoises. Un masque de beauté, blanc et grumeleux, lui enserre le visage ne laissant apparaître que sa bouche rouge et ses yeux noirs. Un masque terrifiant de sorcière. Elle tient une liasse de papiers à la main.

— Tu sais ce que c'est ? me demande-t-elle, écartant à peine les lèvres afin que son masque ne craquelle pas. Je hausse les épaules et secoue la tête négativement.

— Des factures. Gaz, électricité, téléphone, plus le loyer... Comment vas-tu les payer ?

— Avec l'argent de Mamou.

— Ta mère m'a dit qu'il ne t'en restait presque plus. Elle a demandé à la banque un relevé de ton compte.

— Elle n'a pas le droit de faire ça !

Elle agite à nouveau sa liasse de factures. D'abord rapidement, puis plus lentement, et enfin me les met sous les yeux.

— Demain, je te cherche un travail. Je demande au Président de te trouver une place. N'importe où.

— Non. Je n'en suis pas capable.

— Écoute-moi bien...

Elle a rapproché son siège et me parle à voix basse comme lorsque j'expliquais à Alice qu'il fallait aller à l'école, le matin.

— ... tout ton argent est parti en fumée parce que tu as pris un avocat pour récupérer tes enfants. Si tu n'as plus d'argent, comment vas-tu te battre contre André ? Quel juge prendra le risque de confier deux petits enfants à une mère sans revenu ni bulletin de salaire ?

— Je n'en suis pas capable, Anita, je n'en suis pas capable.

— Si. Et tu vas t'en rendre compte très vite. Ce n'est pas une menace, c'est un conseil d'amie.

Rien n'arrête Anita. Je devrais le savoir.

C'est une dure à vivre. C'est ce qui m'a séduite quand je l'ai rencontrée. À une réception chez le ministre des Transports. M. Jacques Lanquetot, Triquetot ou quelque chose comme ça. Je déforme toujours les noms de famille, j'arrive pas à les prendre au sérieux. En tout cas : un notable. Qui collectionne les postes haut placés : député, maire, quatre fois ministre. Une crapule estampillée Légion d'honneur, la vraie, la pièce montée.

La fête avait lieu dans un beau château, genre documentation pour touristes, au milieu de jardins à l'anglaise. J'étais arrivée là, par hasard.

Avec Guillaume. On avait suivi les petites flèches en bois blanc qui indiquaient le lieu de la réception. C'est Guillaume qui avait repéré les flèches. « C'est peut-être l'occasion de bouffer à l'œil. On essaie de se faufiler ni vu ni connu. Si ça marche, tant mieux, si ça marche pas, tant pis », il avait dit.

Depuis trois mois, on sillonnait les routes de France avec sa moto. Au début, on avait mené la grande vie mais l'argent s'était vite envolé. On ne mangeait plus qu'une fois par jour. On se lavait dans les stations-service à la sauvette et on piquait des tablettes de chocolat, des paquets de chips, du jambon sous cellophane qu'on engloutissait, accroupis dans les allées, contre les présentoirs. Ça marchait. On ne se faisait pas piquer. On gardait une tenue propre pour le cas où...

On s'est arrêtés dans un petit chemin. On s'est changés derrière un bosquet. Il a mis son jean noir, sa cravate noire et sa chemise blanche, j'ai enfilé ma petite robe bleu ciel qu'il m'avait achetée à Dijon, un jour où je n'arrêtais pas de pleurer en pensant à Alice et à Antoine. Pour me consoler, il m'avait emmenée au Prisunic et couverte de cadeaux. On avait encore des sous à l'époque. J'ai coiffé le petit chapeau en paille jaune qui allait avec la robe, pris la pochette bleue. Et on est repartis.

À cent mètres de l'entrée du château, un type du service d'ordre nous a arrêtés.

— Demi-tour, j'ai soufflé dans le cou de Guillaume. On va se faire pincer.

J'avais tout le temps l'impression d'être en cavale. Une criminelle poursuivie par toutes les polices de France.

— Pas question, a dit Guillaume. T'as vu le mec. C'est une demi-portion. On ne risque rien. On n'a volé ni tué personne ! Arrête ton cinéma !

L'homme a regardé Guillaume et lui a lancé « tu fais partie des extra ? ». Guillaume a dit oui. Il nous a fait signe de passer par la gauche, par l'entrée des fournisseurs, et a demandé à Guillaume de laisser sa moto au parking.

— Génial, a lâché Guillaume, une fois qu'il se fut éloigné. On va pouvoir s'empiffrer, et légalement en plus !

— Tu ne penses qu'à bouffer. T'es un plouc. Il l'a vu tout de suite. Il t'a pris pour un larbin sans hésiter.

— Fais pas ta princesse ! Je vais faire la plonge pendant que tu te remplis le ventre !

— Chacun son rôle !

Il m'a lancé un regard furieux mais n'a rien ajouté. On n'arrêtait pas de s'engueuler.

Le château ressemblait à celui de la colonie de vacances où j'allais enfant, après que papa fut tombé en mer du Nord. J'y passais un mois chaque été. Un château transformé en centre aéré avec des flèches rouges partout pour qu'on ne se perde pas et des pancartes jaunes commençant toutes par : « Attention, il est interdit de... » Dans celui-ci, il n'y avait pas de pancartes ni d'enfants en rang deux par deux, ni de monitrices qui hurlaient des chansons cadencées pour nous faire avancer.

J'ai laissé Guillaume sous une grande tente où s'affairaient les extra. On lui a donné une veste blanche et des verres à laver. Il y en avait au moins cinquante sur une grande plaque en tôle.

Je me suis dirigée vers une vaste pelouse parsemée de tonnelles qui, chacune, abritait un buffet, des fauteuils en rotin, des petites tables basses chargées de verres et de victuailles. Et derrière les buffets : un larbin qui faisait très sérieusement son boulot de larbin. Le front ruisselant, la bouche crispée, agitée de tics, et le nœud papillon lui étranglant la glotte. Comme s'il allait lancer d'une minute à l'autre la fusée Ariane. L'assistance était choisie. Triée sur le volet. Les femmes portaient toutes le même uniforme, des robes d'été en mousseline fleurie ou de petits tailleurs jaune paille, bleu ciel ou framboise en lin. Certaines, même, avaient une grande capeline pour se protéger du soleil. C'étaient surtout des vieilles, rousses ou blondes décolorées, dont les mains avaient déjà été mangées par les ultraviolets et qui tentaient de sauver le reste. Les hommes aussi portaient l'uniforme : tous en gris, en beige ou en bleu marine. On les identifiait à des détails : une couperose, une grosse bedaine, une calvitie, un double menton, des dents jaunes, des lunettes ou la pièce montée à la boutonnière.

Il faisait très chaud et aucun souffle d'air n'agitait les pauvres arbustes chétifs qui tentaient de faire de l'ombre sur la pelouse. Les extra installaient des parasols et des chaises longues, jetaient des coussins sur l'herbe, disposaient des petites tables avec du champagne dans de grands seaux remplis de glace et suaient à grosses gouttes dans leur col blanc. L'air toujours aussi sérieux !

J'ai traîné un long moment et j'ai observé. Partagée entre le fou rire et l'envie de tuer. Ces gens se ressemblaient tellement que je ne savais plus si j'avais affaire à une assemblée de robots ou à des êtres humains. Les femmes s'allongeaient gracieusement sur la pelouse, puis repliaient les jambes sous leurs longues robes. Des groupes se formaient à l'abri des tonnelles ou des arbres. On jacassait ferme. Sur le même ton aigu et pointu. On s'échangeait des secrets, des recettes, des adresses, des potins. Ce devait être des trucs terribles parce que, à chaque information, elles prenaient des mines effarées et renversaient la tête de stupéfaction. Puis tendaient le cou à nouveau pour picorer une nouvelle inédite.

J'ai pris une pile de canapés, une coupe de champagne et me suis posée un peu à l'écart d'un groupe. Je voulais savoir de quoi ils parlaient pour se mettre dans cet état-là. J'ai saisi le nom de la fille des propriétaires des lieux et celui de son mari. Elle s'appelait Cécile, lui Régis. Elle disait : « Mon père... mon mari... mon chien... ma femme de ménage... notre appartement à Paris... nos vacances. » Il disait : « Ma banque... ma femme... mon chauffeur... mon agent de change... mon père... notre appartement à Paris... » Ils étaient si riches qu'ils possédaient même les possessifs ! On aurait pu les poser sur une étagère tellement ils étaient fins et délicats. Elle, toute blonde, menue et transparente. Un teint lisse que le malheur n'avait jamais piqué. Des yeux bleus de bébé, innocents, purs, et une petite bouche adorable qui lâchait les mots comme une ribambelle de bulles de savon. Je l'ai enviée. Qu'est-ce que je l'ai enviée ! Elle ne devait pas se poser beaucoup de questions dans la vie : elles avaient toutes été résolues d'un coup de baguette magique à sa naissance. Alors, bien sûr, il restait le problème des domestiques qui n'étaient plus comme avant, des teinturiers qui font attention ou pas aux affaires délicates, des robes qu'on porte à un dîner pour s'apercevoir, avec horreur, que la même robe est déjà assise, à table, sur le dos d'une autre.

— Je ne savais plus où me mettre, rougissait la pauvre Cécile, accablée. Imaginez mon embarras ! Ça ne devrait pas arriver des choses pareilles !

Elle posait une main de propriétaire timide sur le bras de son mari. Lui l'écoutait avec attention, brun, mince, joli garçon, un peu frêle, et hochait la tête d'un air appliqué pour souligner son adhésion totale aux propos de sa femme. Il avait le bout des oreilles un peu rouge et un lobe tout chiffonné, Tiens, tiens ! je me suis dit en examinant la chair boursouflée et mutilée.

Quand il prenait la parole, il commençait souvent ses phrases par : « Notez bien que... » en relevant son petit nez en trompette d'un air sérieux, ce qui le rendait parfaitement ridicule. Tout ne semblait être que poses chez lui. Un homme brun et fort, au visage congestionné, s'est avancé vers eux. Chemin faisant, il a ouvert sa veste, et un ventre volumineux s'en est échappé qui s'est mis à ballotter à chaque pas. Il lui ouvrait le passage, en quelque sorte. Cécile est allée à sa rencontre et s'est blottie contre lui. Il devait se teindre les cheveux car ils étaient d'une belle couleur noire, avec des reflets acajou sur le dessus et d'épaisses racines blanches sur les tempes. Il lui a tapoté l'épaule affectueusement et l'a appelée « ma fille » à plusieurs reprises d'une voix forte de propriétaire. Elle lui a lancé son plus joli regard de bébé confiant et a dit que sa fête était très réussie, qu'il avait de la chance d'avoir la météo avec lui.

— Vous avez toujours la météo avec vous ! s'est exclamé le gendre d'une voix de fausset qui, soudain, déraillait comme si la présence du beau-père l'intimidait.

— C'est vrai, a minaudé la fille à la cantonade. Si vous voulez que le soleil soit au rendez-vous, il vous suffit d'inviter papa.

— Allons, allons, cessons ces enfantillages, a grommelé le père. Régis, suivez-moi, il faut que je vous parle.

Il a mis le bras autour des épaules de son gendre et l'a entraîné à l'intérieur du château.

J'ai pensé à mon père et à la tempête qui l'avait englouti. Ça m'a rendue triste et sentimentale. J'ai eu envie de pleurer. Il m'avait abandonnée, quand même. C'était pas juste. Vous savez ce que c'est un père qui disparaît sans laisser de note ou d'adresse pour le courrier ? Sûrement pas, parce que sinon vous seriez déjà en train de pleurer à gros bouillons. Je les hais, je les hais, tous ces gens qui ont la vie si facile. Pourquoi le malheur doit-il toujours être livré, en concentré, aux mêmes infortunés ? On devrait pouvoir le diluer pour qu'il y en ait un peu pour tout le monde.

Je me suis resservie de champagne plusieurs fois et j'ai même fini par tendre mon verre vide aux garçons qui passaient entre les groupes, une bouteille à la main. Je n'ai pas vu Guillaume. Il avait dû rester sous la tente à faire la plonge.

J'ai eu très envie de partir et, en même temps, très envie de dormir. Alors je suis restée là, prostrée sur la pelouse, à suivre de loin les conversations. Des filles de mon âge évoquaient leurs stages, leurs études, les soirées où elles avaient été invitées. Avec les mêmes intonations que leurs aînées. Les mêmes manières affectées. Elles faisaient des projets de vacances, de sorties en bateau, de voyages aux États-Unis. J'ai compris, soudain, que je n'avais guère d'avenir sur la moto de Guillaume. Cette idée, qui me donnait le cafard depuis quelque temps, s'est matérialisée brusquement, en quelques secondes, dans la lumière dorée de la fin août. Je tournais en rond avec Guillaume. Il fallait que je le quitte. Mais pour aller où ? Toute seule, sans argent ni diplômes. Sans relations ni possessifs rassurants. Ma situation m'est apparue, soudain, désespérée. J'ai regardé le château et je me suis dit : pourquoi ne pas aller à l'intérieur me reposer ? Dormir. Oublier. Chasser le cafard noir et rampant. Je trouverai bien une chambre vide parmi toutes ces fenêtres, ces dizaines de fenêtres à petits carreaux, aux lourds rideaux. Dormir dans un vrai lit avec des draps frais, des oreillers mous. Je me suis levée.

C'est en traversant la pelouse que j'ai vu Anita pour la première fois.

Elle portait un chapeau rouge tout petit avec une voilette rose fuchsia. Un tailleur rouge, des escarpins et une pochette roses. Je me souviens, je me suis dit : qu'elle est belle ! Et hardie. On ne s'habille ainsi que lorsqu'on est sûre de soi. Elle parlait avec Cécile qu'elle tenait par le bras, et le contraste était saisissant. Aussi brune que Cécile était blonde. Aussi piquante et mystérieuse que l'autre paraissait anodine et légère. Je l'ai regardée passer sans cesser de la détailler, mais elle ne m'a pas remarquée, habituée sans doute aux hommages muets rendus à sa beauté.

Et puis je me suis faufilée dans le château. Il faisait frais à l'intérieur. J'ai glissé le long d'un corridor dallé de pierres. Il ne ressemblait plus du tout au château du centre aéré. Aucun écriteau indiquant les toilettes ou le réfectoire, aucune rangée de portemanteaux ou de lavabos, aucun cri d'enfants et de monitrices les rabrouant... mais des tapis épais sur les dalles en pierre, des guéridons chargés de fleurs, des commodes élégantes encombrées de cadres argentés et de bibelots, des vestes de chasse suspendues à des patères, des bottes boueuses, des cannes à pommeau, des portraits d'ancêtres sur les murs. Au bout de la galerie de portraits, un tableau représentait Jacques Lanquetot, Triquetot ou quelque chose comme ça, en habit de soirée, au côté de sa femme en robe du soir. Leurs noms étaient inscrits sur une petite plaque en laiton, juste en dessous. Leurs visages tournés vers le peintre irradiaient une sérénité condescendante. Avec, dans le regard, dans la moue, dans le port de tête, l'assurance des gens qui n'ont jamais manqué ni d'argent ni de respect. Qui sont assis sur des siècles d'histoire de famille. Tout petits au berceau, ils savent qui ils sont, d'où ils viennent et ce qu'ils feront. Bientôt, il y aura le portrait de leur fille et de leur gendre à côté du leur. Puis ceux de leurs petits-enfants et ainsi de suite...

J'ai gravi le grand escalier de pierre si large qu'on aurait pu y faire passer une calèche. Peut-être que, jadis, les propriétaires allaient se coucher en carrosse. On ne sait jamais quelles lubies traversent la tête des riches ! J'ai croisé des gens qui redescendaient. Ils m'ont fait un petit signe de tête. Ils m'avaient prise pour une invitée ! J'ai esquissé deux ou trois pas de danse dans l'escalier. Après tout, je ne suis pas si différente de ces gens-là s'ils me prennent pour l'une des leurs ? Je ne les enviais plus, ne les méprisais plus, je faisais partie du club. Je me suis approchée d'un grand miroir posé dans le couloir du premier étage et me suis observée attentivement. D'habitude, j'évite mon reflet dans les glaces. Ce jour-là, je me suis trouvée à mon goût avec mes cheveux blonds en épis, mes longues jambes, ma robe bleue et son décolleté carré, mon petit sac et mon chapeau de paille jaune. J'aurais pu faire partie de la galerie de tableaux, avec un peu de chance et des ancêtres plus chics. Le soir, quand on dormait à la belle étoile avec Guillaume, je sortais ma robe et mon chapeau de mon sac en toile pour qu'ils ne s'abîment pas. Surtout le chapeau. On n'arrêtait pas de s'engueuler à cause du chapeau.

— Tu fais chier, disait Guillaume, on dirait une rombière avec tes précautions à la noix !

— C'est tout ce qu'il me reste de dignité ! je lui répondais en défroissant la robe et en décabossant mon bibi jaune.

— T'aurais dû y penser avant à ta dignité ! Quand tu es venue me chercher, ça ne t'a pas beaucoup gênée.

— Crois bien que je le regrette tous les jours et, si c'était à refaire, je te laisserais moisir dans ta médiocrité !

Il se mordait les ongles mais ne répondait pas. J'avais toujours le dernier mot avec lui. On se disputait fréquemment. On se réconciliait de moins en moins souvent. On s'endormait dos contre dos sans se parler, chacun ligoté dans son sac de couchage et son malheur. J'imaginais mille issues de secours. Je n'avais pas le courage de le quitter et de continuer la route, seule. Pas le courage non plus de revenir chez André. Pour lui dire quoi ? Salut ! Je viens chercher les enfants, je ne peux pas vivre sans eux. Mais je ne veux plus vivre avec toi. Il me claquerait la porte au nez en me traitant de traînée, de dévergondée.

J'étais là à me mirer dans la glace, à imaginer... Un invité allait m'enlever sur son cheval blanc, un invité riche et puissant, il terrasserait André qui me rendrait sur-le-champ mes petits enfants... quand j'ai entendu des bruits sourds qui venaient d'une chambre. Des bruits rauques comme si quelqu'un peinait à la tâche. Le bruit que faisait grand-père quand il sciait une longue planche et que ça lui demandait un effort.

Grand-père, le père de mon père, le mari de Mamou. Il s'était installé, pour occuper sa retraite, un grand atelier d'ébéniste et confectionnait des meubles de bois blanc, des bancs, des chaises, des bibliothèques, des jouets pour moi. Quand j'étais petite, je passais des heures dans son atelier à jouer avec les copeaux et les tombées de bois. Ça sentait bon, et je me faisais des maisons avec les chutes de planches, des vêtements de poupées avec les copeaux que je collais les uns aux autres ; grand-père m'avait fabriqué un Pinocchio en bois. Il lui avait peint le bout du nez en rouge, le chapeau en vert et la culotte en vert aussi. Et après, il avait sculpté une Pinocchia pour que Pinocchio ne soit pas seul. Pinocchia avait un joli foulard cramoisi, ce qui était bien pratique parce que je pouvais m'en servir aussi comme chaperon rouge.

J'aimais par-dessus tout rester dans l'atelier à respirer l'odeur du bois et à écouter grand-père qui soufflait, courbé sur son établi, avec le transistor couvert de scotch pas loin de lui, ses bouts de chaussures recouverts d'une rondelle en plastique pour ne pas les user.

C'était le même bruit qui sortait de la chambre : des ahanements rauques et réguliers, entrecoupés de respirations saccadées. J'ai avancé dans le long couloir qui desservait les chambres. Je suis arrivée sur la pointe des pieds devant la porte de la chambre d'où provenait le bruit. C'était une grande porte en hêtre cérusé, à deux battants. J'ai poussé légèrement l'un des battants ; il a tourné sur ses gonds et s'est ouvert sans grincer. Je me suis avancée encore, tapie dans l'ombre de la chambre.

Le bruit était plus fort et j'ai distingué une autre voix qui gémissait. J'ai aperçu une masse énorme devant moi, au milieu de la pièce, pas loin d'un lit à baldaquin. J'avais du mal à distinguer : la chambre était plongée dans l'obscurité. On avait dû fermer les volets à cause de la grande chaleur pour que la fraîcheur des murs protège de la canicule. Mamou fermait les fenêtres aussi. Elle disait que ça ne servait à rien de fermer les volets si on laissait les fenêtres ouvertes. Alors je suis restée là. À écouter. À essayer de discerner ce qui se passait dans le noir.

La masse était prise de convulsions. Elle sautait, se tortillait, se déformait pour s'unir à nouveau en un bloc compact. C'était un drôle de spectacle comme un énorme bossu qui se serait agité dans le noir. Un homme poussait des cris mais je ne comprenais pas très bien pourquoi. Il portait un poids au-dessus de lui. Je vous donne tous les détails de la scène comme je l'ai vue pour que vous me croyiez, que vous n'imaginiez pas que je vous raconte des mensonges. Au bout d'un moment, je m'étais agenouillée contre le chambranle pour ne pas me faire remarquer, au bout d'un moment, donc, j'ai distingué ce qu'il se passait réellement. Je n'ai même pas pu crier tellement j'étais horrifiée. J'ai voulu le faire, je me rappelle, j'ai ouvert la bouche toute grande mais aucun son n'est sorti. C'était si étrange, ce que je voyais, que non seulement je ne pouvais pas crier mais, en plus, je ne pouvais pas bouger. Je restais là à regarder, à regarder ces deux hommes l'un sur l'autre, qui se chevauchaient. Le plus âgé était debout, penché sur le dos du plus jeune, et lui donnait de grands coups de reins en le tenant à deux mains à la hauteur des hanches et en poussant les cris rauques que j'avais entendus dans l'escalier. L'autre, le plus jeune, appuyé au montant du lit, exhibait son derrière, son derrière tout blanc dans l'obscurité, et recevait les coups de reins du vieux en gémissant doucement. Ils avaient tous les deux leur pantalon en accordéon sur les pieds et ils se tordaient en haletant, en s'agitant, enchaînés l'un à l'autre.

« La bête à deux dos », disait grand-père en riant, en mettant Pinocchio sur le ventre de Pinocchia. « La bête à un dos », ajoutait-il en retournant

Pinocchia le dos contre le ventre de Pinocchio. « Chut, chut ! disait Mamou, pas devant la petite, enfin ! »

Les deux hommes, devant moi, faisaient la bête à un dos...

— Tiens ! Tiens ! Prends ça ! Et ça ! Je te baise ! Je te baise ! criait le plus âgé en renversant la tête en arrière, la bouche tordue, les épaules lourdes et trapues, les hanches blanches et molles.

Je me souviens de ces hanches qui tressautaient en donnant des coups de reins. Des hanches flasques comme celles du Président sur le bidet.

Au bout d'un moment, je les ai reconnus. Ce n'était pas difficile bien que je ne connaisse personne de la fête mais ces deux-là étaient aisés à identifier : Jacques Lanquetot-Machin et son gendre, le jeune homme aux possessifs.

Ils ne m'ont pas vue, ils ont continué à faire la bête à un dos.

J'étais si étourdie en sortant de la chambre que je suis restée adossée au mur, dans le couloir, pour reprendre ma respiration. Je secouais la tête pour chasser l'horrible vision mais toujours elle revenait. J'ai fait quelques pas en tremblant sur mes jambes. C'est à ce moment-là qu'Anita est arrivée avec Cécile. Elles étaient sur la dernière marche de l'escalier quand je les ai aperçues. Anita tenait Cécile par l'épaule et lui conseillait de s'allonger un peu avant le repas du soir. Cécile acquiesçait et se tamponnait les tempes avec un mouchoir blanc. « Il fait si chaud, si chaud, j'ai la tête qui tourne », disait-elle. Elles se dirigeaient vers la chambre.

Je les ai regardées venir, effarée. Je me suis redressée aussitôt et j'ai barré l'entrée de la pièce.

— Qui est cette fille ? Que fait-elle là ? a demandé Cécile en m'apercevant.

— Vous ne pouvez pas entrer ! Vous ne pouvez pas entrer !

J'ai essayé de parler fort pour alerter les deux hommes. Je priais qu'ils aient le temps de se déprendre et de se rhabiller. Mais c'était compter sans la rapidité d'Anita. Elle m'a écartée violemment et a ouvert à deux battants la porte en bois. Puis elle s'est avancée, suivie de Cécile. Je n'ai pas pu m'empêcher de les suivre. Peut-être avais-je rêvé ? Le visage de Cécile est devenu blanc. Elle est restée là, la bouche grande ouverte, à contempler ce que moi-même, quelques minutes auparavant, j'avais pu constater. Anita a voulu aussitôt l'emmener au-dehors et refermer la porte mais elle l'en a empêchée et, avançant d'un pas hésitant dans la chambre, elle a eu un geste étonnant : elle est allée toucher son père qui se rhabillait en hâte, toucher son mari qui, la tête enfouie dans ses bras, appuyé au montant du lit, n'osait pas la regarder. Elle les a touchés longuement l'un et l'autre comme on tâte une étoffe et elle est sortie.

Elle s'est dirigée vers l'escalier et, retroussant sa jupe de tailleur, est restée un moment ainsi, en équilibre sur la plus haute marche. Elle semblait réfléchir. Elle ne pleurait pas. Ne criait pas. Son corps se balançait, tendu vers le vide, puis elle s'est jetée en avant et a dévalé l'escalier à toutes jambes. Je suis restée interdite, ne sachant que faire. Encore sous le choc. Les bras ballants, le cœur battant à toute allure. Puis, soudain, tout s'est mis en mouvement. Anita a fait voler ses escarpins et s'est élancée à sa poursuite. Je l'ai suivie.

La jeune femme a traversé le vestibule du château, un salon, un autre petit salon et est sortie par une porte à l'arrière de la maison. Elle s'est élancée à travers une grande prairie qui, en son extrémité, bordait la route nationale. Anita lui a crié de s'arrêter mais elle courait, courait sans se retourner.

— Elle va droit à la rivière ! a hoqueté Anita. J'en peux plus ! Allez-y ! Je vous rejoins ! Mais qu'est-ce que vous attendez ? Allez-y !

Je portais ce jour-là des petites ballerines plates et confortables et j'ai pu courir sans être gênée. Je me souviens avoir senti mon chapeau s'envoler, avoir hésité à le ramasser mais, pressée par les ordres d'Anita, j'ai continué de courir, courir.

Je l'ai rattrapée sur la route nationale où elle titubait en faisant de grands signes de détresse aux voitures qui passaient sans s'arrêter. Je l'ai prise à la taille et l'ai immobilisée. Elle s'est débattue, m'a donné des coups de poing dans le visage, dans le ventre, des coups de pied dans les jambes. Elle faisait preuve d'une force incroyable. Elle ne pleurait toujours pas. Son visage était blanc, crispé, et il en émanait une force étrange qui m'inspira le respect. Malgré moi, j'ai relâché mon étreinte. Elle s'est dégagée brusquement et est repartie en criant, la tête tournée vers moi :

— Laissez-moi, laissez-moi. Vous voyez bien que je veux partir d'ici. Je veux partir ! Vous n'avez pas le droit de m'en empêcher ! Je veux partir !

Elle a continué à héler les voitures. Elle leur tendait les bras, se plaçait au milieu de la route, menaçait de se jeter sur le capot. Mais aucune voiture ne s'arrêtait devant cette femme désespérée, hurlante, et si certains ralentissaient et baissaient leur vitre, c'était juste pour la dévisager et repartir aussitôt.

J'ai entendu les pas d'Anita et elle s'est mise à crier elle aussi :

— Mais rattrapez-la ! Vous voyez bien qu'elle va faire une bêtise !

Je ne savais plus qui écouter. La silhouette de Cécile s'éloignait sur la route. J'avais envie qu'elle s'échappe, qu'elle parte loin de ce château, de son père, de son mari. Vas-y, j'ai pensé, vas-y...

Anita m'a dépassée comme une furie, l'a plaquée contre elle, et Cécile s'est écroulée dans ses bras. On l'a ramenée au château, en la soutenant. « Dans les écuries, on ne sera pas dérangées », m'a indiqué Anita qui semblait connaître parfaitement les lieux. Nous l'avons traînée à l'intérieur d'un box vide. L'avons allongée sur la paille. J'ai défait les petits boutons de sa veste de tailleur. Elle geignait comme si elle avait mal physiquement. Je l'ai prise contre moi et l'ai bercée. Je lui parlais le plus doucement possible, en battant l'air autour d'elle pour qu'elle reprenne ses esprits.

— Vous n'avez rien vu, ce n'est rien, ce n'est rien, vous y penserez plus tard mais pas maintenant, pas maintenant, respirez, respirez. Ce n'était rien, rien qu'un cauchemar parce qu'il fait chaud et que la chaleur fait danser de drôles d'images sous vos yeux, des images de cauchemar qu'on chasse comme des mouches...

Elle lâchait des mots incohérents. « Partir, s'il vous plaît, partir, pourquoi, pourquoi, partir, partir... » Et je reprenais ma litanie sur le ton très doux qu'on prend pour endormir les enfants, pour les assurer que le monstre n'est pas caché dans les rideaux, ni sous le lit, que le dragon ne va pas leur sauter à la gorge ni les éventrer d'un grand coup de corne. Je la tenais dans mes bras et c'était comme si je consolais Alice ou Antoine et chassais leurs cauchemars, les cauchemars de la nuit. Je berçais une belle dame blonde et je me disais que, là-bas, dans la petite maison blanche, ma petite fille et mon petit garçon faisaient des mauvais rêves et n'avaient plus leur maman pour les consoler.

Anita essayait de reprendre son souffle, appuyée à la porte du box. Elle se tenait sur un pied et se massait l'autre en faisant des grimaces. Elle n'avait plus ni chapeau ni voilette, ses cheveux noirs pendaient en mèches désordonnées et elle paraissait hors d'elle.

— Les imbéciles ! Les imbéciles ! Quel besoin de faire ça un jour comme aujourd'hui ! Des bêtes...

Puis, voyant que je la regardais, elle s'est radoucie.

— Merci. Vous avez été formidable. Qui êtes-vous ?

Je lui ai dit mon nom.

— Vous êtes une amie de qui ?

— De personne.

— Ah...

Son regard s'est fait lourd.

— Je suis entrée par l'entrée de service.

— Tiens donc... Une passagère clandestine en quelque sorte...

Puis elle s'est reprise.

— Il ne faut pas que ça se sache. Vous avez compris ? C'est très important. Ce serait un scandale abominable.

Elle a répété deux ou trois fois « abominable ». Elle m'avait pris le poignet et plongeait son regard noir dans mes yeux.

— Vous avez compris ?

J'ai hoché la tête.

— Vous habitez où ?

— Je fais la route.

Ses yeux noirs se sont rétrécis et elle a réfléchi à toute allure. Sans me quitter des yeux. Elle me jaugeait, s'interrogeait pour savoir si elle pouvait me faire confiance.

— Rassurez-vous, je ne dirai rien.

— Je n'en suis pas sûre. C'est bien ça qui m'embête.

— Vous pouvez me faire confiance. J'ai d'autres soucis en tête.

Mais j'ai bien compris qu'elle se méfiait de moi. Son regard s'est posé sur ma robe de Prisunic, mes cheveux hirsutes, mes ballerines de quatre sous et je me suis sentie de pacotille. J'ai voulu la rassurer à nouveau mais elle m'a interrompue :

— Vous avez besoin d'argent ?

— Non, merci.

— Je peux vous dépanner. J'ai un appartement à Paris. Le temps que vous décidiez ce que vous allez faire. Vous ne ressemblez pas à une fille qui fait la route. Et puis, a-t-elle ajouté comme si elle regrettait tant de bienveillance, comme ça je vous aurai à l'œil.

Ce soir-là quand Guillaume est venu me chercher, je lui ai déclaré que c'était fini. Il a regardé ses mains, ses doigts. Les a touchés, palpés, frottés puis a relevé la tête et m'a dit que c'était sûrement mieux ainsi.

Voilà, c'est comme ça que j'ai rencontré Anita.

Elle a tenu parole, m'a hébergée chez elle à Paris, m'a donné la plus belle chambre et s'est montrée pleine d'attentions envers moi jusqu'à ce que je lui raconte l'histoire de mon cousin assassin.

On n'a plus jamais reparlé des Lanquetot, Triquetot ou quelque chose comme ça.

Un jour, André m'a invitée à un voyage en amoureux.

Nous n'étions plus repartis en vacances, tous les deux seuls, depuis notre voyage de noces. Alice et Antoine étaient nés. À un an d'intervalle. Nous passions nos week-ends et nos vacances dans le lotissement ou chez les parents d'André, qui possédaient une maison à Verny, sur la côte normande. Nous habitions toujours le même pavillon. Le matin, je lui disais au revoir, en robe de chambre, sur le pas de la porte puis je retournais à l'intérieur m'occuper du ménage et des enfants.

Je lavais, je repassais, je branchais l'aspirateur, j'essorais la serpillière, je cirais les meubles, je nettoyais les vitres, je chargeais la machine à laver, je la déchargeais, j'épluchais les légumes, je les faisais cuire, je faisais déjeuner les enfants, je leur racontais Babar et la vieille dame, la vieille dame et Babar, je les déshabillais pour la sieste, les rhabillais après la sieste, j'écoutais la radio en rangeant les jouets, en marquant les vêtements, en préparant le repas du soir, en recousant les boutons des chemises d'André, je cirais ses chaussures, inspectais ses lacets, refaisais le pli de ses pantalons, prenais Alice sur mes genoux, Antoine contre moi et racontais Babar et la vieille dame, la vieille dame et Babar, le costume vert de Babar, l'automobile de la vieille dame, l'automobile de la vieille dame, le costume vert de Babar.

Le soir, André rentrait vers 6 heures et demie. Les enfants avaient pris leur bain et jouaient en pyjama en guettant le retour de leur père par la fenêtre du salon. Ils étaient encore petits et n'allaient pas à l'école. Ce n'étaient pas des enfants difficiles. Ils ne sifflaient pas les berlingots de Javel ni ne dévoraient les Spontex. Je n'avais pas à me plaindre d'eux comme d'autres mères du lotissement que je retrouvais à la camionnette du boulanger ou du boucher et qui commençaient toutes leurs phrases par : « Vous savez ce qu'il m'a encore fait ? Vous ne devinerez jamais... »

Je n'étais ni heureuse ni malheureuse.

Je n'étais pas, c'est tout.

Toutes mes journées se ressemblaient et je distinguais les saisons, le temps qui passait à des détails anodins et ménagers : la chaudière qu'on allumait ou qu'on éteignait, les pyjamas chauds que je ressortais ou que je rangeais, les fraises ou les poireaux que j'achetais. J'avais 24 ans et, quand je nettoyais le cadre de notre photo de mariage qui trônait sur le buffet du salon, je disais bonjour à la jolie dame en robe blanche.

André avait trouvé l'idée du voyage dans un de ces prospectus qui encombrent les boîtes aux lettres. Il y a le plombier 24 heures sur 24, l'agence qui veut racheter le pavillon, le journal gratuit de la commune avec les petites annonces des cœurs à prendre, les publicités du grand soldeur d'à côté... Tous ces imprimés bariolés, frappés de points d'exclamation jaunes, verts, orange, qui font déborder les boîtes aux lettres, me mettaient en colère. À l'époque, j'essayais encore d'être une excellente ménagère. Je râlais en chœur avec la voisine qui avait acheté une très jolie boîte comme la nôtre, à

Mammouth, et qui ne supportait plus de la voir se remplir jusqu'à la gueule de papiers qu'elle allait aussitôt jeter à la poubelle. « Comme si je n'avais que ça à faire », maugréait-elle en vidant sa jolie boîte aux lettres dans sa grosse poubelle grise qui portait le numéro 14.

Nous, on avait le 12.

Je me sentais très solidaire d'elle. Nous menions la même vie. Avions presque le même âge, des enfants petits, la même robe de chambre (en promotion chez Mammouth), la même manière, mécanique et appliquée, d'en agiter la manche tous les matins à la même heure, sur le pas de la porte.

Au début, on ne se parlait pas et puis, un jour, nous nous sommes retrouvées à la même caisse, avec nos chariots en bosses de chameau et les petits accrochés aux caddies. La caissière attendait que le responsable du rayon papeterie lui indique le prix d'un article. Les enfants ont commencé à jouer d'un chariot à l'autre et nous avons fini par nous sourire et nous dire bonjour. Ma voisine s'est présentée comme une écologiste pointilleuse. Elle ne jurait que par les produits propres, les lessives sans phosphates et les emballages biodégradables. Son caddy était irréprochable. À partir de ce jour-là, nous sommes devenues copines et je l'ai imitée dans sa croisade. Elle luttait contre la pollution domestique, l'abattage des arbres, les trous dans l'ozone, pour le recyclage des déchets, le respect de la nature, l'essence propre et tout et tout. J'acquiesçais, admirative. Elle se livrait à de grandes tirades près de la boîte aux lettres. Nous délirions, toutes les deux, avachies dans nos robes de chambre, très concernées par notre cause. Je compatissais. Surtout qu'elle avait quatre enfants échelonnés de 5 à 1 an et je me demandais comment elle s'en sortait. Elle était un peu bizarre, remarquez. Bizarre mais cultivée. Elle connaissait des tas de chiffres par cœur. C'est elle qui m'a appris que les Français produisent quatre cents kilos de déchets ménagers par an et par personne ! Ou qu'il existe des savants en gants blancs qui étudient nos poubelles et qui s'appellent des « rudologues ». Tous les jours, elle me livrait une information nouvelle. Elle comptait les gaz toxiques dans l'atmosphère, les strates de la nappe phréatique et même les heures que les maris consacrent à aider leur femme quotidiennement ! Elle apprenait tout ça à la télévision. Ça devait lui monter à la tête et elle mélangeait un peu tout. Par exemple, un matin, elle me lâcha tout à trac qu'elle n'aurait plus jamais d'enfant. Elle avait trouvé un moyen radical : dès que son mari l'approchait, elle enflait et était couverte de boutons rouges.

— Je crois que je fais une allergie à ses cochonneries. Il était temps ! Du coup, ajouta-t-elle, ceinture !

Je trouvai ça original comme moyen de contraception et j'en parlai à André le soir même.

— Qu'as-tu besoin de discuter avec cette cinglée ? me répondit-il.

Ce n'était pas le propos.

— C'est ma voisine, la seule adulte avec laquelle je puisse échanger trois phrases sensées par jour...

— T'appelles ça des phrases sensées ? Une toquée !

Un soir, je compris qu'elle ne s'en sortait pas du tout : son mari vint me trouver pour que je la surveille pendant qu'il allait à la pharmacie. Elle avait avalé un tube de tranquillisants et était dans un sale état.

Mais bon...

Ce jour-là donc, André avait trouvé un prospectus qui proposait pour « notre prix de 179 F : un voyage confortable en autocar de LUXE, un déjeuner (choucroute ROYALE, fromage, dessert), un circuit en car à travers la ville de Reims et visite de la très CÉLÈBRE cathédrale Notre-Dame, visite des caves d'une GRANDE maison de vins de CHAMPAGNE, dégustation, PLUS en cadeau promotion : une ménagère en acier inoxydable de 16 pièces se composant de 4 couteaux, 4 fourchettes, 4 cuillères à soupe, 4 cuillères à café, avec son emballage cadeau et enfin 1 PINS de notre Société ». Il m'a montré les illustrations au dos du dépliant : une très jolie prise de vue de la cathédrale Notre-Dame de Reims, un gros plan d'un tonneau de champagne et une photo d'une propriété de vins de champagne.

— Ça te plairait ? Ça te plairait ? me pressait-il comme s'il fallait prendre la décision dans les deux minutes qui suivaient.

J'ai fait exprès de ne pas répondre.

— Si ça te plaît, je détache le coupon-réponse et je l'envoie aussitôt. On pourrait partir tous les deux. Une journée sans les enfants. On demanderait à ma mère de venir les garder. Ça te changerait les idées. Hein, mon lapin ?

« Quel cornichon, ce lapin ! », disait Brigitte Bardot dans l'un de ses films. Je ne me souvenais pas du titre et ça m'a occupée un moment. Puis j'ai pensé à autre chose. Je perds la mémoire, je me suis dit en haussant les épaules et en me grattant le nez avec mon éplucheur. Pour ce qu'elle me sert ma mémoire en ce moment...

Il est venu se placer derrière moi contre l'évier, il m'a attrapé les seins, a enfoncé son genou entre mes cuisses. Moi, pendant ce temps, je lavais les pommes de terre parce que, lui, les pommes de terre, il les aime cuites au four et en chemise.

— Je prendrai une journée off au boulot. Dis, mon lapin. Tous les deux, tout seuls, toute une journée...

— Dans un car du troisième âge, tu parles ! Ce sont des voyages organisés pour les vieux, ça ! Y a que des vieux pour rêver d'un voyage en car à Reims et boire du mousseux !

— Mais tu vois tout en noir, lapin ! Ce serait une occasion de se changer un peu les idées. On se mettrait au fond du car et on s'embrasserait...

— Avec tous les vieux qui nous reluqueront ! Merci bien !

Heureusement que j'avais mis un tablier parce que je n'arrêtais pas de faire gicler l'eau partout.

— Moi, je dis ça pour te faire plaisir. Si tu veux pas, on n'y va pas, lapin.

— Moi, je voudrais aller à la mer.

C'était devenu une idée fixe, la mer.

Quand j'étais là à laver le sol de la cuisine, à remuer les meubles pour enlever la poussière, à éplucher les patates ou à faire les lits, je pensais à la mer. Me remplir la tête d'eau, d'algues vertes, d'algues rouges, d'algues jaunes, d'arapèdes. Respirer l'air iodé, tremper le bout des pieds dans l'écume et sautiller en disant : « Ouille ! Ouille ! Ouille ! Qu'elle est froide ! » Ne plus penser à rien d'autre. Les vagues où je plongerais, la tête la première, et qui me rouleraient, me rouleraient comme un joli cadavre frais. On peut s'enfuir dans la mer.

— Je veux aller à la mer ! Je veux aller à la mer ! Je veux aller à la mer ! j'ai répété de plus en plus fort.

André s'est gratté la nuque et a décidé de laisser tomber le voyage en car.

— Je veux aller à la mer !

— J'suis pas sourd ! J'ai compris ! Il faut que je réfléchisse, c'est tout. Que je fasse mes comptes. Là, on avait une occasion toute prête. Rien à organiser...

— Je veux aller à la mer !

— D'accord, lapin. Tu iras à la mer. C'est promis.

— Quand ?

— Dès que j'aurai trouvé quelque chose... Qu'est-ce qu'on mange ce soir ?

— Je veux aller à la mer. J'en ai marre d'être enfermée ici. Je ne le supporte plus.

C'était la première fois que je disais ça.

J'aurais pas dû.

Je me suis mise à pleurer sur mes pommes de terre. Je ne pouvais plus m'arrêter. André m'a prise dans ses bras, m'a bercée contre lui en disant « là, là, lapin, là, là » mais c'était plus fort que moi. Ce n'étaient pas des larmes de chagrin mais de l'eau de fatigue, toute la fatigue, la lassitude, la routine, l'ennui de tous les jours qui me sortaient par les yeux en litres d'eau tiède et salée. J'écarquillais les yeux, et les larmes coulaient, coulaient et je les touchais, étonnée, sur mes doigts, mes joues, mon cou, mes bras, mon devant de tablier ; je grimaçais devant toute cette eau qui débordait de moi. Je fermais les yeux et les larmes continuaient de couler. André me regardait, consterné. Il ne comprenait pas plus que moi. Il ne savait pas quoi dire. Il ne savait que me serrer contre lui et répéter « je t'aime, lapin, je t'aime » mais ça n'arrêtait pas l'eau. C'était comme une digue qui s'était rompue et je ne pouvais rien faire d'autre que de laisser couler toute cette eau en silence, les yeux grands ouverts, les bras le long du corps et mon corps dans les bras d'André.

On est allés au McDonald's tous les quatre, ce soir-là. Ce devait être le début du printemps parce que, chez McDo, ils distribuaient des lunettes de soleil gratuitement.

Un jour, je suis allé lui rendre visite à ma petite cousine.

Dans sa maison blanche.

J'en crevais de ne plus la voir. Il l'avait emmenée loin de moi. En province. J'avais trouvé du travail à Paris. Au musée de l'Homme. J'évitais les repas de famille, les réunions, les baptêmes, les fêtes de Noël. Je tremblais à l'idée de le voir la toucher, lui poser la main sur l'épaule, l'attirer d'un geste de propriétaire. J'entendais parler d'elle. Avec des mots que je ne pouvais écouter. Des mots qui ne disaient rien. Surtout ma tante... Elle en avait plein la bouche de son gendre. Quand elle parlait, on aurait dit un guide pour touristes girafant dans Paris. Des rengaines qui chantaient la belle petite maison, le bon métier, la naissance de deux beaux petits enfants.

— Mais elle, je lui demandais, mais elle ? Comment est-elle ? Elle a grossi, elle a maigri ? Elle met toujours la main devant la bouche quand elle rit ? Elle passe toujours la langue sur les lèvres quand elle s'applique ? Elle se tient droite ou voûtée ?

Elle me répondait qu'avec tout ce qu'André faisait pour elle, elle ne pouvait qu'être heureuse. Si seulement elle avait eu un mari aussi attentionné,

aussi solide, aussi fidèle. Je n'osais pas lui télé-
phoner. J'avais peur de recevoir sa voix en pleine
tête. J'ai essayé une fois mais j'ai raccroché aussitôt. Juste le temps de l'entendre dire « allô... »
d'une petite voix soumise. J'ai pensé à lui écrire.
Je ne savais pas quoi. Une carte postale, peut-être ?
Je voulais savoir si elle avait changé. Si elle était
devenue comme l'autre, son mari. Si elle l'imitait
comme elle m'avait imité, moi, avant.

Elle portait des shorts sur la plage et refusait le
petit haut que sa mère lui avait cousu. Regarde,
je suis comme toi. Je suis plate. Plate comme un
garçon. Je cours comme toi, je saute par-dessus
les haies comme toi, je rejette ma tête en arrière
comme toi, je plonge comme toi, je nage comme
toi. Regarde-moi, Christian, regarde comme je
nage bien le crawl. Et comme je mets la tête sous
l'eau et j'ouvre les yeux. Tu es fier de moi, Christian ? Dis-moi que tu es fier de moi ? Invente-moi
une histoire.

J'inventais tout pour elle. Les fantômes dans les
cimetières, les bandits dans les arbres, les vipères
dans le lit, les bouteilles de lavande en boucles
d'oreille, le sucre en poudre le long de sa colonne
que je léchais à petits coups de langue en lui racontant que j'étais un tamanoir.

Tamanoir. Elle adorait ce mot. Tamanoir.
Tamanoir, elle riait en le répétant, pendant que,
concentré sur la peau dorée de son dos, sur le
duvet blanchi par le soleil, je léchais le sucre sur la
peau salée. Tamanoir. J'ai prononcé ce mot tout

bas. Plusieurs fois. En tapant avec mon Bic sur le bord de ma tasse à café. Tamanoir. Il sonnait comme une chanson qui vous heurte la tête et la remplit de souvenirs d'autrefois. Tamanoir. J'avais sa main dans la mienne et on sautait de rocher en rocher... de tombe en tombe... de flaque en flaque... On s'élançait, on volait un instant et on retombait en se faisant très peur. Tamanoir. Elle s'allongeait sur une dalle du cimetière et je me laissais tomber à son côté en repoussant les fleurs en plastique et la photo du mort qui nous avait à l'œil. Tamanoir. Je l'embrassais, elle gardait les dents serrées. Il faut ouvrir la bouche, Doudou, quand on embrasse un garçon. Comme ça ? elle demandait en décrochant ses mâchoires comme chez le dentiste. Tamanoir. Dis-moi que tu es à moi, rien qu'à moi, dis-le... Je suis à toi, rien qu'à toi. Tamanoir...

Alors j'ai pris la voiture et je suis allé la voir. Sans prévenir. Je me suis garé pas loin de chez elle et j'ai attendu. J'ai regardé toutes les maisons autour de la sienne, toutes semblables. Mon trésor caché dans une maison de treize à la douzaine. Introuvable. Enfoui.

Elle est sortie. Elle portait un tablier bleu foncé très long et des ballerines. Elle tenait un bébé dans les bras et une petite fille courait autour d'elle. Un chien s'est mis à aboyer d'une maison voisine et elle a crié :

— C'est moi, Pluton, c'est moi. Ils t'ont encore abandonné, mon Pluton ?

Le chien s'est tu. Elle brassait l'air de ses mains et faisait mine d'attraper la petite fille qui ramassait des fleurs dans l'herbe.

— Pour maman, chantonnait la petite fille en arrachant des brins d'herbe et des pâquerettes. Pour maman...

Elle s'est approchée de la boîte aux lettres. J'ai regardé ses jambes, ses bras, ses épaules, son profil buté. Blonde et pâle avec des taches de rousseur sur le haut des bras, sur les pommettes. Fragile et menue. Son dos se pliait en avant, courbé par le poids du bébé et elle s'appliquait avec sa petite clé d'une main et le bébé dans les bras. Elle tirait la langue. Elle parlait au bébé. Je n'entendais pas ce qu'elle lui disait mais l'enfant laissait aller sa tête contre son épaule et tétait le nœud du tablier. Frottait son nez, attrapait une mèche de cheveux blonds dans ses petits doigts. Elle lui caressait la tête avec le dos des enveloppes et cherchait des yeux la petite fille qui gambadait sur la pelouse, des fleurs plein les mains.

Je ne pouvais pas croire qu'elle était devenue une maman. Ma petite statue égyptienne qui marchait avec les jambes serrées...

Elle avait son regard de petite fille quand elle sautait pour attraper l'amour de sa mère : les yeux tendus vers le ciel, scrutant les nuages à la manière d'une pythie angoissée, attendant son salut ou sa perte, n'importe quoi, mais une réponse à ses questions. Elle pliait les jambes comme pour donner un grand coup de jarret. Ma Doudou, il faut beaucoup se plier pour enfin s'échapper... Quand elle baissait les yeux sur ses enfants, elle changeait, ses traits se détendaient et elle souriait.

Et puis une voisine est arrivée. Elles se sont mises à parler toutes les deux. D'autres enfants sont sortis, et la pelouse a été remplie de cris et de galipettes. Doudou surveillait sa petite fille, l'œil en coin, tendait la main mécaniquement, disait « Alice, Alice, viens ici, chérie » et continuait de parler. Elle se tenait maintenant déhanchée, changeant de jambe d'appui pour alléger le poids de l'enfant qui lui pesait sur la hanche. Elle était devenue une petite ménagère.

Je ne suis pas allé la voir, ce jour-là. Je suis rentré à l'hôtel. Me suis allongé sur le lit et suis resté là pendant de longues heures à penser à elle. Doudou... ma Doudou... La même peau pâle et duveteuse. Les mêmes épaules fragiles, le même creux à la naissance du cou. Les mêmes petits seins qui pointent sous le tablier bleu marine.

Doudou qui danse d'un pied sur l'autre avec son bébé. Doudou qui s'endort le soir et qu'il vient déranger avec ses envies d'homme.

J'avais pris un bouquin, le matin, en partant, sur le haut de la pile de livres que j'achetais chaque semaine au petit libraire de mon quartier, et je l'ai ouvert. C'était l'ouvrage d'un auteur américain, une femme qui avait été une féministe célèbre et qui se repentait d'avoir été trop radicale. Je l'ai ouvert au hasard, je suis tombé sur un passage où l'écrivain raconte que la première fois que Gandhi est allé dans un bordel, il était resté là, sans rien faire, à regarder la prostituée qui s'énervait sur le lit. Les bras ballants, n'osant pas avancer, poser les bras sur cette femme inconnue, la bouche sur un corps inconnu. Il était reparti, humilié. « Et à travers moi, c'est toute la race masculine qui était humiliée. »

Toutes les femmes étaient des inconnues pour moi depuis qu'elle s'était mariée. Celles que je sortais le soir, que j'embrassais longuement dans la voiture en cherchant son goût à elle. Des femmes qui riaient pour me faire plaisir si je tentais un bon mot. Puis s'approchaient et murmuraient « on monte chez toi ? ». J'étais humilié d'avoir à partager mon intimité avec elles.

Humilié et furieux. Mais je m'exhortais à la patience : je voulais guérir de Doudou. Je dormais avec elles, je les embrassais. En vain : elle revenait toujours, ma petite statue égyptienne.

Le lendemain, je suis retourné dans le lotissement. J'ai garé ma voiture devant sa pelouse et j'ai sonné. Elle a crié de l'intérieur « j'arrive, j'arrive » et est venue ouvrir. Habillée comme la veille dans son grand tablier bleu. On s'est regardés. Je lui ai souri. Sa bouche s'est tordue d'étonnement et elle s'est jetée à mon cou.

Christian, Christian, elle disait, Christian...

... et elle me serrait, elle se serrait contre moi, tendait son corps contre le mien, se hissait sur la pointe des pieds pour que tout son corps, absolument tout son corps, coïncide avec le mien, couvrait mon visage de baisers, le prenait entre ses mains et le baisait, le baisait avec des larmes dans les yeux. C'est le bonheur, elle a dit, en essuyant ses larmes et en redescendant sur ses talons. C'est le bonheur... Viens, entre.

Attends un peu, je lui ai dit, serre-moi encore dans tes bras, redis mon nom encore, encore... Doudou, ma Doudou. Je savais qu'une fois ses bras défaits de moi, la vie reprendrait son cours, les enfants leur place, le téléphone sonnerait, la voisine frapperait à la porte. Je voulais rester encore un peu enfermé avec elle. Elle contre moi. Un seul corps avec une seule tête, une seule bouche, un seul souffle, et mon sexe d'homme encastré dans le sien. Je pouvais toucher son dos, ses cheveux, le bout de sa petite oreille, renifler son odeur, caresser le tablier bleu. Je soupirais de joie en l'effleurant du bout des doigts. Je faisais l'inventaire. Elle était toujours aussi légère, aussi sucrée, aussi fragile.

La petite fille a déboulé, et Doudou nous a présentés : Alice, voici Christian, Christian, voici Alice. Et puis Antoine, le bébé. Les deux enfants se sont cachés derrière leur mère. Le petit ne marchait pas encore. Il rampait sur le sol, s'agrippait au tablier bleu pour tenter de se relever. Je les ai regardés, heureux : ils ne ressemblaient pas à leur père.

— Il a voulu que leurs prénoms commencent par un A, comme lui, elle a dit au bout d'un instant. Pour les initiales. Une drôle d'idée...

Elle m'a fait entrer dans le salon et s'est assise sur le bras d'un fauteuil. Elle avait l'air en visite chez elle. Elle tripotait sa frange, joignait les mains entre les genoux, baissait la tête, la relevait et me regardait.

— C'est un peu en désordre mais je n'ai pas eu le temps de ranger. Comment tu me trouves ?

— Tu n'as pas changé.

Ses yeux se sont allumés de l'intérieur. Elle a eu un drôle de sourire, un sourire rien que pour elle comme si elle se félicitait. Elle a baissé la tête à nouveau et a murmuré « merci, merci » en s'essuyant les mains sur son tablier.

— On ne sait jamais. J'aurais pu devenir une matrone bedonnante...

— Une grosse mama avec des seins qui tombent et des mains qui bombent, rougies par l'eau de vaisselle.

— Et du crin de jument, des sabots de fermière et une taille comme une jarre de lait tourné... Alors, c'est promis, je suis jolie ? Jolie-jolie ou jolie ?

J'ai fait semblant de réfléchir, j'ai pris l'air perplexe, j'ai penché la tête de droite, de gauche. Je l'ai étudiée. Elle se tenait immobile sur l'accoudoir du fauteuil et son sourire tremblait. Elle avait peur que je change d'avis. Je faisais durer son attente. Je reprenais possession d'elle. Elle attendait, elle attendait, elle se pliait pour deviner la réponse dans mes yeux. Je fermais les paupières à demi et la forçais à se plier encore plus, encore plus, ma Doudou, allez, allez, encore un effort, tu me fais tellement souffrir, tellement souffrir, tu crois que je vais te pardonner comme ça ? Sa bouche mollissait, le sourire disparaissait, je lisais la vieille supplication dans ses yeux...

Je n'ai pas résisté plus longtemps, je l'ai reprise contre moi.

— Jolie, jolie, jolie...

Le téléphone a sonné. Elle est allée décrocher dans l'entrée. J'ai entendu : Ah ! c'est toi... Une petite voix lasse et peureuse.

C'est le mari qui avait dû dresser le décor : des murs en torchis blanc faussement campagnards, un paravent chinois, des sofas en velours vert bouteille, des rideaux assortis avec de gros glands jaune bouton. Cet homme assortissait tout à tout. Quel ennui ! Et, sur les étagères, des horreurs dorées en porcelaine, des bergères qui mignardisent sur des tasses ébréchées, une paire de candélabres en argent qui ne devaient jamais servir, posés là rien que pour la décoration, des aiguières en verre filé rouge, des photos à l'étroit dans des cadres argentés. Le mauvais goût et l'arrogance s'étalaient partout. Sur les murs, des croûtes avec des couchers de soleil, des bords de mer, des baigneuses grasses et molles bourrées de plis qui débordent du ventre, des taches jaunes qui se prennent pour le soleil et un bleu anémique qui figure le ciel. Il doit fréquenter les salles de vente, le mari. Pour faire des affaires, bien sûr. Le bibelot, il s'en fiche. C'est l'investissement qui compte. On a dû le repérer et on lui refile des horreurs à des prix exorbitants.

— C'est André. Il vient déjeuner. Je n'ai rien préparé.

Elle a passé une main dans ses cheveux en soupirant. Les enfants étaient toujours en pyjama.

— Tu veux boire quelque chose ? Je ne sais pas ce que j'ai dans le Frigidaire. Normalement, c'est mon jour de courses mais comme j'étais en retard...

Elle avait l'air fatigué soudain. Absente même. Je l'ai bien regardée, du bas du tablier au nœud derrière le cou, une dernière fois. J'ai fermé les yeux pour que cette image s'imprime en moi et je me suis levé. Je lui ai expliqué qu'il fallait que je parte. J'avais à faire dans le coin. Elle écoutait mais n'entendait pas. Je me suis levé. Elle m'a raccompagné à la porte et, là, elle allait se jeter contre moi une dernière fois quand la voisine est apparue dans l'allée dallée.

La même petite maison blanche, des tricycles, une balançoire jaune et vert, un seau, des pelles, un tas de sable. Des cartes postales de conformisme banlieusard qui se répétaient à l'infini.

Elle a reculé et m'a embrassé sur la joue.

— Bonjour ! a dit la voisine en me regardant avec insistance.

C'était une grosse vache avec un air d'institutrice, un tablier à fleurs, des lunettes qui tenaient à l'aide d'un morceau de sparadrap et un trousseau de clés à la main qu'elle secouait comme un arrosoir.

— Je vais voir s'il y a du courrier. J'attends un paquet de La Redoute.

— Bonjour ! a répondu Doudou en me tenant le bras comme pour me garder à distance.

— Beau temps, hein ?

— Oui. On a de la chance cette semaine. J'espère que ça va durer. Que dit la météo ?

Je me suis bouché les oreilles pour ne pas entendre leur conversation. Je l'ai regardée une dernière fois, ai serré son bras jusqu'à ce qu'il blanchisse, l'ai attirée contre moi, de force, et, là, sous les yeux de la voisine, j'ai respiré, une dernière fois, son odeur légère et sucrée, un peu acide parce qu'elle transpirait, lui ai léché le bas de la nuque et suis parti.

Sans me retourner.

C'est elle qui m'a rappelé.

J'allais monter dans la voiture quand j'ai entendu mon nom.

Elle a couru vers moi, s'est plaquée contre moi, sans m'enlacer, juste ses jambes, ses hanches, son ventre, sa poitrine contre moi et, dans un souffle, pour que la voisine ne l'entende pas, elle m'a chuchoté : ne reviens pas, s'il te plaît, ne reviens plus jamais, jamais...

Finalement, je l'ai eu mon séjour à la mer.

L'été suivant, André a loué une maison, dans une petite station balnéaire en Normandie. La maison de la mère d'un collègue qui nous la cédait pour l'été, à un prix raisonnable. Idéal, se félicita André. Mon collègue et sa femme seront là... Tu ne seras pas seule s'il y a un pépin... Ce n'est pas trop loin ; le vendredi soir, pfft, je file et je reste avec vous jusqu'au dimanche soir. Heureuse, lapin ? Le 2 juillet, cet été-là, Lapin était heureuse.

Lapin allait voir la mer...

... regarder les vagues, deviner, les yeux fermés, les grosses et les moins grosses, faire couler du sable entre ses doigts de pieds, respirer, respirer en suivant le ressac, rouvrir les yeux, étudier les nuages, inventer des histoires d'après la forme des nuages, plonger dans l'eau et nager, nager jusqu'à en perdre le souffle, jusqu'à en perdre de vue la côte, jusqu'à ne plus revenir.

Lapin préparait les valises en chantant, gambadait d'une chambre à l'autre, racontait aux enfants tout ce qu'ils allaient faire à la mer, inventait des dragons marins, des sirènes apprivoisées, des châteaux enfouis, achetait des maillots de bains à volants pour Alice, des bermudas pour Antoine, des crèmes solaires, des bouées en forme de canards, un parasol, des serviettes. La vie était belle et iodée. Lapin confectionnait un grand calendrier où les enfants barraient les jours jusqu'au départ. La nuit précédant le départ, Lapin ne dormit pas : le bonheur était trop proche.

Lapin déchanta vite.

La maison était petite, étroite et haute. Lapin passait son temps à monter et à descendre les escaliers. Les portes et les fenêtres fermaient mal. Le vent soufflait par les interstices. Les enfants toussaient, reniflaient. Lapin les mouchait et les poursuivait, une cuillère de sirop poisseux à la main. La mer était à deux kilomètres. André gardant la voiture pendant la semaine, Lapin devait s'y rendre à pied. Elle partait avec le petit dans la poussette et la grande qui râlait parce qu'elle devait marcher, les canards en caoutchouc enfilés sur les bras comme des bracelets, les crèmes solaires pour ne pas brûler, les serviettes-éponges, les jus d'orange, les bouteilles d'eau, les couches, le parasol, le pique-nique, les vêtements de rechange, les ballons, les seaux, les pelles, les biscuits au chocolat pour le goûter.

Une caravane s'ébranlait vers la plage, conduite par Lapin. Deux kilomètres de marche à pied avec le petit qui pleurait parce qu'il avait vu un gros chien derrière un portail et la grande qui escaladait toutes les grilles en sautant d'un parapet à l'autre. L'arrêt obligatoire à la boulangerie, une glace à la vanille pour Alice, une glace au chocolat pour Antoine. Le porte-monnaie qui se renversait dans la rue avec tout l'argent de la semaine. André exigeait des comptes au centime près, « ce n'est pas le centime qui compte, c'est pour te discipliner, que tu saches ce que tu fais avec l'argent... ».

Quand Lapin arrivait enfin à la plage, les bras irrités par le frottement des bouées, la nuque cassée de s'être penchée sur Antoine, la voix brisée d'avoir crié à Alice « attention... atten... », il lui fallait chercher un emplacement sûr pour garer la poussette, boucler le gros antivol, ranger la clé, prendre Antoine dans ses bras et, chargée des seaux, des pelles, des couches et des gâteaux, partir à la recherche d'une place où les enfants pourraient faire des châteaux de sable et se baigner. Un endroit tout près de l'eau mais pas trop, sinon la marée montante risquait de tout emporter. Un vrai problème de maths avec quatre inconnus : Alice, Antoine, la mer et Lapin.

Alice voulait nager, Antoine faire des pâtés. Lapin allait dans l'eau avec Alice, un œil sur Antoine. Le vent se levait d'un coup et balayait le parasol qui roulait sur la plage. Le jambon, les œufs durs, la baguette mollissaient en plein soleil. Lapin décidait que ce n'était pas grave et se penchait sur Alice qui apprenait à flotter dans son canard. Un autre coup de vent emportait une serviette qui allait se rabattre sur une voisine. L'agressée hurlait. Lapin décidait que ce n'était pas grave et, les mâchoires crispées, surveillait Alice qui flottait, heureuse, et tentait de prendre le large. Un enfant s'approchait alors d'Antoine et lui lançait du sable en plein visage. Antoine se frottait les yeux, hurlait « maman, maman ». Lapin lâchait le canard. Alice râlait. Lapin la chapitrait, la ramenait vers le bord et sortait de l'eau en courant. Alice buvait la tasse et criait « maman, maman, je me noie ! » et Lapin ne savait plus où donner de la tête.

Lapin giflait Alice, giflait Antoine, redressait le parasol, allait s'excuser auprès de la dame qui la toisait, mettait le jambon, les œufs durs et le pain à l'abri, renversait le jus d'orange mal fermé, pestait et se laissait tomber sur la serviette... trempée de jus d'orange. Se relevait d'un bond pour déverser sa colère en frappant à l'aveuglette sur les enfants qui la dévisageaient, terrorisés, recroquevillés sur un tout petit bout d'éponge. Alors, devant leur regard apeuré et soumis, elle leur demandait pardon d'avoir été si méchante.

Les vacances de Lapin au bord de la mer...

La mer...

... Je ne nageais jamais. Dès que je faisais mine de m'éloigner de quelques brasses, les enfants pleuraient, et les autres mères venaient les consoler. Je rappliquais aussitôt, sous leurs regards réprobateurs, et les couvrais de baisers furieux pour apaiser le grondement des matrones indignées.

André arrivait le vendredi soir et disait : « Comme tu es bien, ici, ma chérie ! Comme les enfants ont bonne mine ! J'ai eu une semaine épuisante et j'ai bien besoin de me reposer. » Il posait son sac, m'embrassait et partait voir son collègue, jouer aux boules ou au tennis. Je restais dans la petite maison louée pour l'été qui ressemblait étrangement à la petite maison où je vivais toute l'année. Je faisais la lessive, repassais, branchais l'aspirateur, tordais la serpillière, préparais le pique-nique de midi, le dîner du soir, donnais leur bain aux enfants, soignais les bobos, mouchais les nez, montais, descendais, montais, descendais...

Ce n'était même pas le malheur.

C'était normal.

La vie normale de femme mariée en vacances avec ses enfants au bord de la mer.

J'apercevais de temps en temps la femme du collègue d'André sur la plage : elle semblait aussi fatiguée et énervée que moi. Je préférais encore rester dans mon coin. Je me consolais en me disant qu'après, lorsque les vacances seraient finies, ce serait bien. À raconter. Je pourrais dire aux dames du lotissement : « Cet été, avec mon mari, nous avons loué une petite maison au bord de la mer. Le climat est excellent pour les enfants. Ils avaient des mines magnifiques. Et l'air est si pur... » Cela me donnerait une contenance. De l'importance. Tout le monde ne part pas en vacances au bord de la mer.

André prenait des photos des enfants aux bonnes joues rouges, des photos de la plage, du coucher de soleil, des photos de Lapin sur sa serviette, un sourire épanoui sur les lèvres.

Moi, je voudrais partir, je me suis dis, un jour, en regardant la mer. Alice et Antoine jouaient au bord de l'eau.

Je vais partir, je vais partir, je vais partir.

Et si je partais ?

C'est la première fois que je disais ces mots-là. Tout haut. La plage s'était vidée. Le vent soufflait et le sable tourbillonnait. De gros nuages couvraient l'horizon. Les enfants jouaient au cheval blanc et au cheval noir en caracolant, recouverts de longues serviettes-éponges.

— Regarde, maman, regarde, je suis le cheval noir.

— Regarde, maman, regarde, je suis le cheval blanc.

Je leur ai fait un petit signe de la main. Ils s'ébrouaient, heureux. Couraient au bord des vagues. Antoine en titubant, Alice sûre d'elle.

J'ai eu si peur d'avoir prononcé ces mots-là que je me suis relevée brusquement, j'ai couru vers eux et les ai serrés très fort dans mes bras.

Je ne pouvais pas partir.

Pas sans mes enfants.

Alors j'ai pleuré, et Alice a dit : maman tu pleures comme la mer... tu pleures salé.

J'ai souri à travers mes larmes.

— Allez, on s'en va, j'ai dit à Antoine. Mets tes chaussures.

— Les chevals, ça met pas de chaussures, écoute, maman...

— C'est vrai, j'avais oublié. Excuse-moi.

Il a éclaté de rire. « Oh ! maman... »

Il était heureux.

André, aussi.

Il allumait un feu tous les soirs quand il était là. C'est romantique, une cheminée, hein, lapin ? Ce qu'il y a de bien, en Normandie, c'est qu'on peut faire du feu dans la cheminée, le soir. Tu ne trouveras pas ça dans le Midi. Sans compter que le prix des locations, là-bas ! Bon, y a pas le pastis du soir sous les canisses, d'accord ! Mais le climat est tonique, bien meilleur pour les enfants. Il préparait son feu, mettait autant de brindilles à l'intérieur du foyer qu'a l'extérieur, répandait des bouts de bois tout autour de la cheminée, disposait trois ou quatre allume-feu sous les fagots et hop ! Quelle belle flambée, Lapin !

Je venais de coucher les enfants, de finir la vaisselle, de ranger le linge et me traînais jusqu'au canapé devant la cheminée. Me coulais dans le canapé, relevais les genoux et regardais le feu. Fermais les yeux, les rouvrais, remarquais toutes les brindilles qui jonchaient le sol, les feuilles de journaux chiffonnées, les bouts d'écorce pas balayés. J'éclatais en sanglots.

— Mais qu'est-ce que t'as, lapin ?

— T'as vu ce que t'as fait, t'as vu ?

— Mais quoi encore ?

— C'est moi qui vais devoir balayer...

— Mais laisse, on le fera demain !

— JE le ferai demain. Tu ne fais jamais rien, ici ! Jamais rien !

— Enfin t'exagères ! Je t'ai fait un beau feu.

— N'importe qui peut faire un feu en en mettant partout et en y collant trois allume-feu chimiques !

Le feu n'était qu'un prétexte à vider ma bile de ménagère. Gare à lui s'il avait laissé un verre sur la table ou si un robinet coulait, mal fermé ! J'épiais le moindre de ses gestes, prête à lui tomber dessus pour assouvir la haine qui montait, montait toute la journée où je faisais le lapin, docile et mécanique. Je me relevais, les reins cassés, prenais la balayette et balayais, balayais en pleurant. Comment pouvait-il me faire ça ? Submergée de désespoir, je montais dans la chambre et me jetais en larmes sur le lit. M'y glissais tout habillée pour me relever aussitôt. La pilule !

À quoi servait cette pilule ? À rien, puisqu'il ne m'approchait presque plus. Je me gavais d'hormones pour empêcher l'impensable : un autre enfant. Qui me lie encore plus à lui. À cette mort lente et douce dans un confort aseptisé. Une vie d'otage. Ma vie contre le bonheur innocent des enfants. Mon geste tous les soirs me paraissait absurde. Mais pourquoi j'avale cette pilule ? Pourquoi ? Pour que, mécaniquement et accomplissant toujours les mêmes gestes, murmurant les mêmes mots, il roule sur moi et me pénètre. Une fois tous les deux ou trois mois. Sans appétit. Un soulagement de besoins naturels qu'il déguisait en une parodie de désir. Arrête de faire semblant parce que, si c'était aussi bon que tu le soupires, c'est tous les soirs que tu roulerais contre moi, j'avais envie de lui glisser à l'oreille. Je le laissais faire.

Ah si ! Il m'embrassait.

En société.

Pour montrer à tout le monde qu'on était heureux, que ça allait bien, que les fins de mois n'étaient pas difficiles. L'étalage du bonheur fait partie du standing du couple. Le couple, au bout d'un moment, c'est montrer aux autres que tout va bien. Une carte d'identité du bonheur à exhiber pour faire râler tous ceux qui ne baisent plus, qui s'engueulent, qui ne payent plus les traites. C'est comme la belle voiture ou la raquette de tennis toute neuve, les enfants bien tenus ou les photos où tout le monde sourit. Je le hais, je le hais, je me disais quand il m'embrassait devant le boucher, chez des amis ou que je le rejoignais au tennis, avec ses copains. J'avais beau me dégager, rester raide contre lui, il me forçait la bouche, forçait mon corps à pivoter contre lui et à l'étreindre devant tout le monde.

— Et pourquoi ne fais-tu jamais ça quand on est seuls tous les deux dans le noir ? je lui demandais ensuite dans la voiture quand il attachait sa ceinture.

— T'exagères... répondait-il en haussant les épaules. Tu dramatises toujours.

— J'EXAGÈRE PAS, je hurlais. Tu veux savoir la dernière fois qu'on a baisé ?

Je le marquais sur mon agenda. Chaque fois. Au Bic rouge. Avec des signes cabalistiques pour mesurer la dégradation du désir : vite fait (VF), BC (baiser chatte), BB (baiser bite). BC et BB étant pratiquement en voie de disparition. Ou n'apparaissant qu'après des soirées passées en couples lorsque le désarroi des autres agissait comme un stimulant érotique.

Il remontait la fenêtre, gêné.

— Doudou, arrête. Tu es folle. Ça se soigne !

Il voulait à tout prix me mettre dans la tête que c'était moi, la malade. Moi qui voulais tout, tout le temps, toujours. Insatiable. Une femelle agrippée à ses basques qui lui suçait le sang. Mais j'avais la preuve sur mon agenda. J'avais la preuve ! Je voulais garder des arguments, des chiffres, établir des statistiques pour lui damer le pion. Nous baisons quatre à cinq fois par an. Est-ce normal, docteur ? Absolument pas, chère madame. La vie, c'est le désir. Merci, docteur.

Je suis morte bien que vivante.

Je devenais folle.

Et je ne pouvais rien faire. Si... Le quitter. Et partir avec les enfants. Mais où ? Avec quel argent ?

Et puis...

... la joie des enfants quand il les prenait dans ses bras, leurs rires quand il jouait à les envoyer en l'air, tout là-haut, leur manière de blottir leurs têtes contre sa jambe de pantalon quand il était assis dans le grand sofa et regardait la télévision.

Et les forces me manquaient. Je ne pourrai jamais. Il faudrait qu'une autre volonté plus forte que la mienne vienne me tirer de là.

Un jour viendra où je serai assez forte.

Un jour viendra où j'aurai une bonne raison de partir. C'est ce jour-là que j'attendais avec impatience.

Ce jour qui ne venait pas.

J'apprenais à courber la tête, à attendre, butée contre l'évier. Sans y croire vraiment. Il n'y a ni espoir ni solution, et le jour où j'aurai compris cela, je trouverai un sens à ma vie et ma vie tiendra debout toute seule.

IL N'Y A PAS DE SOLUTION.

À part la solution divine. Ou le don de soi. L'oubli de soi. Oublier qu'on a une tête, un cul, une bouche, et offrir sa tête, son cul, sa bouche à l'autre.

Ou à l'Autre.

C'est peut-être ça la solution. Alors autant commencer tout de suite.

Je choisissais l'abnégation. Et l'abnégation me calmait. Comme un puissant sédatif. Pour un temps. Puis j'apercevais les brindilles autour de la cheminée, ou il me forçait la bouche devant tout le monde, et la rage ressortait en purulents hoquets. De la haine bien solide, bien chaude que je lui crachais au visage.

Ça me prenait le soir, généralement. Dans la journée, j'étais trop occupée. Mais la nuit, je vitupérais. Je l'insultais, j'ânonnais mon désespoir. Il me regardait ; il était évident qu'il ne comprenait pas.

— Mais vue de l'extérieur, tu as l'air si heureuse. Tu as tout pour être heureuse.

Je hurlais de plus belle : un mari, ça ne voit pas de l'extérieur. Un mari rentre dans la tête de sa femme, de son amour, et essaie de comprendre. Essaie de lui aérer la tête parce que toute la journée, sa femme, son amour, s'abrutit dans des besognes imbéciles. Il lui raconte des histoires, il lui apprend comment la terre tourne et le rôle des étoiles, du soleil et de la lune, quel était le dernier amour de Wellington, qu'a dit Lafayette en posant le pied en Amérique ou André Chénier en montant sur l'échafaud. Tiens, par exemple, je lui hurlais dans l'oreille alors qu'il cherchait le sommeil, tu sais, toi, ce qu'il a fait André Chénier en montant sur l'échafaud ? Non, bien sûr, tu ne sais rien. Eh bien, il lisait un livre tranquillement dans son coin, attendant qu'on lui fasse signe et, quand le bourreau l'a appelé, il a fait une marque à la page à laquelle il s'était arrêté et il est monté se faire trancher le cou ! Ça, c'est une belle histoire, une histoire qui met des rallonges dans la tête, qui donne des ailes, du courage, de la tenue morale et la force de partir en caravane à la plage ! C'est pas difficile : raconte-moi une histoire comme ça chaque soir et j'accepterai le repassage, les étages à monter, la serpillière à passer. J'accepterai tout si tu m'ouvres la tête et y verses une merveilleuse histoire à se sacrifier debout.

— Mais où je les trouve ces histoires ? grognait-il, à moitié endormi.

— Tu les cherches, tu les cherches par amour pour moi. Tu perds du temps pour moi. Tu lis des journaux, tu achètes des livres, tu compulses des encyclopédies.

— Quels journaux ? Quels livres ? Aide-moi. Je t'aime, Doudou, mais tu es trop compliquée. J'y arriverai jamais. Oh ! je t'aime, si tu savais comme je t'aime, comme j'ai besoin de toi !

Il m'entourait la taille de ses bras et je baissais la tête. Je savais qu'il m'aimait, qu'il n'en regardait pas d'autre que moi, que son beau corps blond et lisse n'était que pour moi. Je le savais et j'avais honte. Je le prenais dans mes bras et le berçais. Il se serrait contre moi et murmurait des mots de réconfort : « On y arrivera, lapin, tu verras, tu es juste énervée parce que les enfants sont petits et qu'il y a trop de travail. Mais tu verras, on y arrivera. Je vais tout faire pour qu'on y arrive. »

Au petit matin, épuisée, je m'endormais.

Fatiguée. Si fatiguée. D'avoir répété les mêmes choses. Je me réveillais. Honteuse de ma scène de la nuit. Mais pourquoi je me mets dans cet état-là ? Pourquoi ? Je ne suis pas normale. C'est la seule explication.

J'ai de la chance qu'il me garde. D'autres moins bons se seraient débarrassés de moi. Il me donne sa paye. Il ne me bat pas, il ne boit pas, il ne me trompe pas. Il est gentil avec les enfants. Mais de quoi je me plains ? J'ai la même vie que toutes les autres femmes, et elles avancent, elles. Elles tiennent le coup. Je ne suis pas normale. C'est ça. Un gène dans la famille. Mon mariage est maudit. Le jour même de mon mariage est maudit. J'ai apporté le malheur. C'est ma faute, c'est ma faute.

Je préparais le petit déjeuner, le lui montais dans la chambre en lui demandant « pardon, pardon ». Pardon d'avoir été une mégère. Pardon de t'avoir empêché de dormir. Pardon de te demander la lune et les étoiles, Lafayette et André Chénier. Pardon...

— Ce n'est rien, il disait en me frictionnant la tête. Tu es comme ça, c'est tout. Mais je ne veux pas que tu sois malheureuse, tu sais. Ça me fait mal de te voir dans cet état.

Et Lapin se remettait au travail. Traquait la tache et la poussière, le gras et les faux plis. Comme pour rattraper le temps perdu. Heureuse de n'avoir pas été virée. Heureuse du bonheur des pleutres qui croient que l'orage est passé parce qu'ils ont courbé l'échine. Lapin vaquait à ses besognes. Reprenait le chemin de la plage. Chantait avec la radio. Supportait, stoïque, le frottement des bouées et le poids de la glacière.

Lapin faisait du zèle. Lui téléphonait trois fois par jour au bureau pour lui dire qu'elle l'aimait, qu'elle était désolée, qu'elle ne recommencerait plus.

Quand je l'ai rencontrée, la petite Doudou, je l'ai tout de suite trouvée à mon goût. Pas qu'elle soit spécialement gironde mais elle avait quelque chose d'attachant. On avait envie de la protéger, quoi ! Je la voyais tous les jours dans la grand-rue avec ses enfants. C'était pas triste ! On aurait dit qu'elle allait à l'abattoir, pas à la plage. Elle avait des bouées autour des bras, une serviette autour du cou, des pelles dans les poches, une glacière accrochée au guidon de la poussette. C'était l'enfer. Ça, c'est sûr.

Cet été-là, je venais de toucher ma moto neuve et je passais mes journées à monter et à descendre la rue principale, celle qui mène à la plage. Y a pas grand-chose à faire dans ce patelin. Y a la mer. Tous les gars du coin viennent là pour la plage. Et les estivantes. Des mères de famille désœuvrées qu'on peut lever, facile. Et qui ont de l'expérience, en plus. Avec ça, pas regardantes sur leur vertu, vu que le husband ça fait longtemps qu'il met plus les mains dans le cambouis. Ça, c'est ce que disent les copains parce que, moi, les mères de famille, c'était pas mon truc du tout. Faire la risette aux gnards pour se farcir la mère, merci beaucoup ! Y a plus facile et moins encombrant.

Elle, je la croisais souvent. Au début, je la matais comme on mate une fille. Bien roulée, bien que plus près du cure-dents que de la pub Veedol, de longues cannes, un petit cul, des lunettes noires et des cheveux blonds en broussaille. Et puis, je me suis vite attaché. Pas qu'elle soit sexy, non mais... touchante. J'avais envie de l'aider, de lui porter la moitié de son barda, de la faire rire en lui racontant une connerie. J'osais pas. Je ne savais pas comment l'aborder. C'est la petite qui a fait le boulot.

Un jour que j'étais à la boulangerie, que j'achetais un chausson aux pommes, je les ai vus, à travers la vitre, qui s'arrêtaient devant la machine à glaces italiennes. Elle a sorti son porte-monnaie en se contorsionnant et elle leur a payé une glace aux gamins. Moi, j'avais garé la moto juste sur le trottoir, devant, et la petite, elle a essayé de grimper dessus. J'ai eu peur que la bécane tombe et je suis sorti avec mon chausson dans la gueule.

C'est comme ça qu'on a fait connaissance.

Je lui ai dit un truc du genre : je suis content de vous rencontrer, je vous vois souvent dans la rue avec vos deux gamins quand vous allez à la plage et vous avez pas l'air de vous marrer tous les jours. Et comme je ne savais plus comment finir, comme elle répondait pas et qu'elle me regardait froidement derrière ses lunettes noires, j'ai ajouté, comme ça :

— Le hasard fait bien les choses...

— Ben alors... C'est pas le hasard qui t'a fait, toi ! Bing ! J'ai pris ça dans la tronche.

Elle a empoigné la poussette, la petite et son barda et elle a continué à descendre la rue. Elle avait une petite jupe qui lui moulait le cul et j'ai plus vu que ça. Il fallait que je me la fasse, cette gonzesse. Elle m'excitait. J'avais mes chances. Surtout que le mari, je m'étais renseigné, on le voyait pas souvent. Il faisait comme les autres, il arrivait le vendredi et il se tirait aussi sec au tennis ou au jeu de boules avec ses copains. Pour repartir le dimanche au moment du film.

D'habitude, les gonzesses, je leur parle pas beaucoup. Je les embarque sur ma bécane et ça suffit comme présentations. Sur ma bécane, j'ai la stéréo. Je la mets à tue-tête et on trace. Au bout d'un moment, elles se collent contre moi et l'affaire est faite. J'ai plus qu'à m'arrêter dans un petit chemin et j'y mets les mains. Après, on se revoit, on se revoit plus, c'est une question de bol. J'aime pas trop l'attachement. Parler et tout ça, ce n'est pas mon truc. Les filles, dès qu'on les revoit une ou deux fois, elles se mettent à jacter. Au bout de trois semaines, elles sont intimes, elles ont des droits sur vous et sur la bécane. Elles font des réflexions. Et quand est-ce qu'on se revoit ? Et si on s'installait ensemble ? Tout ça parce qu'on les a pelotées dans un chemin creux. Les filles, ça mélange tout. Le cul et l'amour. Le cul, c'est le cul, et l'amour, c'est une autre affaire. Alors je l'ai suivie. Avec la musique à tout berzingue. Je me souviens, c'était une chanson de Lou Reed, *Walk on the wild side.* Ça faisait un de ces boucans dans la rue ! Les mêmes, sur le trottoir, me fusillaient du regard. Elle, elle m'ignorait. Je faisais du sur-place parce qu'elle avançait pas vite mais je patientais. Elle m'ignorait toujours. La petite fille avait le cou dévissé à force de me regarder. Et puis elle a dit qu'elle voulait monter derrière moi. Que c'était pas juste, que son frère il était toujours dans la poussette et elle, à pinces. Elle la disputait sa gamine, lui disait d'avancer, de ne pas me regarder. Mais elle continuait à râler. Moi je lui faisais des petits clins d'œil pour l'encourager, des petits sourires engageants. Je me disais que c'était pas si con de passer par la gosse. Ce jour-là, je l'ai suivie jusqu'à la plage et j'ai fait demi-tour. Y avait rien à faire.

C'est devenu une habitude. Je l'attendais à la boulangerie et je lui disais un mot. J'évitais les banalités parce qu'elle m'aurait ramassé. Je disais des trucs pour la faire baver. Genre : y a une fête à la Trinité-sur-Seine, vous voulez que je vous y emmène avec vos petits ?

— On verra ça... À Pâques !

À la fin, c'était devenu un jeu entre nous.

C'est comme ça qu'un jour j'ai fini par lui donner rendez-vous. Derrière la petite chapelle, à 9 heures du soir. Je lui ai pas demandé comment elle ferait avec les enfants. Elle avait qu'à se débrouiller.

J'étais fier de moi. J'avais réussi à la faire plier, elle, la rameneuse avec ses grands airs et son petit cul. J'étais fort quand même. Je me suis fait quatre fois l'aller-retour dans la rue principale avant de me calmer.

À 9 heures pile, j'y étais. Avec ma bécane. Des fois qu'elle ait envie de se promener. J'ai pas mis la radio pour ne pas me faire repérer. J'ai allumé une clope, je me suis assis par terre et j'ai attendu. À 10 heures moins le quart, elle était toujours pas là. Elle m'avait bien eu. Et moi, comme un débile, j'avais pas marché, j'avais couru. Elle était forte, cette gonzesse. J'avais encore plus envie d'elle. Je suis parti faire un tour avec la radio à plein tube. Je roulais et je pensais à son cul, à ses cuisses, je la voyais marcher devant moi avec ses fesses qui se balançaient à gauche, à droite. J'imaginais l'intérieur de ses fesses, je m'imaginais les écartant doucement et ça me rendait fou. J'arrivais pas à penser à autre chose. Alors je suis revenu au village, j'ai garé la moto à l'entrée et j'ai marché jusqu'à chez elle. On était en semaine, j'étais peinard, le mari était pas là.

Y avait de la lumière au premier étage. J'ai poussé la grille sans faire de bruit. J'ai poussé la porte d'entrée, elle était pas fermée. J'ai commencé à monter l'escalier tout doucement. Jusqu'au premier. Les dernières marches ont grincé. Ça a fait un boucan d'enfer dans la petite maison. Mais elle ne s'est pas levée, n'a pas bougé, n'a pas demandé : qu'est-ce que c'est ? Y a quelqu'un ?

J'ai attendu un moment. Je suis allé vers la chambre où y avait de la lumière. Je ne savais plus quoi faire. J'étais drôlement embêté. Normalement, elle aurait dû réagir. Je sais pas, moi... Vous rentrez chez quelqu'un en pleine nuit, vous faites grincer les marches, la personne réagit. Se lève, s'affole. Là, rien. Silence total. L'angoisse, le silence ! Peut-être qu'elle est pas là, je me suis dit, qu'elle s'est tirée avec ses gosses, que c'est un piège. Qu'elle a prévenu le mari et qu'il va se pointer avec un flingue... J'en menais pas large. J'étais là sur le palier comme un con. À ne pas savoir s'il fallait avancer ou reculer. Merde ! Elle faisait vraiment chier cette gonzesse ! Bien fait pour moi. Y en a des faciles à droite, à gauche, t'as qu'à te baisser pour les ramasser et tu te branches sur la plus compliquée qui t'envoie des vannes chaque fois que tu lui parles et qui te pose un lapin au premier rendez-vous. Non mais, quel con ! Je me suis raclé la gorge une fois, deux fois. Rien. Aucune réaction. J'ai toussé. Toujours rien. Alors, là, je me suis pas dégonflé, j'ai marché vers la porte de la chambre et je l'ai poussée...

Elle était au pieu, en train de lire. En tee-shirt blanc, une jambe par-dessus les couvertures, le cul à l'air. Elle m'a regardé, pas surprise du tout. Elle a lâché son livre, a mis un marque-page...

— T'en as mis du temps. La prochaine fois, faut que je t'envoie un plan peut-être ?

Elle a éteint et je me suis dit que cette fille était vraiment cinglée.

Je me le suis pas dit longtemps parce qu'ensuite j'ai plongé dans le lit et, là, je l'ai pas regretté. OUAOU ! Soit elle avait de la science, soit elle était en manque mais, cette nuit-là, je m'en souviendrai longtemps. En plus, il fallait pas faire de bruit à cause des enfants qui dormaient au-dessus et c'était encore plus excitant. C'est pas difficile : j'avais jamais rencontré une fille comme ça ! Et je suis pas près d'en rencontrer une autre. Parce qu'elle a pris une sacrée avance ! Et puis devait y avoir un truc chimique entre nous parce que, dès qu'on se touchait, ça faisait des étincelles. C'était même insupportable. J'avais la bouche en feu, la queue en feu, j'avais envie de la bouffer, de l'enfiler par tous les pores de la peau. Même ses oreilles me rendaient fou. J'y enfonçais ma langue, je la tournais, la retournais, la fourrais partout dans tous les plis, bouffais la cire et toutes les saloperies avec et elle enfonçait l'oreiller dans sa bouche pour ne pas hurler ! Cette nuit-là, je lui ai fait promettre de plus se laver pour la laver avec ma langue. Partout, je l'astiquais. C'était de la folie, je vous dis. J'étais cassé. On se disait pas un mot, en plus ! Sauf, à un moment, un moment de répit, elle a pris mes mains, les a regardées et m'a dit :

— Elles sont énormes tes mains.

J'ai rien répondu. Je le sais depuis longtemps. Énormes et pleines de poils. Des vrais battoirs. J'en suis pas fier et ça m'emmerdait qu'elle l'ait remarqué.

— Tu savais qu'Arthur Rimbaud avait des mains énormes ?

Non, j'en savais rien et je m'en tapais. Je l'ai reprise avec mes grosses mains sur ses hanches et je l'ai déchirée d'un seul coup, d'un seul. Ça lui apprendra à vouloir me vexer. Au petit matin, elle m'a fait signe de partir. Il fallait pas que les enfants me voient. Ni les voisins d'ailleurs.

— Sors par-derrière, par la cuisine...

Elle m'a pas embrassé. Rien du tout. Elle s'est même pas levée.

Je suis sorti et je me suis mis à gambader de joie. Ça, j'étais heureux, pour sûr. Ça faisait une paye que j'avais pas été si heureux. Je courais tout seul dans le petit bois derrière, je bondissais par-dessus les herbes et les troncs, je claquais des talons en l'air, je criais YOUOU ! YOUOU ! J'avais envie de parler aux oiseaux, aux mouettes, aux arbres. Il fallait que ça sorte, je ne pouvais pas garder une si grande joie rien que pour moi ! Je regardais ma queue dans mon pantalon pour vérifier que je l'avais pas laissée là-bas, fichée dans son petit cul à elle !

Il a dû me pousser des muscles, cette nuit-là, parce que le lendemain je marchais plus pareil. J'étais le plus costaud des hommes et j'enfonçais les talons dans la terre. J'avais pris dix centimètres au moins. Ça m'a fait marrer, ça.

Le lendemain, quand je l'ai revue avec ses mômes dans la rue, elle m'a ignoré. Que dalle ! Pas un regard, pas un sourire. Droite comme un fil à plomb, les lunettes noires sur le nez et son barda autour du cou. Comme si je n'existais pas. Alors là... K. O. debout, j'étais. Je m'attendais à tout sauf à ça. C'est tout juste si je m'étais pas pointé avec un bouquet de fleurs tellement j'étais content de la nuit qu'on avait passée ! Quel con ! Mais quel con ! J'ai regardé son petit cul qui se balançait en descendant la rue vers la plage et je l'aurais massacré. J'étais mal. Mais alors vraiment mal.

J'ai vite compris : j'étais un mec pour la nuit. Elle avait sa réputation, ses enfants, le mari et moi, là-dedans, je gênais. Je me suis rattrapé le soir même. J'ai attendu que tout le monde soit couché, qu'il y ait de la lumière au premier, j'ai poussé la porte, ouverte, et je suis monté. Elle m'attendait. Comme la veille. En bouquinant. Elle a pas eu l'air surprise. Elle s'est pas excusée. Elle a marqué la page, éteint la lumière. Ça m'a rendu fou et je lui ai filé une raclée. Elle a pas bronché. Après, elle a dit :

— Ça y est ? T'es calmé ? Si tu recommences, je te revois plus. Et tu t'abstiens de venir le vendredi, samedi, dimanche, because mon mari, d'accord ?

J'ai pas répondu. Je savais pas quoi dire. Je devais avoir l'air d'un abruti. Elle m'a même pas demandé mon nom. Vous vous rendez compte, elle m'a même pas demandé mon nom !

— Je m'appelle Guillaume et je vis à Verny, pas loin d'ici...

— Tiens, c'est là où habite ma belle-mère.

— Elle s'appelle comment ta belle-mère ?

— Ça te regarde pas.

On était toujours dans le noir. J'apercevais son tee-shirt blanc. Je voyais pas sa tête. Je me suis déloqué et je me suis glissé sous les couvertures. Et ça a recommencé comme la veille. C'était infernal !

On faisait pas des figures de patinage artistique, non ! Mais, dès qu'on se touchait, c'était parti, on pouvait plus s'arrêter. Je lui posais la main sur les fesses, elle gémissait, se tortillait et se retournait en ouvrant les jambes.

C'est devenu une habitude : on se retrouvait les soirs où son mari était pas là. Et ça valsait. Toutes les nuits pareil. Dans la journée, c'était pas la peine que j'essaie de l'approcher. D'ailleurs, moi, dans la journée, je roupillais.

Une nuit où on avait fini par s'endormir, collés l'un contre l'autre, un enfant a pleuré. Tout doucement, il geignait : maman, maman. Elle a sauté comme un ressort. Elle cherchait son peignoir et elle disait : j'arrive mon chéri, j'arrive. D'une voix si douce, si douce, que je l'ai regardée, stupéfait. J'arrive, mon bébé, mon amour, n'aie pas peur, maman est là. Elle chantonnait en cherchant son peignoir qui avait glissé sous le lit, perdu dans les plis du couvre-lit. Mais où il est, bordel ! râlait-elle et elle enchaînait dans un même souffle, toute douce, maman arrive, mon amour, mon caramel, mon bibichoco, mon titi, mon bébé amour, mon bébé adoré, n'aie pas peur, je suis là, tu sais que je suis là et que je suis plus forte que toutes les vieilles sorcières...

Elle est sortie en nouant son peignoir. Je me suis redressé dans le lit et je me suis dit : mais c'est qui, cette gonzesse ? Elle est montée au second, je l'ai entendue qui s'agitait, qui descendait, remontait, et elle est pas revenue dans le lit. Au bout d'un moment, je me suis levé, je suis monté au second moi aussi. Sans faire de bruit, sur la pointe des pieds. Je suis allé dans la chambre des enfants et je l'ai aperçue. Elle dormait par terre, dans son grand peignoir blanc, et sa main tenait la main du petit garçon. Le biberon avait roulé, pas loin d'elle ; je l'ai ramassé, l'ai reposé dans le lit du petit et je suis ressorti.

C'est à cause d'elle que je me suis mis à voir les filles différemment. Mais je n'en ai jamais rencontré une comme elle. Jamais plus ! En un sens, c'est heureux parce que je pense qu'avec elle j'aurais fini marteau ou derrière les barreaux.

À la fin de l'été, nous sommes rentrés dans la petite maison blanche du lotissement. Vus de l'extérieur, nous devions représenter la famille modèle française, heureuse et reposée, au retour des vacances : beau papa bronzé, jolie maman hâlée, beaux sourires bien blancs pendant que papa cherche les clés du pavillon dans la poche de son bermuda et que les deux enfants, brandissant le filet à papillons, le filet à crevettes et la poupée Barbie, se ruent sur le tas de sable et la balançoire.

Un cliché du bonheur.

André a fait le tour du jardin en fronçant le nez et en arrachant les mauvaises herbes. J'ai retrouvé ma cuisine, mon panier à linge et l'aspirateur.

Ce jour-là, ce jour précis de retour de vacances, je me suis assise sur le panier à linge, vide, et je me suis mise à parler tout haut. Je me souviens très bien. J'avais posé toutes les valises autour du panier. Je me tenais, le dos voûté, les pieds légèrement en dedans, prête à me pencher pour passer l'aspirateur ou ramasser le linge sale, et j'ai dit tout haut :

— Je passerai pas l'année. Je vais pas y arriver... Je vais pas y arriver.

André est entré. Il tenait un paquet de mauvaises herbes à la main et il grimaçait.

— Je vais avoir un de ces boulots dans le jardin ! T'as pas idée !

Alice a fait irruption : elle voulait un cartable rouge comme celui de la petite voisine pour sa rentrée en classe.

— Rouge comme celui de Géraldine, maman... Viens voir !

Alice entrait à l'école. Sa première rentrée scolaire. Elle m'a dit au revoir sur le seuil de la classe avec un grand sourire en agitant très fière son cartable rouge grenat, vide. Je suis allée pleurer dans un café. Ma fille me quittait mais la serpillière et l'aspirateur me collaient à la peau. Ma fille allait faire des études, des études supérieures qui lui donneraient un métier, un avenir. Moi, je n'avais pas de métier et plus d'avenir. L'avenir, c'est un luxe. J'ai 25 ans et plus d'avenir, je pleurnichais.

Je la conduisais au car le matin et allais la chercher à l'arrêt du car l'après-midi. J'étais seule à la maison avec Antoine qui se prenait pour le prince Philippe de la Belle au bois dormant et me faisait allonger par terre, les yeux fermés. Je n'avais le droit de me redresser qu'après qu'il m'avait donné un baiser. Je passais de plus en plus de temps couchée par terre à attendre le baiser du prince Philippe.

Je n'avais personne à qui parler dans le lotissement. Les femmes n'arrêtaient pas de courir. Des poules aux têtes coupées qui s'affairaient pour que leurs poulets aient la tête bien remplie. On se croisait au supermarché, à l'arrêt du car, à la camionnette du boulanger. On échangeait des bouts de phrases mais pas davantage. On était toujours interrompues. Alors on se contentait de banalités parce que les banalités, quand on vous coupe, c'est pas grave.

Après sa tentative de suicide, ma voisine était sous tranquillisants. C'est la première fois que j'ai entendu parler des pilules Gourex, d'ailleurs. Je ne la reconnaissais plus : on aurait dit un robot. Un robot charmant et bien élevé. Elle ne s'emportait plus jamais contre les pollueurs de boîtes aux lettres. Elle vidait sa boîte pleine dans la poubelle numéro 14, sans protester, et s'en retournait chez elle en marchant avec application sur les graviers de l'allée, pas à côté sur le gazon. J'étais impressionnée.

Elle n'avait pas dégonflé pour autant.

Le soir, elle courait avec ses enfants sur la pelouse. Vêtue du même pyjama qu'eux. Elle agitait ses bras sur le côté, elle soufflait, elle se laissait tomber sur le derrière en riant. Une grosse méduse en pyjama blanc parsemé de petits cœurs rouges. Un soir, elle s'est mise à faire le chien, à aboyer et à lever la patte. Les enfants hurlaient de rire. Son mari était en survêtement en train de laver sa voiture quand il l'a aperçue, il a posé son tuyau, s'est gratté la gorge en disant : Chantal, s'il te plaît, Chantal... André et moi, nous faisions semblant de ne pas regarder mais nous ne perdions pas une miette du spectacle. Il a dû aller chercher la laisse : elle refusait de se redresser et urinait partout.

Ces pilules Gourex, il faut s'en méfier...

André rentrait le soir. Il disait : « Bonsoir, lapin, ça va ? J'ai eu une journée épuisante. Qu'est-ce qu'il y a à manger ? » Il embrassait les enfants, allumait la télé ou, quand il faisait beau, il partait dans le jardin. Je me retrouvais face à l'évier, le blanc de l'évier, et toute cette faïence me donnait le cafard. Ma vie était devenue comme l'évier : blanche et vide.

Heureusement que je ne voyais personne, parce que j'avais honte. Mais je n'avais plus la force de lutter. Lire, par exemple, me demandait trop d'efforts. Je préférais regarder la télé. J'avais placé le poste dans la cuisine pour le regarder pendant que j'épluchais les légumes. Il était devenu gras et gris. Je l'ouvrais et je n'étais plus seule. Au début, en tous les cas, parce que, très vite, je n'entendais plus rien. J'étais seule à nouveau. Pourtant, toutes les dames et tous les messieurs sur l'écran s'agitaient avec une force et une conviction que je leur enviais. Tous bien coiffés, souriants, enchantés d'être là, devant moi. Le même sourire ; les mêmes gestes, les mêmes poses, la même conviction pour parler des derniers sondages, des carottes râpées, du bruit dans la ville, des volcans en éruption, du dernier disque de Machin et de la catastrophe de Là-Bas. Vingt morts, deux cents morts, deux mille morts, deux cent mille morts. J'épluchais mes springfield potatoes et, pour moi, c'était du pareil au même. Un mort, quand je le connais, ça me fait de la peine, mais deux cents morts que je ne connais pas, ça m'est égal. Mais alors complètement égal !

Ou alors, il faut me raconter l'histoire de chaque mort, avec gros plans et photos de famille, et me donner des nouvelles de sa famille tous les soirs. Il paraît que ce n'est pas possible. Pourquoi pas ? On se choisirait chacun UN mort dans le tas et on suivrait le chagrin de ses proches, jour après jour. On enverrait des vêtements, des jouets aux orphelins, des bonbons à la grand-mère, du parfum à la veuve. Et quand elle irait mieux, des capotes. Pour éviter une autre catastrophe. Pour qu'on n'ait pas à se coltiner toujours les malheurs de la même famille ! Qu'on puisse passer à une autre ! Parce que, quand même, faut pas exagérer... Et puis ce serait un moyen de voyager, de se renseigner sur les manières de vivre dans d'autres pays. Par exemple, moi, j'éviterais de prendre un mort de la gare Saint-Lazare. Je choisirais plutôt une victime d'éboulement colombienne ou pakistanaise. Il y a souvent des catastrophes dans ces pays-là. On n'a que l'embarras du choix.

André me donnait des coups de pied dans les mollets quand j'expliquais ma théorie de la compassion sélective. Un soir qu'on était invités chez son patron, M. Froment, j'ai voulu briller en exposant mes idées. Personne n'a ri. André a demandé qu'on m'excuse : je n'étais pas humanitaire pour deux sous.

Je raffolais aussi des flashes spéciaux. Lorsqu'une voix angoissée, en plein après-midi, lâche dans le micro « nous interrompons nos programmes car nous venons d'apprendre que... ». Et alors suit, d'ordinaire, une grosse catastrophe. Ou une mort inattendue. Ou un spectaculaire revirement de situation. « Saddam Hussein vient d'épouser la princesse Diana en grand secret : la princesse est enceinte. La reine Élisabeth, victime d'un infarctus, n'a fait aucune déclaration. La reine mère est à son chevet... » La vie devient haletante, imprévue. Elle entraîne tout sur son passage, et moi avec. Je participe, je participe. Parce que Saddam Hussein, je le connais, et la princesse Diana, aussi. Je prends un exemple pour me faire bien comprendre : vous êtes en train de repasser le caleçon de votre mari. Le petit caleçon à fleurs si coquet pour sa grosse queue qui roupille, qui ne vous effleure plus depuis des mois et qui ne fait que salir, salir, sans rien produire : ni bébé ni plaisir. Mais vous êtes quand même obligée de laver et de repasser ce réceptacle d'impuissance, de forfanterie et de duplicité ! Vous êtes là, à remâcher des rêveries haineuses, lorsque vous entendez à la radio : « DERNIÈRE MINUTE : le président de la République vient de mourir, écrasé par un bulldozer alors qu'il traversait la rue pour regagner sa berline présidentielle. » Alors là ! Un régal. Un long frisson vous parcourt la colonne que vous teniez courbée sur la planche à repasser. Vous vous redressez, électrisée par l'importance de l'événement. Même le caleçon veule et irritant prend une autre allure. Il devient le caleçon que je repassais quand le président de la République française a péri, écrasé sous un bulldozer ! Ce n'est plus n'importe quel caleçon et, moi, je suis proche de la présidente puisqu'elle a du malheur comme moi.

Les potins du lotissement pouvaient aussi bien faire l'affaire. J'en étais très friande. Bien qu'ils n'aient pas la même fonction d'élévation sociale. C'est plutôt le nivellement par le bas. Mais bon... Qui couche avec qui ? Qui est fâché avec qui ? Qui vend la maison parce qu'ils divorcent ? Qui a reçu les huissiers ? Qui a acheté un nouveau canapé ? Qui a une maladie incurable ? Ce qu'il y a de bien, avec le bonheur ou le malheur des autres, c'est qu'il paraît bien plus réel que le sien propre et, du coup, pendant quelques jours, on oublie sa misère. Pour les potins du lotissement, il fallait sortir, se renseigner, errer dans les allées. C'était plus difficile que pour les célébrités. Les célébrités, il suffit d'acheter les journaux ou d'allumer la radio.

Avec André, ce n'était pas brillant. Il ne me parlait presque plus et me regardait en se demandant comment m'enfiler la camisole de force sans que je proteste. Un soir, j'ai proposé d'aller au cinéma, tous les deux.

— Et qui va garder les enfants ?

Toujours il mettait les enfants en avant pour éviter le tête-à-tête avec moi. J'ai insisté. Il a fini par dire oui.

On est sortis. On est montés dans la voiture. Il a allumé le contact. M'a demandé « t'as mis ta ceinture ? ». On s'est garés dans le parking, face aux cinémas. J'ai respiré un grand coup et j'ai essayé de faire marcher le vieux charme : la main dans la main, la nuque inclinée vers lui en une posture soumise, le bras enlacé à son bras dans la file d'attente. Il fallait que ça marche. Il fallait que ça marche. Je lui ai serré le bras encore plus fort. Il a fait une grimace.

— Ça va ? Tu es sûre que ça va ?

J'ai fait signe que oui. C'était vrai : tout allait bien. Je n'étais plus seule : il me tenait la main dans la queue du cinéma. Comme un amoureux. Notre bonheur devait faire des envieux. Je voyais des gens qui nous regardaient. Ça marchait, ça marchait. Je l'ai embrassé sur la joue d'abord, un petit baiser timide de réconciliation. Il s'est laissé faire, méfiant, toujours un peu raide. Alors j'ai posé ma bouche dans son cou et y ai déposé un autre baiser plus long, plus appuyé. Il s'est détendu et m'a passé un bras autour des épaules. On s'est serrés l'un contre l'autre. Ça va aller, je lui ai dit la joue dans son gilet, ça va aller, ce doit être juste un peu de dépression. Je vais me soigner, je te promets, et on recommencera comme avant. Il a soupiré. Soulagé. Je me suis blottie contre lui, sincère, amoureuse, décidée à ce que tout aille bien. Demain, je me reprends en main, j'arrête de faire le légume devant la télé ou la princesse abrutie qui attend son baiser.

Dans la salle, à peine assis, il a guetté la jeune fille avec son panier de friandises. A remué la monnaie dans la poche de son pantalon. Réfléchi au parfum qu'il allait prendre : vanille, chocolat ou praliné ? M'a demandé mon avis. Il hésitait toujours entre les trois. Je lui ai conseillé un Kim Cône : il aurait les trois parfums pour le prix d'un. Non. Il fallait qu'il fasse un choix. Comme la jeune fille tardait à venir, il s'est impatienté. S'est retourné vers le fond de la salle. L'a appelée. S'est levé. Est revenu avec deux Eskimaux : un à la vanille pour lui, un au chocolat pour moi. A mangé les deux. S'est lissé le ventre et a déclaré qu'il en prendrait bien un troisième mais que ce n'était pas raisonnable. J'ai ri. L'ai traité de goulu-cochon. Lui ai offert mon emballage à lécher. Puis le noir s'est fait. Il a regardé les publicités et, à peine le film commencé, il s'est endormi. En sortant, on n'a pas pu parler du film. Il fallait que je discute avec moi-même, que je fasse le pour et le contre, le malin et la maligne. Je n'avais pas assez de ressources dans ma tête. Je m'arrêtais vite.

J'ai pleuré dans la voiture du retour.

— Ça sert à quoi qu'on aille au cinéma ensemble ?

Il m'a dit d'attacher ma ceinture.

— Ça sert à quoi ? On ne peut pas parler du film !

— Mais, lapin, j'ai eu une journée épuisante !

— Ça sert à rien, j'ai répété en pleurant de plus belle. Ça sert à rien d'être à deux. On est encore plus seuls à deux.

— Sois raisonnable. Je fais un effort pour te faire plaisir, je vais au cinéma et tu me fais une scène ! T'es jamais contente, lapin ! Jamais !

— Et arrête de m'appeler lapin ! Merde ! Je ne suis pas un lapin, je suis une femme ! Tu veux que je te prouve que je suis une femme ?

J'ai commencé à me déshabiller dans la voiture. À enlever mon pull, mon soutien-gorge, à dégrafer mon jean. Il s'est garé.

— Écoute, lap... Je sais... Mais j'avais sommeil, je te dis ! Ne te déshabille pas. S'il te plaît... On va encore se faire remarquer !

— Justement, je veux qu'on me remarque ! Qu'on regarde ma tronche, mes seins, mon cul, j'en peux plus de cette vie de suppositoire conjugal. Qui veut baiser mon cul, messieurs-dames, qui veut baiser mon cul ?

J'ai baissé la vitre et j'ai hurlé dans la nuit, dans cette banlieue si soucieuse du qu'en-dira-t-on. J'imaginais les gens frileux tassés derrière leurs rideaux, se poussant du coude en montrant la voiture.

— C'est gratuit, messieurs-dames. Une promotion spéciale pour ce soir ! Un cul tout neuf qui ne sert que deux fois l'an ! Approchez-vous, messieurs-dames !

André était écroulé sur le volant, impassible, impuissant.

— Mais que faut-il que je fasse ? Dis-le-moi. Que faut-il que je fasse ? Putain de merde ! Arrête ou je te fracasse la tête !

— Vas-y, vas-y. Déchaîne-toi pour une fois ! Frappe-moi ! Allez, allez ! Du courage ! Un peu de violence, de passion, de désir... Ah ! Ah ! Tu te dégonfles ! T'as la trouille ! Ce n'est pas bien de battre sa femme ! Mais ce n'est pas mieux de la laisser mourir à petit feu !

Il est retombé sur le volant en se frappant la tête.

— Comment on en est arrivés là ? Mais comment ? Je ne comprends plus rien. Je t'aime, moi.

— Mais je m'en fiche que tu m'aimes, si tu me regardes pas ! Si tu me fais pas une place spéciale dans ta vie ! Si tu me rends pas UNIQUE ! Tu sais même pas à qui tu dis « je t'aime » ! Tu le dis par automatisme, c'est tout ! Mais tu ne fais pas l'effort de regarder le film pour qu'on puisse en parler après ! Même pas cet effort-là ! Alors, comment veux-tu que je te croie ? Tu m'aimes comme tu regardes la télé ! Distraitement ! Je m'en fous que tu m'aimes, je m'en fous !

J'éructais, j'éructais jusqu'à ce que, épuisée, je retombe sur mon siège et reste ainsi, pliée. Ça ne servait à rien de toute façon, il ne comprenait pas. J'avais beau lui détailler encore et encore le mode d'emploi, c'était au-dessus de ses moyens.

Alors, un jour, m'est venu le désir. Le désir ardent de ne plus vivre. Je me suis dit : j'arrête de faire semblant, je fais la grève de la vie. Pour voir... Rien que pour voir.

J'ai pris l'habitude de me plier et de me poser n'importe où.

Pour qu'André me cherche, qu'il me trouve ou me trouve pas et que j'écoute passer les heures de la journée, les yeux grands ouverts, en essayant de retenir chaque seconde, chaque minute, chaque heure, et de la rendre spéciale. De vivre intensément rien du tout plutôt que de vivre distraitement n'importe quoi.

J'ai mis Antoine à la garderie de l'école. J'ai pu ainsi rester pliée toute la journée. André s'est aperçu très vite que quelque chose ne tournait plus rond. La table n'était plus débarrassée, la vaisselle collait, les lits bâillaient, le Frigidaire ronflait, vide, le linge sale s'entassait dans le panier à linge, la poussière floconnait sous les meubles.

Au début, il n'a pas voulu y croire. Il posait son doigt sur la table de la cuisine, et son doigt restait collé. Ou il allait rechercher un vieux caleçon dans le sac à linge parce qu'il n'en avait plus de propre. Il ouvrait le Frigidaire et poussait un juron. Il me regardait par en dessous, de brefs coups d'œil qui établissaient un diagnostic : zinzin, zinzin incurable. Les enfants sont partis vivre chez sa mère.

« Maman est malade, maman a besoin de repos, expliquait Alice à ses poupées. Corinne Ruchon, sa maman aussi elle est malade : elle fait pipi sur le gazon. Moi, quand je serai grande, j'aurai pas d'enfants. »

Je n'ai pas voulu les regarder partir.

Je n'avais pas la force de les retenir.

C'était mieux comme ça.

Je n'ai pas grand-chose à dire sur la conduite de ma femme.

Je n'aime pas parler de choses personnelles. Mais il y a un problème fondamental dans cette histoire, un problème de morale que personne n'a soulevé jusque-là, et je trouve cela un peu facile.

Que penseriez-vous d'un capitaine de bateau qui abandonne son poste en pleine tempête ? Ou, pour être plus moderne : imaginez une entreprise moyenne, qui marche bien, bon chiffre d'affaires, marchés à l'étranger, bonne clientèle en France, expansion assurée. À la tête de cette entreprise : un patron. Un beau jour, le patron, qui fait vivre non seulement des dizaines d'employés mais aussi leurs femmes et leurs enfants, eh bien ! ce patron, sans aucune raison, décide de fermer l'usine et d'aller voir ailleurs. Parce qu'il s'ennuie, qu'il a fait le tour de son affaire. Il met au chômage tous ses employés et s'en va. En sifflotant. Pendant, disons, un an.

Ses employés ne trouvent pas à se recaser, certains dépriment, d'autres divorcent. Leurs femmes sont obligées de faire des petits boulots pour joindre les deux bouts, elles négligent leurs enfants... Lesquels enfants travaillent moins bien à l'école, deviennent dyslexiques ou délinquants, traînent dans les rues, prennent de la drogue... Et puis, un jour, le patron revient et dit : « Voilà ce que je vais faire : je vais recommencer mais sans vous. Je viens prendre les machines et je m'installe ailleurs où l'herbe est plus verte, le soleil plus chaud, le ciel plus bleu. Je n'aime pas le climat ici, ni la couleur des pierres, ni le bruit que fait le vent dans les arbres. À chacun sa vie, bonne chance et salut ! »

Que penseriez-vous d'un tel homme ? Que c'est un irresponsable. Un sale égoïste. Un inconscient.

Eh bien ! Doudou, c'est pareil. Elle avait deux beaux enfants, une jolie petite maison, un mari qui l'aimait et qui travaillait dur pour elle, aucun souci d'argent. On était heureux même s'il est vrai qu'il y avait des hauts et des bas, des jours avec et des jours sans... Mais n'est-ce pas le lot de tout le monde dans la vie ? Et puis, un jour, elle a eu envie d'aller voir ailleurs. Sans véritable raison. Elle a pris la fuite avec un petit voyou dont je ne voudrais même pas comme coursier. Je le connais de vue, Guillaume, il habite le village où ma mère et mon père ont leur maison de vacances. Les enfants me l'ont montré du doigt, un jour. Ils ont crié : « Papa, papa, c'est Guillaume, le copain de maman ! » Je n'ai pas cherché à savoir comment ils étaient au courant. Moins on parle, mieux c'est.

Doudou voulait tout : un mari qui la rassure, un amant qui la couvre d'attentions, un complice qui la fasse rire. Quel homme peut remplir tous ces rôles ? Aucun. Ou alors, c'est un travail à plein temps et cela exclut toute activité professionnelle.

Moi, j'étais simplement un mari. Un mari qui travaille dur pour qu'elle ait une vie confortable. Car elle aime le confort, Doudou. Il ne faut pas s'y tromper. Elle n'avait aucun souci avec moi. Au début, je l'ai rassurée, je crois. Elle avait l'air heureuse, en tous les cas, et puis je l'ai très vite ennuyée. À la fin, je peux le dire sans dramatiser, elle me haïssait. Je ne savais jamais comment elle allait m'accueillir le soir quand je rentrais du bureau. J'avais envie de me détendre. Alors je préférais m'occuper de mon jardin ou regarder la télé. J'évitais de me retrouver seul avec elle. Je ne savais plus comment la prendre. Quoi que je fasse, ce n'était jamais ce qu'il fallait. Le moindre détail mettait le feu aux poudres.

Un jour, je lui ai offert l'intégrale de Jacques Brel. J'aime beaucoup Jacques Brel. Elle m'a envoyé le coffret à la tête en me disant que ce n'était pas un cadeau pour elle, mais pour moi. Je n'avais qu'à le garder !

Quand elle est partie, les premiers jours, j'ai été soulagé. Oui, soulagé. J'allais enfin pouvoir vivre comme je l'entendais sans être jugé à chaque instant. Je finissais par perdre confiance en moi et, au travail, certains collègues me faisaient des réflexions.

Les premiers temps, cela a été très dur pour les enfants. Ils faisaient des cauchemars toutes les nuits et réclamaient leur mère. Ils en parlent moins maintenant. Je leur ai dit qu'elle était malade et qu'on la soignait dans une clinique. Ils ne me posent plus de questions.

Un jour, je suis allé la voir à Paris. Elle habitait chez son amie Anita. Une jeune fille très, très bien, entre nous. Beaucoup de classe, des relations, un métier intéressant, la tête sur les épaules. Je ne la connais pas, mais la mère de Doudou m'en a parlé. En bien. C'était au début de son séjour parisien. J'ai sonné, elle m'a ouvert. Toute menue, blonde et blanche, avec les épaules un peu en dedans. Elle ne sait pas se tenir droite. Qu'est-ce que j'ai lutté contre ça ! Je lui faisais la guerre. Dans son intérêt à elle. Une si jolie fille, bossue ! Question de discipline, encore une fois ! Elle s'était coupé les cheveux tout court et elle portait une grande jupe bleue et un petit tee-shirt blanc à pois bleus qui lui arrivait au-dessus du nombril. Elle se mordait la bouche et me regardait par en dessous. Je me suis senti très fort face à elle.

— Je ne vais pas te manger, je lui ai dit quand elle a ouvert la porte.

J'étais vraiment ému : je la détaillais et tous les souvenirs heureux me revenaient d'un seul coup dans la tête. J'avais beau me contrôler, garder les bras le long du corps, prendre l'air de celui qui passait par là, je n'ai pas tenu le coup. Je lui ai dit que j'oubliais tout, que je lui pardonnais, qu'elle rentre à la maison et qu'on n'en parle plus.

Elle a mordu l'intérieur de ses joues et a dit tout bas :

— Non, André, plus jamais. Je préfère me débrouiller toute seule même si je dois en baver. Ce n'est pas ta faute, tu sais... Mais je crois que j'ai failli devenir folle !

— Moi qui ai tout fait pour toi...

Elle a eu un petit sourire bizarre et elle a ajouté un truc que je n'ai toujours pas compris.

— Tu parles comme maman !

On n'avait plus rien à se dire.

Je suis reparti.

Heureusement, ma mère est là. Elle m'a beaucoup aidé au début et elle continue. Elle venait tous les matins à 8 h 30 s'occuper de la maison. Moi, je déposais Alice et Antoine à l'école à 9 heures moins le quart puis je partais au bureau. Aujourd'hui, j'ai engagé une femme de ménage, Mme Pétion, qui s'occupe de tout et qui est parfaite. La vie continue. C'est sûr que ce n'est pas l'idéal. Ce n'est certainement pas ce dont je rêvais quand je me suis marié. Mais vous connaissez des situations idéales, vous ?

Anita a tenu parole : elle m'a trouvé un travail.

Un travail de larbine, peut-être, mais un travail. Vu l'absence de mes diplômes et la nonchalance du marché du travail, je ne peux que me réjouir de ma bonne fortune. J'ai été engagée comme vendeuse dans une bijouterie de luxe, place Vendôme. Je ne peux pas vous dire le nom. Ces gens-là n'aiment pas la publicité. Leur clientèle est une affaire de famille, de tradition, de murmure bouche contre oreille avec bruit de papier de soie froissé en arrière-plan. Ils ne font pas dans la pacotille mais dans le placement sûr. En fait, c'est le Président qui m'a obtenu cette place. Le directeur est un de ses anciens camarades de promotion. C'est l'avantage des grandes écoles : c'est difficile d'y entrer mais, après, ça fonctionne comme une rente. Les anciens se tiennent les coudes pour l'éternité. Le cartilage ainsi soudé, ils ne sont plus jamais seuls dans la vie : non seulement ils ont un beau diplôme mais plein de copains. Il n'y a que le corbillard qui interrompt le trafic d'influences. Et encore ! Si la veuve est maligne, elle reprend le carnet d'adresses et entretient le souvenir au téléphone. C'est comme si j'avais gardé tous mes copains de colonies de vacances, tous ceux qui faisaient partie des « Poissons-lunes » — c'était le nom de mon groupe — et que, chaque fois que j'ai un problème, j'appelle un Poisson-lune et qu'il accoure avec sa trousse de secours. On n'était pas organisés, en colonie. Ou peut-être avait-on compris qu'on n'était pas assez importants de toute façon pour jouer les caïds plus tard...

J'ai appris tout ça avec Anita. Elle vit dans un monde où le plus sûr moyen de réussir est un carnet d'adresses bien rempli. Avec de beaux noms. Parce que, si vous recopiez l'annuaire, vous n'irez pas loin. Les numéros de son carnet à elle, AUCUN n'est dans l'annuaire. Que du confidentiel, du privé, du secret ! Des lignes directes qui lui épargnent même la perfidie mielleuse de la secrétaire ! Son carnet est le résultat d'années de dîners en ville, de sourires onctueux, de courbettes et de couchettes !

Sans piston, je n'aurais jamais été engagée. C'est sûr. Je ne connais rien aux pierres précieuses ni aux montages de bagues. Je fais de mon mieux, j'observe et j'apprends. J'apprends surtout à être hautaine et détachée. Il paraît que la hauteur signe une grande maison. J'ouvre la porte aux clients, je les prie de bien vouloir entrer avec un large sourire — mais attention, pas servile, le sourire —, je les débarrasse de leur imperméable ou de leur parapluie, les conduis jusqu'à une petite table recouverte de feutrine verte où un vendeur expert leur étale sous le nez les plus beaux joyaux de notre collection. Pas plus de trois pièces à la fois, car il faut garder l'œil ouvert et la mémoire alerte à cause des voleurs ! Je leur glisse un fauteuil sous les fesses, leur propose un thé, un café ou un soda, puis repars en marchant très dignement, sans me tortiller, comme me l'a conseillé Mme Irène, notre vendeuse chef.

— N'oubliez pas que, lorsque vous travaillez chez nous, vous n'avez ni fesses, ni seins, ni sexe. Vous devez être l'emblème de notre nom.

Une enseigne, quoi !

Je suis habillée très sobrement : une jupe noire, une blouse blanche boutonnée sous le cou, des escarpins vernis noirs. J'aplatis mes cheveux avec de la gomina le matin après ma douche. Quand je surprends mon reflet dans les vitrines, je lui dis : « Bonjour, madame ! »

De haut.

Je commence le matin à 10 heures pour finir le soir à 7 heures, avec une interruption d'une heure pour déjeuner. Avec deux autres vendeuses, nous allons manger un croque-monsieur au café du coin. J'ai ainsi appris qu'elles étaient toutes entrées par relation. J'ai été soulagée. Le salaire est confortable et, lorsque je serai vendeuse chevronnée, je serai intéressée aux ventes.

— Et alors, là ! MIAM MIAM, m'explique Agnès, la bouche pleine, comme si elle mâchait déjà les futures pépites.

Inutile de vous dire que je me bourre de petites pilules Gourex tellement j'ai le trac, tous les matins. Un trac fou ! La clientèle n'est pas facile : des hommes pressés et arrogants, des femmes avides et amidonnées qui me tendent leur manteau sans même me regarder !

C'est mon premier travail. Je suis prête à l'humilité mais je ne sais pas si je tiendrai longtemps. On s'abrutit vite à se plier en deux de la sorte. Je n'ai qu'à écouter mes collègues : elles n'ont plus de colère contre ces belles dames si méprisantes.

Une fois de plus, j'ai remercié Anita, en me demandant vraiment pourquoi elle se donne autant de mal pour moi. Tant de sollicitude, c'est louche. Même si elle est interrompue par des moments de sourde animosité où je sens qu'elle me tordrait volontiers le cou. J'ai écrit aussi une très belle lettre de remerciements au Président. Il m'a fallu beaucoup raturer : je ne voulais me montrer ni trop déférente ni trop lapidaire, y mettre de l'âme et de la chaleur humaine mais, chaque fois que j'approchais le mot juste, vlan ! le bidet s'interposait et ma phrase se débinait. Jeudi dernier, c'était jour de parloir.

Je suis allée voir Christian avec un panier rempli à ras bord. Je lui avais découpé la dictée de la superfinale des championnats d'orthographe de Pivot car il est friand des subtilités de la langue française. « Satyres gracieux : le satyre, lorsqu'il ne s'agit pas d'un demi-dieu en mythologie ou d'un exhibitionniste, désigne un papillon de jour aux grandes ailes colorées de brun, roux, jaune ou gris. » Ou « Gypaètes : vient du grec *gups,* vautour et de *oetos,* aigle. Le gypaète est surnommé le vautour des agneaux. Il s'agit d'un oiseau rapace diurne au bec crochu, à la queue et aux ailes très larges ».

— J'ai trouvé un boulot, je lui ai annoncé d'entrée.

— Un boulot comme quoi ?

— Je suis vendeuse de diamants, saphirs et autres bagatelles qu'on enfile à son doigt, qu'on pince à son oreille ou qu'on étale sur le cou.

J'étais heureuse et gaie et me régalais de mots comme autant de bonbons acidulés.

— Vendeuse ! Ton manque d'ambition m'étonnera toujours. Est-ce que les hommes te touchent ?

— Non. Et toi ?

Il a haussé les épaules.

Nous avons devisé de la sorte jusqu'à la fin de son temps de parloir. Quand la sonnerie a retenti, je me suis levée.

— Comment trouves-tu ma nouvelle tenue ?

J'avais mis, pour lui rendre visite, ma tenue de travail.

Il m'a demandé de me rasseoir et de l'écouter attentivement.

— Doudou... Si un homme te touche, je le tue. À ma première permission, je l'occis. Compris ?

J'ai dit oui pour couper court à la discussion. Il dit ça depuis qu'il est tout petit. C'est une manie. Rien ne pouvait diminuer ma joie. J'étais la plus forte de l'Ouest, la reine des grandes prairies, j'aguichais les cow-boys d'un coup de pétard valseur et le shérif en personne se languissait à mes genoux : j'avais du travail et j'allais pouvoir reprendre mes enfants. Louer un appartement, jouer au crocodile qui se noie dans le couloir, manger tous les soirs des épinards et frire des cervelles à la poêle. Alice, Antoine et moi, nous apprécions les cervelles. Nous les mangions en cachette : André était contre. Avec les doigts, en tirant sur les petites veines rouges et en les faisant péter. Clic, clac, merci Kodak ; flic, flac merci Kojack, on chantonnait. J'allais pouvoir reprendre mes séances de magie, de bisous, de tohu-bohu d'amour, de roudoudou, de scoubidou, de mouchi-moucha, de couci-couça, de comment ça va, madame la sorcière ? Je me sens un peu crapoteuse ce matin ! Et vous, monsieur le crocodile ? Caïman patraque, monsieur la matraque ! Pommes et poires dans l'armoire, fraises et noix dans le bois, plumes et colle dans l'école... J'ai décidé d'aller rendre visite à mon avocat, maître Goupillon, pour l'informer de ma nouvelle situation. En réalité, il s'appelle Gopillon mais Goupillon lui sied mieux. Sa tête, ronde et chauve, est emmanchée sur un long cou maigre et, quand il transpire, ses tempes gouttent et on dirait un goupillon. Il fait de grands gestes en parlant, des effets de manches, de front, de mâchoires, de moues têtues et volontaires, de trois quarts face butée suivi d'un enchaîné profil gauche, profil droit virevolté. Je le trouve très convaincant. Surtout à la télévision où il affiche toujours l'air d'un honnête homme outragé. Je me dis qu'un homme aussi indigné ne peut qu'avoir raison. Tout ça, c'est du bidon, je le sais bien, mais quand même... il m'impressionne. Je l'envie de savoir si bien mentir. Il faut de l'entraînement pour déguiser ainsi son âme. C'est du grand art de vivre, tout ce mensonge-là hérissé en honnêteté. C'est bien ça qui m'a manqué : un peu d'hypocrisie, de duplicité, de menterie, et je coulais une existence tranquille. Je flouais mon monde. Je prenais un amant, deux amants, trois amants et vivais en croquant les économies de mon mari et des petites pilules pour m'élever l'humeur.

Maître Goupillon est un proche du Président. Il s'occupe de ses affaires depuis toujours. Anita lui a demandé de prendre mon dossier en main et il a accepté. Il ne se montre pas très empressé mais je le comprends : je ne fais pas le poids à côté de ses autres clients. Parfois, je me demande si je ne devrais pas choisir un avocat moins illustre mais plus disponible. J'ai dû attendre une heure dans son antichambre. J'étais venue sans rendez-vous. Sa secrétaire passait et repassait en me disant qu'il serait à moi dans un instant. Je comptais les raies du parquet et imaginais des histoires de Gros Malabar et de Kid le chien, je fricotais des menus dans ma tête. On se régalera de cervelles frites et d'épinards. Mais pas tous les soirs. Mais alors que mangeront-ils les soirs sans épinards ? Mon Dieu, j'ai oublié ! Faites que je me souvienne, mon Dieu ! mon Dieu ! Du jambon et de la purée. Ouf !

Enfin, il me reçoit. Son bureau est vaste, les plafonds sont hauts et ornés de frises, les murs couverts de miroirs. Je lui apprends la bonne nouvelle, il ouvre largement les bras pour me féliciter, je pense un moment à m'y précipiter mais reste sur la réserve. Bien m'en a pris : il se regardait dans la glace et essayait un nouveau geste pour ses prochaines plaidoiries.

— Ainsi vous avez une feuille de salaire et un emploi sûr ? me demande-t-il en rejetant la tête sur le côté.

— Oui. C'est le Président qui...

— Très bien. Nous allons donc pouvoir attaquer, et l'issue de l'affaire ne fait aucun doute, clame-t-il déplaçant son bras droit dans l'air comme s'il nageait la brasse indienne. Je prends l'engagement solennel que vous retrouverez vos enfants. Le tour nouveau et satisfaisant de notre affaire — bras gauche tendu puis déplacé lentement sur le côté et rabattu en coque sur l'oreille gauche — me permet aujourd'hui de vous en assurer — petit geste du menton autoritaire, toujours vers la glace —, l'affaire est gagnée — réunion des deux bras le long du corps, geste sec pour les nouer enfin dans le dos et jet de front en avant.

— Mais l'avocat de mon mari dit exactement la même chose... L'affaire est gagnée... pour eux !

— C'était avant que vous ne produisiez un bulletin de paie, avant que je ne pèse de tout mon nom et de tout le poids du Président dans la balance. Nous n'avons pas encore commencé la guerre, nous ! Nous allons procéder à notre tour à la confection de lettres de témoins et nous nous battrons avec des noms autrement plus brillants et illustres que les leurs ! Pour le moment, nous avons fait joujou avec cet avocat de province, ce besogneux d'un barreau obscur... Nous avions peu de cartouches mais je vous le répète, madame — profil droit dans la glace et remise en place de la mèche —, la victoire est proche ! Il n'y a plus qu'à vous dénicher un petit deux-pièces de la Ville de Paris, un coup de piston fera l'affaire et voilà... Des questions, peut-être ?

Je réfléchis un instant.

— Vous croyez que, vraiment, je vais pouvoir reprendre mes enfants ?

— Le droit français est ainsi fait qu'on déchoit rarement la mère de ses droits maternels à moins de conduites ignominieuses. Nous n'en sommes pas là, j'espère, me sourit-il, douceâtre. Et puis, je vous le répète, nous allons vous confectionner des témoignages de personnes tout à fait respectables. N'ayez aucun souci, chère madame...

Le téléphone sonna. Il décrocha, pria son interlocuteur de patienter un instant, me raccompagna à la porte et me salua. Je le remerciai. Traversai le hall, ouvris la porte quand, soudain, je me ravisai : j'avais laissé ma lettre d'engagement sur son bureau !

Je revins sur mes pas.

La secrétaire n'était pas à son bureau. Je frappai à la porte de maître Goupillon et, n'obtenant pas de réponse, j'entrai.

— Je viens chercher ma...

Il me regarda, décontenancé, brisé dans son élan, la bouche muette, le menton tendu vers un bras dressé. Puis se laissa tomber dans son fauteuil, jura et marmonna :

— Je ne serai jamais prêt à temps !

La secrétaire posa la caméra avec laquelle elle était en train de filmer les effets de maître Goupillon. Fouilla un instant sur le bureau, trouva mon papier et me le tendit.

— La prochaine fois, mademoiselle, frappez avant d'entrer, me dit-elle.

Quand nous étions enfants, Christian et moi, nous passions toutes nos vacances à Carry-le-Rouet, chez ma tante Fernande qui possédait un petit cabanon planté au sommet d'une calanque, au bord de la mer.

Quand nous étions enfants, dès qu'un garçon s'approchait de moi, Christian le menaçait jusqu'à ce qu'il recule et ne revienne jamais. À notre première surprise-partie, je n'ai dansé qu'avec lui. À la deuxième aussi. À la troisième, trouvant le rituel monotone, je ne suis plus allée danser. Christian acheta mes premiers Tampax et me lut le mode d'emploi. Je découpai le décolleté de Brigitte Bardot dans *Paris-Match* pour lui montrer ce qu'était une VRAIE paire de seins.

Nous avons fait l'amour ensemble, pour la première fois, sur une tombe du cimetière où il m'emmenait la nuit. J'avais 14 ans. À 17 ans, je me suis retrouvée enceinte. J'ai décidé d'avorter. Je n'ai rien dit à Christian. J'ai demandé à Mamou de m'accompagner. Je ne me souviens pas de l'hôpital. Je me souviens seulement que, après l'intervention, une infirmière m'a apporté des œufs au plat. Je regardais les jaunes d'œufs et je voyais deux foetus enroulés dans le blanc du ventre de leur maman. Je n'ai pas pu manger. Mamou m'a raccompagnée chez moi. Je me suis couchée dans ma chambre et j'ai dormi jusqu'au lendemain matin. C'est Christian qui m'a réveillée.

Je me souviens de ce matin-là parce qu'après ça n'a plus jamais été pareil entre nous. Après ce matin-là, il fut un ennemi qui faisait la paix un soir pour repartir, sans rien dire, le lendemain. Un ennemi qui me fuyait et revenait m'étreindre pour me fuir encore. Il habitait toujours avec nous mais il allait et venait, m'évitait, sortait le soir pour ne revenir que deux ou trois jours plus tard. Normal, disait ma mère en faisant la lecture à ma grand-mère près de la cheminée, c'est de son âge, il a 22 ans après tout. Il serait temps qu'il mène sa vie.

J'appris à l'attendre, à souhaiter sa présence plus que tout, à employer ses mots, à répéter ses idées, à écouter ses disques... et je restais confinée dans ma chambre quand j'entendais sa voix dans le salon. Pétrifiée par un désir trop fort qui me laissait, respirant à peine, les tempes bourdonnantes, le front moite, les joues rouges sur le pas de ma porte. Si j'y vais et qu'il ne me regarde pas ? Si j'y vais et qu'il est avec une autre fille ? Ou pire encore : si j'y vais, qu'il se montre doux, tendre, prévenant puis qu'il se lève tout à coup et s'en aille ?

La souffrance était là, tout près, dans un de ses regards, et je n'osais pas l'affronter. Quelquefois, je l'entendais rentrer au petit matin, je me levais en faisant semblant d'aller faire pipi, me heurtais à lui dans le couloir. Il demandait « ça va ? », je répondais « oui », la tête basse, prête à me laisser saisir mais il continuait son chemin vers sa chambre à lui. Je l'entendais s'enfermer à double tour et j'avais des sanglots dans la poitrine.

Mais je ne pleurais pas. Il ne fallait pas que je pleure.

Ce matin-là, quand je me suis réveillée, j'ai senti une présence près de mon lit. La matinée devait être avancée. Ils m'avaient donné un somnifère à l'hôpital. J'avais la bouche pâteuse et le corps lourd comme une éponge. J'ai ouvert les yeux à demi et...

Il s'est penché vers moi, m'a caressé le bras puis s'est redressé. Il était debout. Ses cheveux noirs, plaqués en arrière, tombaient sur ses épaules, ses joues creuses et blanches étaient rasées de près. Ses yeux noirs, ses cils presque blonds, sa fine moustache, ses jambes moulées dans un jean noir étroit, ses bottes noires... Je l'ai regardé comme pour la première fois.

Je lui ai souri faiblement. Un sourire de politesse, automatique. Puis le souvenir de la veille m'est revenu d'un seul coup et j'ai geint.

— Qu'est-ce que tu as ?

— Mal au ventre.

— Laisse-moi venir dans le lit avec toi, je vais te guérir, il a dit en appuyant un genou sur le couvre-lit.

— Non. Pas envie.

— On est seuls.

— Pas envie.

— Si.

— Laisse-moi tranquille !

J'ai donné un violent coup de pied dans son genou. Il a perdu l'équilibre, s'est redressé et m'a regardée, étonné.

— Qu'est-ce que tu as ? Ma Doudou...

J'ai enfoncé la tête sous les couvertures. Je ne veux plus être sa Doudou. Plus qu'il s'approche, qu'il me touche. Je ne lui ai jamais donné l'autorisation de me toucher. C'est lui qui m'a allongée sur la dalle de la tombe, la première fois, et m'a prise. Ses doigts froids entre mes jambes, sur la pierre froide. La lumière pâle de la lune dans le cimetière, l'ombre des pierres tombales dans les allées, les chats qui déguerpissent, le bruit de nos pas sur le gravier et puis une large tombe en granit... Rose. Sans fleurs en plastique ni couronnes. Il a dit « rose, c'est joli pour une première fois ». J'ai pas compris. On s'est allongés pour regarder les étoiles. Pour écouter le vent. On avait emporté des couvertures avec nous comme chaque fois. Mais cette fois-là, il les a étalées l'une sur l'autre comme s'il faisait un lit et m'a fait signe de m'y glisser. Je lui obéissais toujours. Il le savait. Je regardais ses yeux pour savoir ce qu'il avait dans la tête. Ses yeux étaient doux et souriaient avec bienveillance mais sa bouche restait pincée. Cela donnait un air menaçant à son visage. J'ai pressenti un danger. J'ai reculé. Il m'a prise par le poignet m'a poussée vers les couvertures. « Allonge-toi. » Je me suis enroulée dans la couverture du dessus. Il me l'a arrachée. Est venu sur moi et a écarté mes jambes avec son genou. « Tu n'as pas froid ? » il a demandé. Je portais une jupe à damiers noirs et blancs et un sweat-shirt noir, un blouson en jean avec un petit nounours accroché à la poche. J'ai fait non de la tête et j'ai serré le nounours dans ma main. « T'en fais pas, ça va aller très bien... » il a ajouté. Je ne savais pas ce qu'il avait en tête. Je n'osais rien demander, je le sentais tendu. Pas tendre ni prévenant comme les autres fois. Mais préoccupé, autoritaire, brutal. Son regard ne se posait pas sur moi, il regardait plus loin. Vers je ne sais quoi... Je voulais bien qu'il m'embrasse sur la bouche, qu'il me serre en dansant, qu'il me caresse le dos en y inscrivant son nom avec son doigt mais je ne voulais pas qu'il me touche les seins ou entre les jambes. Parce qu'on était cousins. Il le faisait quand même. Je protestais. Il le faisait. C'était toujours pareil.

Il a mis sa main entre mes jambes, M'a caressée lentement. Je secouais la tête en disant « c'est pas bien, c'est pas bien » et, lui, il répétait « t'en fais pas, ça va aller très bien... ». Je lui ai dit encore « t'as pas le droit, je suis trop petite » et il a dit encore « t'en fais pas, ça va aller très bien... ».

Faut vous dire que je n'avais pas beaucoup d'expérience. Maman ne me parlait jamais de rien. Je n'avais pas de copains ou de copines parce que Christian les faisait tous reculer. Personne n'osait être mon ami. On était dans le même lycée. Il me surveillait et, si je devenais trop intime avec une fille ou un garçon, il s'interposait entre nous, se moquait de la fille, du garçon, me pressait de questions sur le chemin du retour. Qu'est-ce qu'elle t'apporte que je ne te donne pas ? Qu'est-ce qu'il a que je n'ai pas ? Tu le trouves drôle ? T'as entendu ce qu'il a dit ? Quel crétin ! Tu veux que je me coupe les cheveux comme lui ? Tu veux que je t'apprenne à te maquiller comme elle ? Il te touche ? Elle a essayé de t'embrasser ? Tu aimes les filles ? Je secouais la tête et disais « non, non, non ». J'avais très peu de moments libres. Il envahissait même mes nuits. Il me lisait des livres assis sur mon lit ou il disait à maman qu'il me faisait répéter mes leçons. Il fermait la porte et lançait : « Je vais m'occuper de toi. » Ça me faisait frissonner quand il disait ça. Je savais ce qu'il allait faire. Je savais. Je ne voulais pas. Je soufflais. Je râlais. Mais je ne bougeais pas. Je restais assise sur le bord du lit et il tournait autour de moi en me regardant. « Je vais m'occuper de toi. Personne ne sait s'occuper de toi comme moi. » Il se rapprochait, me déshabillait lentement, lentement, je disais « non, non », il disait « mais je ne fais rien de mal, je te regarde et je te touche un peu, un tout petit peu... Tu n'aimes pas ? ».

Oh si... j'aimais.

J'aimais beaucoup mais j'avais honte...

Le bout de ses doigts si doux sur mon cou et ses doigts qui descendaient en explorant chaque parcelle de peau. J'aimais mais je ne voulais pas. J'avais tout le temps l'impression que le plaisir m'était arraché. « Et là, tu aimes ? » il demandait, sa bouche contre mon sein, contre le bout du sein. Le bout de mon sein, tout entier dans sa bouche et sa langue qui tournait autour, qui léchait le bout de mon sein qui devenait tout dur. Je m'agrippais au bord du lit et renversais la tête en arrière. J'étais terrifiée par le plaisir parce que ce plaisir ne devait pas venir de lui. Ce n'était pas bien. « Et là ? Et là ? On a tout notre temps, tu sais, elles dorment... » Il continuait en promenant sa langue, ses lèvres, ses dents, ses doigts, pieuvre à mille bouches qui m'aspirait, me caressait, me suçait comme un bonbon. Et moi, je ne disais plus rien. J'étais assise sur le lit, entièrement nue, et je respirais au rythme de ses doigts sur mon corps. Je gémissais. J'avais beau serrer les dents, je gémissais. Il triomphait, relevait la tête et ajoutait doucement : « Tu vois que je ne te fais pas mal, Doudou. Je ne te fais rien, je n'entre pas dans toi. Je ne te force pas avec mes doigts. Tu ne me touches pas. Il n'y a rien de sale entre nous. C'est un jeu, tu sais. Un jeu auquel jouent tous les petits enfants mais, toi, tu ne le sais pas... » Je n'écoutais plus ce qu'il disait. J'entendais juste sa voix basse qui chuchotait et ses doigts qui s'attardaient sur mon ventre, qui glissaient, remontaient, je poussais un petit cri et il demandait, attentif, « là encore... là ? c'est bon, là, Doudou ? » et il revenait à l'endroit précis où j'avais laissé échapper un cri. Il s'y attardait. Il commentait : « C'est bon là, Doudou, c'est bon... Je sens ton sang battre l'orage sous mes doigts. Ma petite fille vénéneuse, tu m'as empoisonné avec ton sang, il faut que je te mange... » Je me balançais sur le bord du lit. Je me laissais aller au plaisir. Je n'osais pas ouvrir les yeux parce que, si je les ouvrais, j'attrapais son regard noir, ce regard sans cils qui me gênait, qui me donnait envie de tout arrêter. Tandis que les yeux fermés... Je ne savais pas que c'était lui... Ce pouvait être n'importe qui. Je ne retenais que le plaisir, le plaisir d'être caressée longtemps, sur le bord du lit, d'obéir à la voix, les yeux fermés, de me ployer, de me plier, de me tourner, d'écarter les jambes sur un ordre ou de me rouler en œuf sur le dessus-de-lit pour qu'il caresse mes fesses. Longuement. Ce n'est qu'après, quand il demandait : « C'était bon, ma Doudou, mon amour ? » que je le haïssais. Je repoussais sa tête, sa bouche, ses doigts. Laisse-moi tranquille, je lui disais. Va-t'en. Tu me dégoûtes. C'est dégoûtant ce que tu fais de moi. Je mettais mon pyjama et j'évitais son regard de quémandeur triomphant. « Mais c'était bon ? C'était mieux qu'hier ? » « Arrête, tu n'as pas le droit, tu ne dois plus, je te déteste de me faire ça. » « Alors pourquoi te laisses-tu faire ? » « Je ne me laisse pas faire, c'est toi qui me forces. » Il souriait de son sourire énigmatique, sentait ses doigts, me les mettait sous le nez, et je me jetais sur lui en le griffant. Laisse-moi, laisse-moi...

Il quittait la chambre en glissant et en souriant. J'étais furieuse contre moi. Je ne me souvenais plus du plaisir, je ne me souvenais que de son abus de moi. Je ne voulais pas. Il ne faut plus, il ne faut plus, je le déteste, je me répétais. Jusqu'au soir suivant où il glissait sa longue jambe noire dans l'entrebâillement de ma chambre et claironnait :

— Révision, révision des leçons... Sortez les cahiers !

Je n'osais en parler à personne. J'avais honte. Le plaisir faisait de moi sa complice. Je me regardais dans la glace, je collais mon visage contre le miroir et je répétais « tu es sale, tu es sale, tu es sale. C'est le vice qui remonte dans tes veines, tu as du sang sale sous la peau. Tu es sale, tu es sale, tu es sale... ».

Ce soir-là, sur la tombe, je me suis laissé faire. J'ai fermé les yeux et me suis laissé caresser. Jusqu'à ce que je sente son poing entre mes jambes. Son poing qui roulait contre mon sexe, le meurtrissait. J'ai crié :

— Arrête ! Tu me fais mal !

— Laisse-moi faire, il a grogné.

— Pas ça, pas ça, j'ai dit quand j'ai senti son sexe dur contre ma jambe.

Il se frottait contre ma jambe et continuait de me meurtrir le sexe avec son poing. Comme s'il voulait m'habituer à la douleur, à la douleur qui allait venir. J'ai eu envie de pleurer mais je me suis mordu les lèvres. C'est ma faute, je me suis dit.

À force de me laisser faire, de prendre le plaisir, les yeux fermés, sans protester, voilà ce qui arrive. J'aurais dû dire non depuis longtemps, dès la première fois. Il a enlevé son poing, j'avais le sexe en feu et il est entré dans moi. Ça m'a fait mal mais pas tant que ça. J'ai crié, j'ai voulu me dégager. Il m'a maintenue de son bras en travers de la poitrine et ses hanches ont commencé à bouger et je sentais le feu qui allait et venait dans moi. « C'est moi le premier, je suis ton premier homme, je t'ai forcée comme on force une bête même pas une amante puisque tu dis que tu ne m'aimes pas. Alors je te prends, je te saigne, je te marque, si je pouvais te marquer au visage, je le ferais, je ne veux pas qu'un autre fasse ça à ma place, tu m'entends ? Tant pis si ça fait mal, tant pis... » Il me tenait avec son bras et son front heurtait la pierre tombale à chaque coup de reins. Frappait de plus en plus fort comme s'il voulait s'éclater la tête sur la pierre et j'ai eu peur. J'ai glissé ma main sous son front et j'ai dit « là... là... ». Et son corps s'est cassé, il s'est arrêté, s'est appuyé sur son coude et m'a regardée :

— Alors tu m'aimes, il a dit, tu m'aimes ?

— Je ne veux pas que tu te fasses mal, c'est tout... Laisse-moi maintenant !

Je me suis dégagée. Il est tombé sur le côté. On a repris chacun une couverture et on a regardé les étoiles sans plus rien dire.

Voilà, je me suis dit, j'ai fait l'amour. À 14 ans à peine. Sans le vouloir. Sans le décider. Encore un truc qui m'échappe. J'étais en colère.

Il s'est relevé, a allumé une cigarette, et je l'ai observé, de dos, ses cheveux noirs ondulés sur les épaules, ses mains fines, longues qui tenaient la cigarette. Tranquille. Alors que je sentais encore son poing, son sexe entre mes jambes. Si j'avais un couteau, je le lui planterais dans le dos, je me suis dit. Ni vu ni connu ! Bon débarras !

Il s'est retourné. J'ai vite fermé les yeux : je ne voulais pas lui parler.

— Ne t'en fais pas, il m'a dit, je ne suis pas allé jusqu'au bout !

— ...

— Je veux dire : je n'ai pas joui. Tu ne risques rien !

— Manquerait plus que ça !

C'est cette colère-là, la colère de n'avoir jamais rien décidé, de m'être laissé prendre, ouvrir, engrosser qui est remontée en moi, ce matin où je gisais dans mon lit, le ventre vidé d'un bébé que je ne voulais pas. Lui n'a pas le ventre qui saigne, les cuisses poisseuses et une couche-culotte entre les jambes. Lui est debout devant moi, mince, intact, propre, rasé de frais. En excellente santé. Ce jour-là, je me suis dit, lui, c'est un homme, moi, je suis une femme et c'est comme ça. Lui, il a la force de me faire plier. Et je l'ai détesté d'être si propre, si frais, si sain alors que je sentais le sang qui continuait à couler.

— J'ai avorté, si tu veux tout savoir. Hier.

Il m'a regardée. Sans rien dire. Il a passé les pouces dans la ceinture de son jean noir et s'est balancé d'avant en arrière sur les talons de ses bottes.

— Tu as fait ça ?

Il souriait. Il n'y croyait pas.

— Demande à Mamou. Elle était avec moi. À l'Hôtel-Dieu. 11 h 30. Tu veux des détails ?

Il a encaissé le coup. Toujours debout contre le lit. Il s'est mordu les lèvres, a plaqué son menton contre sa poitrine, ses mains raidies dans son jean. Il ne disait rien et ce silence m'était encore plus insupportable que s'il avait pleuré ou juré.

— T'es le diable ! je lui ai crié.

— C'est toi, le diable. Tu fais sauter un enfant comme on fait sauter un bouton de chemise...

Il a dit ça d'un ton las, neutre.

— Je n'en voulais pas de cet enfant, je n'en voulais pas !

— Moi, je l'aurais gardé, je l'aurais élevé...

— Je n'en voulais pas !

— Arrête de dire ça, Doudou. Il était à moi aussi cet enfant. Tu n'avais pas le droit...

— Je ne voulais pas d'enfant de toi ! Et j'en voudrai jamais !

— Qu'est-ce que je t'ai fait, Doudou ?

— Je te déteste ! Je ne veux plus jamais te voir. Je ne veux plus que tu entres dans ma chambre. Je veux qu'on me laisse tranquille ! Je vous déteste tous, dans cette maison, je déteste cette maison ! Je veux partir ! Partir !

Il a gratté le parquet avec la pointe de ses bottes, les lèvres toujours serrées, le menton toujours posé sur sa poitrine, les mains toujours coincées dans son jean. Et puis il a dit : « Bon... » et il est sorti.

Je suis restée toute la journée dans ma chambre.

Mamou est passée me voir. Avec une tarte aux pommes chaudes nouée dans un torchon. Elle s'est assise à la tête de mon lit et a posé la tarte sur mes genoux. A défait chaque coin du torchon. « Avec un peu de caramel, comme tu les aimes », elle a ajouté en respirant la tarte. Je l'ai enlacée et l'ai serrée contre moi. Elle était chaude, douce, ronde. Elle passait ses doigts dans mes cheveux en murmurant « tu es comme une reine dans un banaston », une berceuse qu'elle me chantait quand j'étais petite. Et puis elle m'a dit :

— Ça te dirait un chocolat chaud avec la tarte ?

J'ai fait oui de la tête.

— Je m'en occupe.

Quand elle est revenue avec le plateau, j'ai eu envie de lui raconter mon histoire avec Christian. J'étouffais de garder ce secret pour moi.

— Pourquoi tu ne me demandes rien, Mamou ?

Elle a mis ses mains sur mes épaules et a enfoncé ses doigts dans ma peau, à travers mon tee-shirt, comme pour marquer l'importance de ce qu'elle allait dire :

— Parce que c'est à toi de me parler. Et tu le feras le jour où tu en auras envie...

Je me suis laissée aller contre elle et j'ai soupiré :

— Ou alors tu sais déjà tout...

Je ne savais pas tout.

Je me doutais bien qu'entre Doudou et Christian il se passait des choses que la morale réprouve, comme dirait ma belle-fille, la mère de Doudou. Il fallait être aveugle pour ne pas le voir. Mais comment voulez-vous qu'il en fût autrement ? Ces deux-là étaient toujours fourrés ensemble. La petite blondinette et le grand brun. Sauvage, lui. Pas causant. Et s'il ne lui avait pas mangé l'air au-dessus de la tête, elle aurait été différente, Doudou : plus ouverte, plus gaie, plus à l'aise dans la vie. Mais dès qu'elle bougeait d'un millimètre, il fronçait son sourcil noir ! Déjà, quand elle était dans le ventre de sa mère, il la haranguait. Il disait : « C'est moi l'homme de la famille, mon vieux ! Et moi, je veux toute la place ! Toute la place ! » Il avait 5 ans ! Il croyait que ça allait être un garçon !

Ma belle-fille a accouché, seule. Mon fils n'est arrivé que deux jours plus tard à la clinique, sans fleurs ni cadeaux, et quand il a su que c'était une petite fille, il a ri et a dit :

— Comme ça, ça fera la paire !

Ma belle-fille était offusquée. « La paire de quoi ? » elle m'a demandé après qu'il fut reparti sans avoir pris l'enfant dans ses bras.

— Je ne sais pas, moi. La paire... Deux femmes : vous et l'enfant...

— Il ne m'a même pas demandé son nom.

Je dois reconnaître que, ce jour-là, j'ai eu pitié d'elle.

Je n'ai jamais compris leur union. C'était le mariage de la carpe et du lapin. Nos familles se connaissaient. Mon fils cherchait un travail, la famille de ma bru un homme pour reprendre l'entreprise familiale. L'affaire fut conclue. Personne ne parla de sentiment. Elle a été malheureuse toute sa vie. Et lui, à mon avis, il a pris la poudre d'escampette parce qu'il ne la supportait plus. Ni la vie qu'il menait. Je ne crois pas une seconde à sa noyade en mer. Que serait-il allé faire sur une plate-forme pétrolière ? Je vous le demande ! Il avait la mer en horreur et le travail encore plus.

À mon avis, il a fugué. Comme des milliers de Français tous les ans. Il a manigancé sa disparition avec l'aide d'un complice mais il court encore le monde. Un jour, peut-être, il va revenir... Quand il sera vieux et qu'il éprouvera soudain cette tendresse indulgente pour sa jeunesse qu'ont tous les vieillards. Quel gâchis il aura fait ! Je crois que je lui donnerais deux claques s'il réapparaissait.

Je sais que ce sont des choses qui ne se disent pas mais je n'ai jamais eu la moindre sympathie pour mon fils. Il était enfant unique, pourtant. C'est étrange de mettre au monde un enfant avec qui on n'a aucune affinité. Dès le premier coup d'œil, j'ai compris qu'il serait toujours un étranger pour moi. Une énigme. Je le berçais contre moi, il se raidissait et pleurait. Je reprenais le pari de Pascal : à force de reproduire humblement les gestes d'amour envers le petit Paul, l'amour viendrait un jour. C'était le seul garçon de la famille et il était adulé par ses tantes, ses grand-mères, ses oncles et ses cousines. Il savait si bien jouer de son charme ! Très vite, il n'alla plus à l'école. Il signait lui-même ses carnets scolaires, disparaissait, chapardait et s'en sortait toujours avec un sourire angélique. Un jour où je l'avais surpris en train de prendre de l'argent dans mon porte-monnaie, je lui ai donné une gifle. Il devait avoir 6, 7 ans. Il m'a regardée et m'a lancé froidement : « Ta gueule ! » Ce jour-là, j'ai renoncé. Nous cohabitions. Je le nourrissais, l'habillais, veillais à ce qu'il ne manque de rien mais plus jamais je n'ai eu de mouvement de tendresse envers lui. Je n'éprouvais même pas de peine, mais un étrange soulagement de ne plus avoir à jouer la comédie. À cette époque, on n'allait pas consulter des psychologues pour un oui, pour un non. Je le regrette maintenant. J'aurais bien aimé comprendre. C'est sûrement ma faute parce qu'un enfant, quand il vient au monde, il est innocent. C'est pour cela que je pousse Doudou à consulter son médecin régulièrement et que je paie ses consultations. Elle semble faire des progrès. Elle change. Elle prend de l'assurance.

Plus tard, Paul a pris l'habitude de faire de longues fugues. J'ai pris l'habitude de ne pas m'en inquiéter. Son père, non plus. Il faut reconnaître que son père ne s'en est jamais occupé. Je crois qu'il lui en voulait de ne pas ressembler au fils qu'il aurait aimé avoir. Il le lui a dit un jour, à table : « Il a dû y avoir erreur à la clinique... » Sans acrimonie ni violence. Je n'étais pas loin de penser la même chose. Rien ne l'intéressait, hormis les femmes et les voitures. Il répétait sans arrêt qu'il mourrait à 33 ans, au volant d'une Porsche ! Intéressant comme destin...

La petite Doudou n'arrêtait pas de me poser des questions sur son père. Je lui ravaudais le portrait pour qu'elle n'ait pas une mauvaise image de lui. C'est important pour une petite fille d'être fière de son papa. J'inventais un roman. Elle m'écoutait avec de grands yeux pendant que Christian ricanait. Même du père, il était jaloux ! C'est compréhensible, remarquez, lui ne savait même pas qui était le sien.

Quand Doudou a rencontré André, elle m'en a parlé tout de suite. Il m'impressionne, Mamou, disait-elle. Il a tout bon partout. Il était moniteur dans la colonie de vacances où elle allait chaque été. Je poussais sa mère à l'y inscrire tous les ans. Je pensais que c'était bien pour elle de sortir des griffes de sa famille pendant un mois, l'été. La dernière année, l'année de ses 17 ans, elle est partie avec son groupe des Poissons-lunes à la montagne. André y était professeur de tennis. Il avait fini son école de commerce et gagnait un peu d'argent avant d'entrer dans la vie active. Elle en est tombée amoureuse. Ils se sont revus à Paris. Elle me l'a présenté. Il était vraiment très beau, André. Beau, bien élevé, charmant mais, comment vous dire... Il ne m'est jamais apparu comme quelqu'un de réel. Pour moi, il ressemblait à un cliché plutôt qu'à un être humain : il était trop parfait. Il aurait pu incarner le type du mari idéal ou du citoyen qui a réussi si, dans les mairies, il y avait eu des statues pour les représenter. Un beau buste. Il n'avait aucune imagination. On ne le sentait capable d'aucune foucade, d'aucun coup de folie, d'aucune ignominie. Il avait dû avaler et digérer les dix commandements dans le ventre de sa mère. Il y avait les choses qu'on fait et celles qu'on ne fait pas. Et le sang qui coulait dans ses veines semblait le porter tout droit à une vie tranquille, réussie, ordonnée, mais, en aucun cas, être un fluide capable de bouillonner ou de l'entraîner à un geste hors norme.

Quand il l'a demandée en mariage, Doudou est venue me voir. Elle est entrée dans le salon où je faisais une réussite que j'étais sur le point de gagner. Une réussite très difficile que je ne gagne qu'une fois sur quinze ou vingt. Je ne l'ai pas entendue entrer et j'ai sursauté quand elle m'a embrassée.

— Mamou, je veux te dire un secret...

Elle s'est agenouillée à mes pieds et a entouré mes jambes de ses bras. Comme lorsqu'elle était petite.

— Est-il si important que ça ? lui ai-je demandé en lui caressant les cheveux, les yeux sur mes cartes.

— Oui. Mamou, je ne sais pas ce que je dois faire. Voilà... André m'a demandé de l'épouser et j'ai dit « oui » tout de suite. Sans réfléchir.

— Est-ce que tu l'aimes ?

— Mamou, je ne sais pas ce que c'est qu'aimer.

J'ai ri et je lui ai dit que moi non plus, mais qu'on pouvait essayer de cerner le problème toutes les deux. J'ai repoussé mes cartes et ai baissé les yeux vers elle. Elle jouait avec la boucle de mes chaussures et je lui ai fait remarquer qu'elle allait filer mon collant.

— Il est beau, il est fort, il met de l'ordre dans ma tête, il s'occupe de moi et il me respecte. Il ne m'oblige pas à faire des choses que je n'aime pas, il ne me juge pas tout le temps.

— Et puis ta maman va être si contente... Et puis tu habiteras dans une jolie maison. Et puis tu auras de jolis enfants... Et une vie très confortable.

— Ne plaisante pas, Mamou, c'est important pour moi.

— Je ne plaisante pas, ma chérie, ce ne sont que de bonnes raisons tout ce que j'énumère.

— Oui, Mamou, mais je me demande si ce n'est pas une bêtise.

— Je ne comprends plus. Arrête de jouer avec mes chaussures et viens t'asseoir à côté de moi.

— Mamou, je veux rester à tes pieds. Je veux que tu me parles comme à une petite fille.

— Mais, chérie, tu n'es plus une petite fille.

— Si, encore un peu. Mamou, j'ai peur. Il y a Christian et si tu savais comme je l'aime.

— Là, regarde, maintenant tu sais ce que c'est que l'amour ! Il ne t'a pas fallu longtemps. Il a suffi que tu prononces le nom de Christian.

— Mamou, je ne te parle plus si tu te moques de moi !

Elle avait enfoncé la boucle de ma chaussure dans ma chair et la tournait et retournait, me causant une douleur lancinante. Je n'osais pas bouger car j'avais senti au ton de sa voix que, si je l'interrompais encore, elle se fermerait et ne parlerait plus. Je restai donc stoïque et me concentrai sur ses propos.

— S'il n'y avait pas toute cette intensité de malheur entre nous, ce malheur qui jaillit chaque fois que nous nous rapprochons comme si on était maudits, Mamou. C'était lui le père de l'enfant, tu le savais, hein, tu le savais ? Quand il me touche, j'ai l'impression que c'est interdit, tout le temps et, quand il ne me touche pas, il me manque à en mourir. Je l'attends et je le redoute à la fois. Il me fait peur. Il m'aime trop. Je l'ai croisé l'autre jour à la maison et il a ricané. Il m'a regardée et il a lâché : « Pauvre conne, pauvre petite conne qui a tout gâché. Et dire que j'ai été amoureux d'une ravissante idiote ! » Je ne lui dirai jamais combien je l'aime. Jamais ! Il serait capable d'éclater de rire ! Et pourtant, Mamou, tout ce que je suis, c'est lui. Tout ce que je sais, c'est lui. On est pareils. Il commence une phrase, je peux la finir. Il ferme les yeux, je sais ce qu'il a dans la tête. Avec André, c'est si différent. C'est comme si j'ouvrais la porte sur un monde rempli de soleil et de lumière, un monde inconnu mais si simple, où je pourrais avoir ma place à moi. Mais un monde séparé de moi. Tu comprends, Mamou ? Je n'ai rien à faire dans ce monde mais peut-être aussi que j'y ai tout à faire...

— Alors il faut y aller, Doudou, il faut y aller. Si tu penses ça, et tu penses bien, il faut dire oui. Même si c'est une erreur. Tu apprendras beaucoup de cette erreur. C'est ça être vivant, ma chérie.

Je me suis baissée vers elle et l'ai forcée à se relever. Elle est venue s'enrouler contre moi, sa tête sur ma poitrine, ses pieds sur le canapé. Elle est restée un long moment sans rien dire puis a relevé la tête et j'ai vu son visage couvert de larmes qui coulaient en silence.

— Qu'est-ce qu'il y a encore, ma Doudou ?

— Mais Christian, il ne va pas supporter que je me marie.

— Que tu l'abandonnes...

— Je ne l'abandonnerai jamais, Mamou, s'écria-t-elle, s'arrêtant net de pleurer et s'écartant de moi. Comment peux-tu imaginer ça une seconde ? L'abandonner, lui ! Mais Mamou, il est là, là, là...

Et elle se frappait le cœur, la tête, le ventre. Se frappait de toutes ses forces avec le plat de la main. Se donnait de grandes claques sans même sembler éprouver de douleur. Elle avait des plaques rouges sur le visage, le cou, les bras, et se mit à se frotter vigoureusement tout en continuant de parler.

— Il est imprimé en moi. Il ne se passe pas un jour sans que je pense à lui. Pas un seul jour ! Quand je me réveille, ma première pensée est pour lui. Quand je m'habille... Quand j'ouvre un livre...

Quand je me regarde, toute nue, dans la glace... Il prend toute la place et ce n'est pas André qui l'effacera. Justement, Mamou, André ne l'effacera jamais. Tu comprends ? Je ne prends pas ce risque-là avec André. Et si, un jour, il y a un grand feu et que, dans ce feu, de tous les gens que j'aime, je ne peux sauver qu'une personne, ce sera Christian et sans hésitation !

Elle s'est redressée, son visage s'est illuminé et un grand sourire a apaisé sa face rouge et chiffon-née.

— Et puis, Mamou, peut-être que lui aussi ça le fera entrer dans une vie normale si je m'en vais la première de la maison... Peut-être que, lui aussi, il pourra trouver sa place et une autre forme de bonheur... Peut-être qu'on deviendra grands tous les deux et qu'on pourra se voir sans se torturer... Dis, Mamou ? Dis ?

Je n'ai rien répondu. Je ne savais pas quoi dire.

Je ne crois pas beaucoup au couple. Tout ce tra-vail, toute la vie, pour ressembler à Philémon et Bau-cis, soi-disant ! C'est un mensonge. On ferait mieux de dire qu'on s'enferme chacun chez soi et qu'on apprend à se supporter, ce serait plus honnête.

Je l'ai prise dans mes bras et l'ai bercée douce-ment en lui disant que je l'aimais, que je serais toujours là pour elle, même si elle devait me laisser périr dans le feu !

— C'est de l'amour, ça aussi, Doudou. Et celui-là, tu l'auras toujours sous la main jusqu'à ce que la mort me fauche d'un grand coup !

— Touche du bois, Mamou, touche du bois !

Nous nous sommes jetées toutes les deux sur le petit guéridon en marqueterie et l'avons empoigné fermement.

— Il n'y a pas qu'une sorte d'amour, ma chérie. Celui que tu éprouves pour Christian est très fort parce que c'est le premier et que, de celui-là, on ne guérit jamais. Mais il y a de la place pour d'autres dans ton cœur. D'autres façons d'aimer moins turbulentes peut-être, mais aussi fortes où tu trouveras ta place. Épouse André. Essaie de grandir avec lui et tu verras, tu verras... Tu regarderas Christian d'un autre œil. Tu dis qu'André te respecte, qu'il te laisse respirer, qu'avec lui tu deviendras une autre, toute seule, et tu seras fière de cette nouvelle Doudou-là...

— Tu crois ? a-t-elle demandé d'une toute petite voix.

— J'en suis sûre. La vie ne s'arrête pas à 20 ans...

Le jour du mariage, je me suis reproché toute la journée de n'avoir pas été plus perspicace. J'avais tenu des propos pleins de bon sens, certes, mais le bon sens n'avait rien à faire dans cette histoire et il était évident que son union avec André était une erreur. Il suffisait de l'observer pour comprendre qu'elle se forçait, qu'elle jouait un rôle.

Je me suis souvent demandé si Doudou n'avait pas épousé André comme un cadeau qu'elle offrait à sa mère. Elle lui donnait l'homme — le mari ? — que sa mère n'avait jamais eu.

Une ravissante poupée en robe blanche, voilà ce que j'ai vu le jour du mariage. Elle souriait mais ses yeux étaient si vides, si morts que je n'ai pas eu le cœur à la féliciter comme le veut la coutume. Je me suis approchée d'elle et l'ai prise dans mes bras. Sans rien dire. Elle m'a enlacée. Elle ne voulait plus se défaire de moi puis, soudain, elle s'est redressée et s'est tournée avec un sourire mécanique vers l'invité suivant qui lui avouait son émotion devant un si beau couple, une si belle cérémonie...

La mère de Doudou rayonnait.

André rayonnait.

Je me suis demandé combien de temps il garderait ce sourire heureux et confiant...

Et puis est arrivé le soir où je suis partie.

À cause d'un flash à la radio. Un de ces bulletins d'informations qui provoque la stupeur et vous offre comme une friandise le malheur du monde. Mais cette fois-ci, il ne s'agissait pas d'une princesse ou d'une catastrophe aérienne. Cette fois-ci, le bulletin m'était adressé à moi, à personne d'autre.

J'étais un légume, à l'époque. Je mangeais et je dormais. Je dormais dans la chambre des enfants, serrée contre leurs peluches, parce que je ne supportais plus d'effleurer le corps d'André. Je ne supportais plus la petite maison blanche, les murs en torchis, les reproductions sur les murs, les figurines dans les vitrines, l'allée en graviers blancs, le bac à sable vide, la boîte aux lettres verte. J'enviais presque le sort de ma voisine, abrutie de pilules : elle, au moins, ne pensait plus. Moi, je pensais tout le temps. À la même chose. IL FAUT QUE JE PARTE, IL FAUT QUE JE PARTE, IL FAUT QUE JE PARTE ! Qu'est-ce que je suis pour lui ? Un meuble. Pas plus. Un meuble dont il n'ouvre même pas les tiroirs pour voir ce qu'il y a dedans. Je fais partie de la décoration. Je vais vieillir en me patinant.

Et puis j'avais le dégoût de moi. J'avais honte de l'attention que je réclamais. Honte de ne pas me soumettre à mon sort. Honte d'avoir laissé partir mes deux bébés. Mauvaise femme, mauvaise mère, je me répétais sans arrêt. Mauvaise femme, mauvaise mère...

Je ne sortais plus. À l'heure du déjeuner, de temps en temps, quand j'étais sûre de ne rencontrer personne du lotissement, j'allais au Mammouth faire des provisions de bonbons, de gâteaux, de sucreries avec l'argent que je volais dans les poches d'André. J'enfilais tous les matins le même jean, le même sweat-shirt. Dans la journée, je passais le temps sur le canapé, face à la télévision. Et je mangeais, je mangeais. Des Carambars, des chapelets de Choco B. N., des cakes entiers sans respecter le prédécoupage des tranches, d'épaisses tartines beurrées avec des barres de chocolat noir, du nougat glacé, des crèmes caramel en petits pots, des tubes de lait concentré. Des journées entières à engloutir des sucreries et à regarder les tronches béates à la télévision, ces tronches d'ameublement, elles aussi.

Dès que j'entendais le bruit de la voiture d'André dans l'allée, le soir, je filais dans la chambre des enfants et m'enfermais à clé. J'allumais la radio Mickey d'Alice et la collais contre mon oreille. Je connaissais les pubs par cœur. Même mes rêves étaient interrompus par des écrans de pub.

Un soir où j'étais ainsi enfermée dans la chambre, la radio contre l'oreille, le corps replié sur le lit... Un soir où je l'avais entendu rentrer, se changer, puis repartir... Il allait dîner chez sa mère maintenant...

Un soir, où je me disais que c'était encore un jour de passé et que peut-être, le lendemain, j'aurais le courage de partir...

De partir pour aller où ? Mais de partir...

Un soir donc, j'écoutais le journal de 7 heures. Je suçais la totoche bleue d'Alice en tripotant le cordon. D'abord les titres, ensuite le développement de chaque nouvelle. Et dans les titres, une affaire croustillante : un crime. Un crime passionnel. « Pourquoi le beau Christian a-t-il tué la belle Diane ? La petite ville de Concarneau est encore sous le choc », annonçait le journaliste.

Un jeune homme parfait, si bien élevé, disait le journaliste, qui avait étranglé une jeune fille parfaite, si bien élevée, et s'était tout de suite constitué prisonnier. Un drame de la passion entre deux jeunes gens qui avaient tout pour être heureux.

Et puis il y a eu une pause de publicité, les courses, la météo...

J'ai cherché d'autres stations qui répéteraient ce que ma tête ne voulait pas entendre. J'ai appris que le meurtrier travaillait au musée de l'Homme, qu'il conduisait une Lancia rouge, qu'il était célibataire. Que la victime était issue d'une excellente famille, qu'elle habitait Paris, qu'elle était âgée de 25 ans. Je me suis dit que cette fille devait être une mijaurée, qui avait poussé Christian à bout. Il n'avait pas l'habitude qu'on lui résiste. C'était sa faute à elle. Il le prouverait facilement. Je me suis dit aussi : il est libre maintenant. Je n'ai plus qu'à aller le retrouver. On est à égalité. On a essayé tous les deux de vivre l'un sans l'autre mais ça n'a pas marché.

J'ai décidé de partir aussitôt. J'ai pris l'argent qui restait dans le porte-monnaie, un sac avec quelques affaires, le Babar d'Antoine, la petite souris grise d'Alice. Je suis sortie par-derrière pour que personne ne me voie. Par la porte de la cuisine. J'ai croisé la voisine qui portait un sac-poubelle d'un air malicieux.

— Ça va ?

— Très bien, me dit-elle. J'ai trouvé la solution : je vais mettre le feu au garage.

— ...

— Comme ça, je pourrai partir, il ne me rattrapera pas avec sa voiture. Le problème, c'est la voiture. La voiture salit tout, pourrit tout.

Elle semblait très satisfaite. Je l'ai regardée en secouant la tête, ne sachant que dire, mais elle m'a plantée là et est allée déposer son sac-poubelle à l'autre bout de l'allée.

J'ai rejoint la grand-route et j'ai fait de l'auto-stop.

C'est en attendant qu'une voiture s'arrête que j'ai pensé à Guillaume. Il n'habitait pas loin. Il me recueillerait le temps que je décide ce que j'allais faire. Mes beaux-parents n'avaient pas encore ouvert la maison pour l'été. Je ne risquais pas de les rencontrer. Personne n'irait me chercher chez Guillaume. Il ne demanderait rien. Il m'écouterait si j'avais envie de parler, sinon il se tairait et je pourrais mettre de l'ordre dans ma tête.

Quand le camionneur s'est arrêté, je lui ai demandé s'il allait à Verny. Il a dit que oui. Il écoutait la radio à tue-tête. Sur le tableau de bord étaient scotchées les photos de sa femme, de ses enfants et de son chien. Un setter irlandais avec la gueule ouverte et la langue pendante. Quand il a vu que je regardais les photos, il m'a dit que le chien avait trop grandi pour continuer à faire la route avec lui. Qu'un setter irlandais, il faut que ça coure, que ça se dépense, surtout le sien qui était bien nourri. Alors il l'avait laissé à la maison. Les enfants étaient contents mais lui se sentait bien seul.

— Vous avez vu son regard ? On dirait qu'il parle...

Il était là en train de me parler de son chien, de ses enfants, de sa femme qu'il allait retrouver après une semaine passée sur les routes quand il y a eu le flash d'informations de 10 heures et qu'une fois encore j'ai entendu l'annonce du crime passionnel du beau Christian.

— On vit dans un drôle de monde, a dit le chauffeur.

Et on n'a plus parlé jusqu'à l'entrée de Verny où il m'a laissée.

Il valait mieux que je me fasse enfermer parce que ma vie, de toute façon, n'avait plus de sens.

Je ne pensais qu'à Doudou. Je passais par des moments d'exaltation où je lui parlais tout haut comme si elle était là, à côté de moi, à d'autres où je demeurais abattu, muet, à remuer nos souvenirs d'enfance. Je divaguais. La seule occupation qui m'empêchait de sombrer totalement dans la folie, c'était mon travail au musée de l'Homme. Je voyageais alors dans un autre monde où les femmes n'étaient pas des femmes mais des statues aux jambes serrées qui ne s'ouvraient jamais, des femmes immobiles qui ne partaient pas en épouser un autre. Mais chaque fois que ma tête était libre, la même question revenait, lancinante : comment fait-elle pour vivre sans moi ? Parce que, moi, je n'arrive pas à vivre sans elle.

J'avais décidé de ne plus aller la voir après ma visite dans son pavillon. J'avais compris, ce jour-là, que la seule petite chance qu'elle avait d'être heureuse était que j'arrête de l'importuner. Que je la laisse bien vivante, avec ses deux enfants cramponnés à son tablier bleu.

Cet enfant qu'elle avait sacrifié sans rien me demander nous avait séparés à jamais. Jamais plus, après, elle ne me laissa porter les mains sur elle. Le souvenir de l'enfant revenait toujours et elle se détournait, dégoûtée. Je sentais son corps se raidir sous mes doigts, ses dents se serrer sous ma bouche. « On est complices d'un crime. Tu crois qu'il revient nous observer dans le noir ? Tu crois qu'il va nous jeter un sort ? »

Et pourtant, c'est elle qui avait pris la décision. Moi, je voulais un enfant d'elle. Une petite fille blonde. Elle le savait.

— Tu n'auras jamais de petite fille blonde, tu es noir. Tout noir. Tu es le diable.

Je la bâillonnais et reprenais mon rêve. Je le garderais, le chérirais, le porterais dans mes bras par-dessus les rochers et les fleuves, je lui ferais escalader les montagnes et cueillir la plus haute edelweiss, tu verras, Doudou, comme il sera heureux, notre enfant. Il connaîtra les chamois, les dauphins et les aigles, les hêtres chauves, les cèdres mauves et les ancolies. Je lui apprendrai à se méfier des poissons-lunes surtout quand ils sont en groupe.

Elle répondait qu'il serait dégénéré. On ne fait pas d'enfant avec son cousin germain, ça porte malheur dans le sang. C'était son expression. Et puis elle disait qu'elle était trop jeune. Elle voulait connaître d'autres vies, d'autres hommes. Je me révoltais. Elle pouvait jouer avec un autre, faire la coquette, essayer des robes devant lui, les faire tourner pour montrer ses longues cuisses, mais aucun homme ne saurait l'aimer comme moi et elle se lasserait vite. Quand elle a rencontré André, qu'elle a commencé à sortir avec lui, à faire la sérieuse, j'ai cru que ça ne durerait pas longtemps. Et puis elle l'a épousé.

Je suis allé voir la grand-mère, après. Elle savait mon malheur. Elle m'a écouté. Et m'a fait la leçon. « Oh ! Christian, m'a-t-elle dit, regarde l'air noir que tu prends, regarde tes sourcils qui font comme du charbon sur ta figure, cesse d'afficher cette expression de loup battu et ouvre ton cœur. La vie et l'amour te le rendront au centuple. Aie confiance. Il ne faut jamais croire que c'est fini. Jamais. La vie vous surprend sans cesse si on lui fait confiance. Tu es en train de t'empêcher de vivre et c'est le plus grand crime que tu puisses commettre envers toi. Et la plus belle preuve d'amour à lui donner à elle, c'est de la laisser libre de grandir, de vivre sans toi, même si ce doit être avec un autre. »

J'avais promis à Mamou de lui obéir.

La seule fois où j'ai trahi ma promesse, c'est quand je suis allé voir Doudou dans son pavillon blanc. Mais la petite voix de la grand-mère avait fait son chemin et je suis reparti sans rien dire, sans mettre le feu aux meubles d'antiquaire, aux murs blancs de faux torchis, sans égorger ce mari si loin d'elle, qui l'envoyait faire ses courses à Mammouth et lui ceignait les reins d'un tablier bleu.

Après, je suis allé dans la vie comme un vagabond de luxe. Je travaillais, je donnais des conférences sur les sculptures incas et les dieux aztèques, les premiers pas de l'homme et l'évolution de l'espèce. Je voyais d'autres femmes comme un malade prend les médicaments que son médecin lui ordonne, mais je devais y mettre si peu de goût, si peu de flamme que ces histoires ne duraient pas longtemps et je revenais à mon fantôme préféré. Je fermais les yeux sous la grande verrière de mon bureau et je l'imaginais. Quand le téléphone sonnait, je décrochais, tremblant. Et si c'était elle ? Diane m'a réveillé de mon long sommeil. Je ne me souviens pas du jour où je l'ai rencontrée. Je me souviens juste qu'un jour je me suis retourné et elle était là. Elle prétendait qu'on se connaissait déjà. Qu'elle m'avait souvent parlé et que je lui avais répondu. Elle faisait remonter notre rencontre au 3 janvier. On était le 6 février quand je l'ai vue.

Le 6 février, je l'ai vue pour la première fois.

Elle lui ressemblait tant. Si fragile, si frêle. Un petit oiseau blond que j'enserrais dans mes bras et qui s'essoufflait parce que je la serrais trop fort. Qui fermait les yeux et disait « encore, encore des histoires de cow-boys et d'Incas ». Elle faisait l'école du Louvre, lisait des bandes dessinées, était incollable sur Tintin. Elle portait des tennis blancs et des jeans trop courts. Quand elle s'écorchait le doigt, elle pleurait jusqu'à ce que je lui mette un pansement et ne le quittait plus pendant une semaine. Elle le montrait fièrement à tout le monde en racontant que c'était un crabe vivant, sorti d'une boîte de conserve, qui lui avait dévoré la phalange.

Je l'emmenais au bord de la mer. Nous allions nous promener sur les rochers, nous restions de longues heures à observer les vagues, à attendre les grosses qui éclaboussent et à encourager les petites qui se fraient un chemin dans le ressac. Nous ramassions des coquillages rayés que l'on rangeait dans une grande valise, dans le coffre. C'était sa boîte aux trésors. Elle s'amusait à se coucher dedans et à s'y endormir. « Si je meurs, je veux qu'on m'enterre dans cette valise, disait-elle, avec tous mes coquillages. » Le soir, on guettait le rayon vert. Elle y croyait dur comme fer.

Je lui demandais si elle ne s'ennuyait pas, si elle n'aurait pas préféré aller boire des Coca dans des cafés ou faire partie d'une bande de copains. Elle disait non, gravement, et repartait en sautant dans les flaques d'eau de mer, en agitant ses bras comme des ailes. Quand nous rentrions à Paris, dans la voiture, elle posait sa tête sur mon épaule et ne parlait pas. J'osais à peine la toucher. J'avais peur du premier baiser.

Au cinéma, j'évitais de lui prendre la main ou d'effleurer son coude. Elle n'aimait que les films tristes où elle était sûre de pleurer. « Je me vide de mes larmes et après je n'ai plus que du bonheur », disait-elle, enchantée.

C'est moi qui étais enchanté. Je n'osais pas bousculer le monde enfantin, délicat, qu'elle avait créé autour de nous. Elle me retrouvait à la sortie du musée et nous allions manger des macarons au chocolat chez Carette. Elle en commandait deux tout de suite et les dégustait en les trempant dans une grande tasse de chocolat. Ça lui faisait des moustaches.

— Comme toi, elle disait en riant.

Comme toi, je fais tout comme toi... Je fais tout comme toi..., répétait l'écho.

Quelquefois, je me pinçais. Je me disais « je rêve, elle me manque tant que je la vois partout ». J'étendais la main par-dessus la table, les tasses de chocolat et je touchais les moustaches de Diane. Ou la nuque blanche penchée sur les boîtes de coquillages rayés. Ou je la laissais passer devant moi et la regardais marcher.

Comme elle.

Un jour, elle m'a passé les bras autour du cou et a posé sa bouche sur la mienne. Tout doucement. Comme si elle savait que cet acte si innocent pouvait tout détruire. On était à Cabourg, cette fois-ci, on avait marché longuement sur la plage de sable et, quand le soleil s'est posé à l'horizon, elle m'a juré qu'elle avait vu le rayon vert et que c'était un signe de bon augure. J'ai protesté que je n'avais rien vu, qu'elle avait triché et qu'elle avait certainement une idée en tête.

— Une idée délicieuse, m'a-t-elle précisé en prenant un air mystérieux dont je ne me suis pas méfié.

Puis elle m'a attiré vers elle et m'a embrassé. Sa bouche avait un goût salé et je lui ai rendu son baiser, étonné de me laisser aller aussi simplement, naturellement.

C'est ça, c'était naturel...

J'ai pensé à Mamou, à ce qu'elle m'avait dit sur la vie qui reviendrait si je lui faisais confiance, à l'amour qui renaîtrait, j'ai pensé à tout ça et je lui ai rendu son baiser. Elle l'a reçu comme une hostie. Son visage avait perdu son éclat enfantin et irradiait une douceur recueillie qui me remplit de bonheur. Je l'ai étreinte et j'ai murmuré « merci, merci... Oh ! merci ». J'étais guéri. Je posais le pied dans un autre monde. C'est peut-être ça l'amour, cette communion intense mais si douce, si tendre. Mamou avait raison : il y a mille façons d'aimer. Quel fou j'avais été !

J'étais si heureux, si heureux, que je me suis mis à courir sur la plage. Je courais, je courais, et elle n'était plus qu'un petit point là-bas au loin. Un cheval galopait derrière moi et je me suis promis qu'il ne me doublerait pas. J'ai gagné pendant quelques secondes puis j'ai dû renoncer et j'ai fini, épuisé sur le sable, étalé de tout mon long. Bats, vieux cœur, je disais, bats, un nouveau sang entre dans tes veines et chasse le poison du passé, chasse la malédiction, bats encore plus vite, fais éclater tes mille et un vaisseaux pour que je lui donne toute la place à ma nouvelle fiancée qui me pose un baiser sur les lèvres sans que je défaille ni grimace. Ma fiancée toute neuve qui écaille ma peau de serpent avec ses ongles de coquillages...

Ce jour-là, sur la plage, après que le cheval m'eut dépassé... après que Diane m'eut rattrapé... j'étais si heureux, si sûr de moi, si sûr d'avoir tué le fantôme que je lui ai proposé de continuer le week-end, de ne pas rentrer à Paris, de suivre la mer et d'aller jusqu'en Bretagne.

— Au hasard Balthazar, elle a dit.

Et puis, elle a joué, elle coinçait un coquillage entre chaque doigt de pied et essayait d'avancer sans qu'aucun ne tombe. Je lui ai promis que, si elle arrivait jusqu'au rocher sans en perdre un seul, je lui offrirais une baleine glacée.

— Une baleine en Eskimau avec un bâton et de la glace ?

— Oui.

— Et qui aura le goût de banane ?

— Oui.

— Maman dit que ça n'existe pas dans les super-marchés.

— Parce que ta maman n'a jamais bien cher-ché. Parce que c'est un article invisible pour ceux qui courent avec leurs caddies et leurs listes de com-missions. Il faut rester longtemps en arrêt devant le rayon des glaces pour que la baleine-Eskimau apparaisse. C'est comme le rayon vert.

On a roulé toute la nuit, en s'arrêtant pour s'em-brasser chaque fois qu'on apercevait la lune der-rière les nuages. La lune pleine et ronde qui nous souriait. J'avais besoin de vérifier que le charme noir était parti. Que je pouvais toucher une autre fille sans être malheureux.

Au petit matin, on a échoué dans un hôtel de Concarneau. On a pris une chambre pour se repo-ser. Une seule chambre pour deux. Un seul lit pour deux. On s'est endormis.

Quand on s'est réveillés, dans la petite chambre baignée d'une lumière jaune et douce, elle est venue se blottir contre moi. Ses jambes emmêlées aux miennes, sa bouche sur ma poitrine, sa petite main qui jouait avec les poils de mon torse. Doucement, doucement, je lui disais, faisant la jeune fille effarouchée, doucement... J'avais trop peur que le charme de la veille n'agisse plus, que le fantôme réapparaisse et exige réparation. Je tremblais presque et dus me maîtriser pour qu'elle ne le sente pas. Elle a mis ses bras autour de mon cou, m'a souri comme une enfant qui se réveille, m'a baisé le front, le nez, la bouche, légèrement. Je me raidissais mais me laissais embrasser, la laissais me picorer de baisers. Doucement, doucement, je priais, qu'elle n'aille pas trop vite. Que je sente le sang nouveau battre pour elle. Qu'il chasse les mauvaises pensées. Qu'il chasse les vieux souvenirs.

Je suis si fragile, si fragile.

Oh ! Diane... Aie pitié de moi.

Laisse-moi encore un peu de temps.

Laisse-moi inventer d'autres histoires de baleine glacée.

Son tee-shirt avait glissé de son épaule et j'apercevais sa peau nue, blanche. Elle a posé un doigt sur ma moustache, l'a dessinée, appliquée comme une écolière, tirant la langue...

Comme Doudou.

J'ai fermé les yeux très vite pour ne pas voir ce petit bout de langue, elle a posé ses lèvres sur mes paupières et a ri. Bougon, grognon, ronchon, chonchon, le petit garçon se réveille. Bougon, grognon, ronchon, chonchon, le petit garçon a mal aux dents. Elle chantait sa comptine d'une voix douce.

Comme Doudou.

Comme Doudou.

Attends, attends, ai-je encore dit, sentant mon corps qui, des pieds à la tête, durcissait, repoussait le malheur de toutes ses forces, attends, je t'en supplie, je suis trop faible, j'ai la tête qui tourne, on n'aurait pas dû, j'ai conduit trop vite mais j'ai cru, j'ai cru...

— Et si on allait prendre un chocolat sur le port ? j'ai proposé à bout de souffle.

— Maintenant ?

— Oui... On n'a pas mangé hier soir.

— Rien que des baisers, rien que des baisers...

On a bu un grand chocolat chaud dans des tasses vert foncé, mangé trois croissants chacun. Je fermais les yeux et respirais l'air frais. Elle m'a imité en disant « je vole, je vole, je suis à côté de toi et on s'envole dans le ciel... ».

On a repris la voiture, longé la côte. Il faisait doux, elle avait ouvert la fenêtre et laissait dépasser ses pieds. On a pris un petit chemin de terre qui nous a conduits au bord d'une falaise à l'aplomb de la mer. J'ai coupé le moteur et, bien au chaud dans la voiture, on a regardé le ciel, les nuages. C'était un jour de grande marée et on pouvait entendre la mer furieuse qui s'engouffrait en claquant dans les rochers. Elle s'est renversée contre moi, la tête sur mon épaule et a agité ses pieds.

— On dirait des marionnettes... On est en haut de la côte ? elle a dit.

— Oui, et tout en bas, il y a la mer et les coquillages rayés. Peut-être ira-t-on en ramasser tout à l'heure pour compléter la collection...

— On les mettra dans la grande valise et, quand elle sera pleine, on se mariera. Tu préfères qu'on habite chez moi ou chez toi ?

J'ai rien pu lui répondre. Sa demande était trop brutale. J'ai fermé les yeux pour qu'elle ne voie pas la panique dans mon regard. Elle a dû s'en apercevoir car elle s'est redressée.

— Ouvre les yeux, Christian, s'il te plaît. Je me sens si seule tout à coup. Où es-tu ? Ouvre les yeux, s'il te plaît...

J'ai ouvert les yeux et je l'ai regardée. Elle a certainement compris car je l'ai vue devenir blanche et elle a reculé comme si j'allais la gifler.

— Il y a une autre femme ? C'est ça ?

— Oui, mais pas comme tu crois, pas comme tu crois... Laisse-moi le temps, Diane. Je t'en supplie. Un jour, je te raconterai mais ne me bouscule pas.

— Il y a une autre femme ! C'est qui ? Dis-le-moi que je la tue ! Je l'allongerai sur un grill et je mangerai ses petits os...

Je l'ai regardée, attendri. J'ai même eu un petit sourire moqueur, tellement sa candeur et sa violence m'amusaient. S'il avait suffi de manger Doudou pour que son fantôme s'évanouisse, je l'aurais dévorée depuis longtemps.

— Et maintenant tu te moques de moi ! T'es méchant, Christian !

— Je me moque pas de toi mais tu m'amuses. Tu es si jeune, Diane, si jeune. La vie n'est pas aussi simple que tu le crois.

— La vie est simple quand on veut la simplifier !

C'était la première fois qu'on se disputait et j'aimais cela. Elle devenait réelle soudain. Elle n'était plus le petit lutin aérien qui parle de baleines Esquimaux mais une femme en colère qui revendique. J'ai tendu la main pour effleurer sa joue. Elle s'est renfoncée dans son coin. Je me suis penché pour l'embrasser. Elle m'a évité d'un coup d'épaule, a ouvert la portière et s'est enfuie. J'ai vu sa petite silhouette s'éloigner. Elle courait, les mains dans les poches de son imperméable blanc. Elle courait d'une drôle de façon : ses tennis blancs faisaient des crochets sur le côté.

Caprice d'enfant, ai-je pensé en allumant une cigarette. Elle va revenir. Je ne vais pas céder. Elle doit comprendre qu'on n'entre pas dans la vie des gens en donnant un grand coup de pied dans la porte. Elle se conduit comme une petite fille gâtée à qui on n'a jamais rien refusé.

Je n'étais pas fâché d'être seul un moment. Depuis vingt-quatre heures, on ne se quittait plus. J'ai allumé une deuxième cigarette et j'ai observé le ciel qui se couvrait, moutonnait de noir à l'horizon. Elle allait revenir, trempée, en marchant à cloche-pied. Elle se sera éraflée les jambes dans les rochers et elle me demandera de la soigner.

J'aime quand je la soigne, quand je pose le Tricos-téril autour de son doigt ou sur sa cheville. C'est une manière d'apprivoiser mon amour pour elle. L'amour commence toujours par des jeux d'enfants. C'est pour cela que je ne suis pas à l'aise avec les dames de mon âge. Elles ne veulent pas jouer. J'ai pris une troisième cigarette et j'ai commencé à m'inquiéter. Quand j'aurai fini celle-là, je pars à sa recherche.

Il ne m'a pas fallu longtemps pour la retrouver.

Elle était étendue de tout son long dans les rochers. La tête fracassée. J'ai glissé mon bras autour d'elle pour la relever. J'ai pris son pouls : il ne battait plus. J'ai fermé ses yeux et l'ai gardée un moment dans mes bras, face à la mer qui rugissait et éclatait en vagues énormes, terrifiantes.

Que s'était-il passé ?

Je ne l'ai jamais su. Je suis remonté à la voiture, j'ai pris la grande valise pleine de coquillages. Je suis redescendu dans la crique. J'ai placé le corps dans la valise en le pliant en deux. J'ai pris sa main et y ai déposé un petit baiser. C'est à ce moment-là que j'ai su que je pleurais. C'est le sel tiède de mes larmes que j'embrassais. J'ai jeté la valise à la mer. Je suis retourné à l'hôtel pour me nettoyer et régler la note. Puis je suis allé me constituer pri-sonnier. J'étais soulagé. Ils allaient m'enfermer. Je n'aurais plus besoin de prétendre que tout allait bien, que j'étais un homme normal. On allait s'oc-cuper de moi.

Guillaume, j'ai fini par le trouver.

Le lendemain matin. À la scierie où il travaillait. J'avais oublié que je ne connaissais ni son adresse ni son nom de famille et j'ai passé la nuit, après que le camionneur m'eut déposée, dans un café de routiers. J'étais la seule femme dans l'établissement et je n'en menais pas large. Je tirais sur mon pull pour cacher mes seins, mes fesses, mes jambes. Les hommes me regardaient et se demandaient ce que je faisais là, échouée à une table, en pleine nuit. Il y eut des réflexions grasses, des regards lourds. Un type s'est levé et est venu s'asseoir à côté de moi, collant son nez sous le mien. Mais le patron s'est interposé, goguenard, et ils ont fini par me laisser tranquille.

Soudain, je me suis demandée pourquoi j'étais partie. Comme ça. Sur un coup de tête. Qu'est-ce que j'allais faire maintenant ? Je mourais d'envie de rentrer chez moi mais j'avais peur de faire de l'auto-stop à nouveau. En pleine nuit. Tout m'effrayait. J'ai jeté un regard par la fenêtre et j'ai aperçu la nuit noire, trouée par les phares des voitures et des camions. L'exaltation du départ était tombée et je commençais à comprendre que j'avais pris une décision qui, si je m'y tenais, était irréversible. Je n'étais peut-être pas faite pour être en cavale. J'avais toujours vécu si protégée. Je ne connaissais rien à la vie.

Il était urgent que je retrouve Guillaume.

Il avait mentionné, un soir, qu'il travaillait dans une scierie. Il n'y en avait qu'une à Verny. Le lendemain, à midi, j'ai attendu qu'il sorte, qu'il quitte le groupe des autres employés, qu'il rejoigne sa moto et je suis venue me placer derrière lui. Il était penché, occupé à défaire l'antivol, je me suis plaquée contre lui. C'est moi, je lui ai dit. Il est resté un instant avec la chaîne dans la main et, sans se retourner, m'a dit :

— Monte.

Quand on s'est arrêtés, je lui ai expliqué que j'étais partie de chez moi et qu'il était arrivé quelque chose de terrible à mon cousin. Il avait entendu parler du crime, lui aussi.

— C'est pas un crime, je lui ai dit. C'est un accident.

— C'est un crime, il l'a tuée.

— Non ! C'est pas un crime. Je t'interdis de dire ça !

— Je l'ai entendu à la radio, ce matin. Ça s'est passé à Concarneau, il l'a étranglée de ses propres mains et après il l'a jetée dans les rochers.

On a acheté tous les journaux du jour mais on n'a rien appris d'autre. C'était chaque fois le même refrain : un homme si bien, âgé de 31 ans, conservateur au musée de l'Homme. Une jeune fille si bien, étudiante, 25 ans à peine. Et une photo où je ne reconnaissais pas Christian. Sombre, menaçant, la bouche mince comme du papier à cigarettes et la moustache ridicule. « Mais c'est pas lui ! je disais ; c'est pas lui ! » Aucune photo de la fille. La famille avait refusé que son portrait paraisse dans la presse. Guillaume m'a installée chez lui et est reparti travailler. Je me suis laissée tomber sur son lit. Il était fait. Les draps sentaient bon le propre. C'était une chambre vaste, claire, sans rideaux ni tapis. Peu de meubles : une grosse armoire normande, une table et deux chaises. Sur les murs étaient agrafés des posters de moto, des photos de footballeurs, de chanteurs. J'ai reconnu Johnny, Prince, mais pas les autres. Dans un coin, sur une gazinière, une casserole de lait toute cabossée dont les bords étaient roussis. Sur la table, un bol et un morceau de baguette. Je me suis levée et j'ai pris le pain. Je n'avais rien mangé depuis la veille. Je me suis enroulée dans le dessus-de-lit et me suis endormie.

Quand il m'a réveillée, je ne savais plus où j'étais. Je l'ai regardé, étonnée. Il a souri et a dit : viens, on va manger un morceau dehors.

C'était un habitué du café. Il a tapé sur l'épaule d'un type au flipper, et la patronne lui a lancé : une ou deux omelettes ?

On s'est assis en attendant les omelettes. Il m'a demandé ce que je comptais faire. Je ne savais pas. Pour la première fois, je me retrouvais toute seule. Et cette idée commençait à me plaire. J'observais les allées et venues des clients du café. Une fille est entrée et s'est installée pas loin de nous. Elle semblait avoir mon âge. Elle a lancé un clin d'œil à Guillaume qui lui a souri. Elle a commandé une omelette. Ce devait être le plat du jour. Puis elle a mis son walkman, a sorti un magazine et s'est beurré une tartine. Au bout d'un moment, une autre fille est entrée. Elle est venue s'asseoir à côté d'elle et l'a embrassée. Elle tenait un grand sac d'où elle a sorti des sweat-shirts. Elle lui en a offert un. La fille au walkman a poussé un cri de joie et l'a enfilé sur-le-champ. Elles se sont mises à rire : les écouteurs étaient restés coincés dans l'encolure.

— Et tes enfants ? a demandé Guillaume.

— Ils sont chez leur grand-mère. Ça vaut mieux pour l'instant... Je ne suis pas capable de m'en occuper. Après, quand ça ira mieux, j'irai les rechercher mais je ne veux pas retourner chez André. Jamais...

La patronne a apporté les omelettes, le pain, une carafe d'eau. On a mangé en silence. Je regardais toujours les deux filles qui discutaient, qui riaient, qui se faisaient des confidences en se penchant par-dessus la table.

Alors Guillaume a dit que le mieux, c'était qu'on parte. Qu'on prenne la route. Le temps que je sache ce que je voulais faire. Il irait voir son patron, il inventerait une histoire et il lui demanderait un congé. Il n'en prenait jamais. Il avait des semaines de vacances à rattraper. Il avait mis un peu d'argent de côté et puis, a-t-il ajouté, on trouvera bien des petits boulots à faire en route. Mais avant, il a dit, il faut que tu appelles ton mari, sinon il va lancer les polices de France à tes trousses.

— Ça, je ne peux pas. Je ne peux pas.

— Si. Il le faut. Si on ne veut pas être emmerdés.

On a discuté pendant trois quarts d'heure au moins. Finalement, j'ai accepté. Je suis allée à la cabine téléphonique du café, au sous-sol, près des cabinets, j'ai mis des pièces. Je tremblais si fort que les pièces tombaient par terre. C'est Guillaume qui a dû les introduire dans la fente. Guillaume qui a fait le numéro que je lui murmurais à voix basse. Il m'a tendu le récepteur, a mis son dos contre le mien. Mes genoux tremblaient, mes mains étaient humides et j'avais juste assez de force pour tenir le combiné contre mon oreille. J'ai entendu « allô ! allô ! », une voix impatiente... J'ai laissé tomber le combiné. Il se balançait contre le mur blanc carrelé et j'entendais la voix d'André qui s'énervait et répétait « allô ! allô ! Eh bien parlez ! ».

J'ai secoué la tête. Guillaume a raccroché.

— Je peux pas.

On est remontés. Il marchait devant moi. Une main dans la poche de son blouson, l'autre qui pendait. Forte, épaisse. J'ai glissé ma main dans la sienne.

— Je vais lui écrire, j'ai dit, ce sera plus facile.

Il a demandé à la patronne une feuille blanche et un Bic.

J'ai écrit que je partais de mon plein gré parce que je ne supportais plus la vie conjugale. Ce n'était pas sa faute, il fallait que je mette de l'ordre dans ma tête et, ça, il ne pouvait pas le comprendre. Je n'étais pas faite pour son ordre à lui. J'ai essayé d'être le plus douce possible.

En fait, je n'aurais jamais dû écrire cette lettre. Elle lui a servi pour obtenir la garde des enfants et me faire passer pour une mauvaise mère aux yeux de la justice. Je n'avais de comptes à rendre à personne si ce n'est à Alice et à Antoine, mais ils étaient trop petits pour comprendre. Ça ne servait à rien que je les bouleverse avec mes idées noires. Qu'est-ce que je leur aurais dit en plus ? Que je ne voulais plus être un meuble ? Que je voulais remplir mes tiroirs ?

Guillaume est allé acheter une enveloppe et un timbre. On a posté la lettre. Il m'a ramenée chez lui, m'a installée sur son grand lit, m'a déshabillée et, une fois nue contre lui, quand il a posé ses mains énormes sur moi, ça a recommencé comme avant.

À un moment, il s'est arrêté et m'a demandé :

— C'est pour ça que t'es revenue ? Pour que je te saute ?

J'ai dit non. J'avais même oublié que c'était si bon.

— Mais alors pourquoi ? Pourquoi moi ?

— Parce que tu es la seule personne qui ne me demande rien et qui me donne tout.

Il m'a regardée. Il ne comprenait pas. Il a secoué la tête en silence et m'a embrassée.

— Et puis, tu sais quoi, j'ai ajouté, tu es mon premier homme de femme libre...

C'était un peu solennel comme déclaration mais elle m'était venue comme ça...

Il a ri. Il a dit qu'il ne comprenait pas quand je parlais mais qu'il était heureux, heureux que je sois revenue.

Au début, je ne comprenais pas tout ce qu'elle disait. Je crois bien qu'elle non plus. Elle me disait des trucs imbitables mais lumineux. C'était beau les mots qui sortaient de sa bouche. Elle était comme une fille qui a les mains dans le moteur et qui essaie de le faire démarrer. Ça fait des étincelles, des ratés, ça s'allume et ça s'éteint. Elle tâtonnait, quoi.

Le lendemain, quand je lui demandais de me répéter ce qu'elle m'avait expliqué la veille, elle ne savait plus. Elle avait oublié. Ça vient comme ça et ça repart, elle disait. Ça vient de je ne sais où... Il faut que je me vide la tête. Après, je ferai le tri.

Tout de suite, je me suis dit qu'il fallait qu'on parte. Qu'elle ne resterait pas longtemps à m'attendre dans ma piaule. J'ai pas hésité une seconde. Je savais que mon patron m'avait à la bonne, on venait de finir un gros chantier, j'avais du retard de vacances. J'en prenais jamais de vacances. Pour aller où ? Les vacances, ça se prend à deux. Je me faisais des virées par-ci, par-là, mais rien de sérieux. J'allais sur les plages, les circuits. Parfois, je poussais jusqu'à chez ma mère, à Mantes. Mais c'était rare parce que, arrivé là-bas, je savais pas quoi lui dire et je repartais sans la voir. C'était plus pour essayer la moto. J'avais des sous de côté. Pas beaucoup mais de quoi voir venir.

Elle était mignonne à mater, Doudou. C'était comme si elle se laissait aller, qu'elle respirait. En tout cas au début. Elle était heureuse, je crois. Elle oubliait tout. Même son cousin, elle n'en parlait plus de la même manière. La seule à qui elle en causait, c'était sa grand-mère, Mamou. La seule qui était au courant de tout. Les trois mois que ça a duré notre histoire, elle lui a téléphoné. Elle prenait des nouvelles du cousin. De toute façon, y avait pas grand-chose à faire pour le cousin. Il était bouclé.

Elle achetait des livres, plein de livres, et elle me faisait la lecture. Y en avait des rigolos. Je me souviens pas des noms mais y en avait où je me marrais bien, où je comprenais tout.

— Peut-être que je ne suis pas si bête que ça finalement, elle disait, très contente d'elle. Peut-être qu'à force de chercher je vais trouver.

Les jours où elle était bien lunée, j'étais le plus heureux des hommes. J'avais l'impression d'assister à une naissance et je me disais qu'avec un peu de chance j'allais apprendre plein de choses, moi aussi. Parce que, quand elle était gentille, elle faisait attention à moi. Vraiment attention. Ces jours-là, je n'étais pas qu'une bécane pour elle. Elle me disait des trucs du genre : les garçons gardent des secrets dans leurs poches. Vide tes poches ! Je ne savais pas quoi répondre mais, petit à petit, ça faisait du chemin dans ma tête. Je m'apercevais que je changeais avec elle. Elle me faisait parler de mon paternel, de ma mère, de l'école où j'étais allé, des filles que j'avais fréquentées, pourquoi je m'attachais pas et tout. Des tas de trucs auxquels j'avais jamais pensé. Elle me demandait aussi si j'avais un projet dans la vie. Là, je décrochais.

— Faut avoir un projet, elle disait. Comme ça tu avances vers quelque chose. Moi, c'est ça que je cherche. Un projet à moi toute seule.

D'autres fois, elle était franchement de mauvais poil.

Un jour, à Dijon, on était rentrés dans un magasin à dix balles et elle s'était mis en tête d'acheter des fringues pour ses gosses. Des petits blousons en jean, des robes d'été, des tee-shirts. Elle s'en était mis plein les bras et puis, au milieu de l'allée, elle a tout lâché d'un coup. Ça sert à rien que j'achète, elle disait, je sais pas quelle taille ils feront quand je les reverrai. Elle s'est mise à chialer. Dis-moi que je ne suis pas une mauvaise mère, dis-moi que je ne suis pas une mauvaise mère, elle répétait. Il a raison, André, je les ai abandonnés. Elle chialait, chialait. Moi je ne savais pas quoi faire. J'y connais rien aux mômes, au couple et à tous ces boniments. J'étais carrément inutile dans cette affaire. Je la regardais, immobile, sans la toucher parce que, si je l'avais touchée, elle m'aurait rembarré. Alors je lui disais : viens, on va prendre la bécane et on va tracer. On mettra la musique à fond et ça te fera oublier.

C'est comme ça qu'on s'est mis à sillonner toute la France. Au début, on dormait dans de vraies chambres. Et là c'était toujours vachement fort. Il suffisait qu'elle s'asseye sur le lit, qu'elle voûte un peu son dos, qu'elle tende son cou pour que ça démarre. On s'en est payé du plaisir ! Quelquefois, alors qu'on était tout nus, tout prêts d'éclater, elle me disait : viens, on se rhabille, on va faire un tour, on attend encore un peu... et on partait à pied n'importe où, à se toucher la main, à s'embrasser sous les réverbères, à se cogner les hanches... avant de revenir sur le lit.

Sauf qu'à la fin, elle faisait plus rien. Elle se laissait faire. Elle ouvrait les jambes et elle se laissait faire. Mais moi, ça m'était égal, j'aurais pu passer des heures à la manger. Elle battait de la tête, elle poussait des petits cris et m'appelait au secours comme si elle se noyait. Après, quand c'était fini, elle s'accrochait à mon cou et s'endormait. C'était beau, ça.

Au bout de deux ou trois jours, les journaux ont plus parlé du cousin. Elle a écrit à Mamou pour qu'elle fasse suivre le courrier en prison. Elle écrivait de longues lettres pour le cousin. Pendant ce temps, je lavais des voitures, je balayais des entrepôts, je déchargeais des camions, je faisais des petits boulots pour gagner des sous. Parce que les sous, c'est vite devenu un problème. C'était pas évident de se faire embaucher au coup par coup. Les gens se méfiaient. Ils regardaient la moto de travers, me demandaient d'où je venais, si j'avais des références, un domicile, pourquoi je tenais pas en place. Je leur répondais qu'avec ma copine, on faisait la route. Alors ils disaient non, ils disaient oui et ils me filaient des clopinettes. De toute façon, j'avais pas le choix.

Elle gardait la bécane pendant que je bossais. Elle lisait, assise par terre en mangeant des bananes. Elle avait l'air heureuse. Surtout quand elle avait souligné des passages qu'elle me lisait ensuite. Elle soupirait qu'elle avait du retard, qu'elle arriverait jamais à tout lire et que c'était vraiment pas futé d'avoir commencé si tard. Elle engueulait sa mère qui l'avait bassinée avec la Bible mais pas avec les bons livres. C'est trop injuste, elle disait, trop injuste. J'ai trop de retard, j'y arriverai jamais ! Je vais rester bête toute ma vie. C'était sa grande frousse.

Comme j'étais fatigué d'avoir bossé toute la journée, je l'écoutais moins bien et ça la mettait en rogne. C'était du boulot, cette gonzesse, ça je peux vous le dire, c'était du boulot ! Y avait des moments où elle me prenait la tête et où je regrettais le bon temps d'avant, quand les filles me foutaient la paix.

C'est un truc que j'ai appris avec elle : qu'on ne peut pas être formidable tout le temps et que, si elle était comme ça, avec des hauts et des bas, c'est parce qu'elle s'y retrouvait plus, elle, dans son fourbi intérieur. Y avait trop de choses qui remontaient à la surface et contre lesquelles elle luttait. Elle perdait pied, quoi, elle y voyait plus clair. Elle mélangeait tout. Et moi, je lui servais à rien. J'avais pas assez d'outils pour l'aider.

C'est comme ça qu'on s'est quittés. Un beau jour, j'avais fait la plonge toute la journée chez des rupins, elle s'est cassée avec une rupine. Sans expliquer. Elle pouvait pas. Je lui en ai pas voulu, je savais qu'un jour elle partirait, que c'était pas une gonzesse pour moi, mais peut-être que je m'étais mis à y croire. Un tout petit peu. On avait pris des habitudes de couple, on se disputait, on faisait la paix...

J'en ai pris plein la tronche. Ça, c'est sûr. J'ai mis du temps à m'en remettre. Je suis rentré à Verny, j'ai repris mon boulot à la scierie. On m'a rien demandé. Pendant quelques jours, j'ai pas pu parler. Pas un mot ! J'étais un zombie. J'entendais plus rien, je voyais plus rien. Complètement à côté de mes pompes. Et puis, y a eu l'accident et ça m'a réveillé. Je me suis dit que je pouvais pas continuer comme ça, il fallait que je réagisse. J'ai changé, je crois. Je fais attention aux gens. Je me dis qu'ils ont peut-être une histoire aussi compliquée que la sienne et qu'ils s'y retrouvent plus.

L'autre jour, je suis allé voir ma mère. On n'a pas vraiment parlé parce que je crois qu'elle était trop étonnée de me voir, mais on s'est donné des nouvelles des uns et des autres. Quand je suis parti, je lui ai dit que je reviendrais et, là, elle a eu des larmes dans les yeux. Je l'ai prise dans mes bras mais, avec le casque, c'était pas confortable.

En attendant, je reste à Verny. Je bosse. Je fais des tours avec ma moto mais plus comme avant. J'embarque plus personne à l'arrière et j'ai pas touché une fille depuis. Ça m'intéresse plus. Mais on peut pas dire que je suis malheureux, ça non. Ça fait mal de temps en temps. Quand je passe devant une librairie, par exemple.

Là, elle me revient en bouffées et je déguste. Putain ! Le blé que j'ai claqué pour ses foutus livres !

J'attends, quoi, j'attends. C'est comme si j'étais en pleine crise de croissance et que tout poussait dans ma tête. Peut-être qu'un jour, quand je pourrai la voir sans être tout retourné, j'irai lui faire un signe. Pour lui dire qu'il y a un truc dont elle peut être fière. Qu'elle est pas que du malheur.

Elle me fait sourire, Doudou.

C'est rafraîchissant de l'entendre parler de sa nouvelle occupation. Elle découvre le monde, Paris et les modes, le comportement des uns et des autres. Elle observe, elle écoute. Elle apprendra vite. Elle n'est pas bête bien qu'elle soit persuadée du contraire. Elle commence à vivre à son compte parce que, jusque-là, sa vie lui avait été confisquée par d'autres.

Je ne sais pas pourquoi je l'ai invitée à venir s'installer chez moi.

Je crois que... Je ne sais pas vraiment. Peut-être à cause de Diane.

Diane, je l'ai rencontrée quand j'avais 12 ans, à l'école. Mes parents m'avaient inscrite dans ce collège privé pour que je me fasse des relations, que je sorte de mon milieu. Ils se sont saignés aux quatre veines pour moi. Ils voulaient que j'aie ce qu'il y a de mieux au monde. Mon prénom, par exemple. Ils le trouvaient exotique, chic. « A-ni-ta... Rien que de le prononcer, je voyage dans ma tête », assurait papa en imitant les ailes de l'avion avec ses bras. J'étais fille unique. Ils occupaient une loge de concierge dans le 16e arrondissement. Une seule pièce qui servait de salle à manger, salon et chambre pour eux et qui donnait sur la rue. Il fallait mettre la télé très fort pour ne pas entendre les poids lourds qui redémarraient au feu vert. Moi, je dormais dans un petit lit dans la cuisine. Elle donnait aussi sur la rue. Aujourd'hui encore, sans le bruit des moteurs qui vibrent, tournent et repartent, je ne peux pas dormir. Je préférais encore la cuisine parce que, dans l'autre pièce, celle où les gens entraient comme dans un moulin, ça sentait si fort le propre que c'en était écœurant. Il n'y a presque plus de concierges aujourd'hui et c'est très bien. Je ne souhaite à personne d'être fille de concierges. On était dérangés tout le temps. À l'heure des repas, le week-end, la nuit même, on frappait à la porte. Des gens pressés, toujours, qui ne disaient même pas bonjour. Je ne supportais plus d'être surprise la bouche pleine par des inconnus qui attendaient le renseignement en se dandinant d'impatience. Mes parents ne se plaignaient pas. Pas devant moi, en tous les cas.

Pour arrondir les fins de mois, ma mère prenait des travaux de couture, repassait, faisait des ménages. Papa conduisait le premier étage porte gauche à Roissy, réparait les toilettes du deuxième porte droite, posait les tringles à rideaux du troisième porte face. Il prenait soin de l'immeuble comme s'il lui avait appartenu. Il ne plaisantait pas avec le règlement, surveillait les pelouses, les garages, les parterres de fleurs, poursuivait les chiens qui s'y aventuraient, interdisait les vélos dans l'entrée, renvoyait les colporteurs. Pour un salaire de misère. C'est une compagnie d'assurances qui possédait l'immeuble. « Ne vous plaignez pas, disait le gérant, vous êtes logés et dans un beau quartier ! Et puis, il y a les étrennes, hein ? »

Le pire, pour moi, c'était Noël. Les gens qui glissaient leur petite enveloppe avec un billet de rien du tout à l'intérieur, et mon père qui remerciait en la triturant pour deviner le nombre de billets. Maman baissait les yeux sur un ourlet à faufiler quand les locataires tendaient leurs étrennes avec une petite formule bricolée du bout des lèvres. Elle ne disait jamais merci, elle se contentait de baisser les yeux modestement mais je voyais bien le doigt qui s'arrêtait un instant avant de pousser l'aiguille. Elle était belle, maman. Elle était fière, malgré elle, et ça se voyait. Ça énervait les locataires. Ils devaient dire qu'elle se donnait des airs. Elle était comme ça, naturellement. Pas arrogante pour deux sous.

À moi, ils m'offraient des boîtes de chocolat. Ceux qu'ils avaient reçus et ne gardaient pas. Ils avaient dû les ouvrir, les tripoter et les mettre de côté pour la petite des concierges. Il n'y avait plus de cellophane autour de la boîte et, souvent, ils oubliaient, à l'intérieur, la carte qui leur était destinée. Il fallait que je prenne un chocolat, que je le cale dans ma joue en remerciant. Dès qu'ils avaient filé, j'allais le recracher dans les toilettes.

Mes parents étaient émus : les locataires avaient pensé à moi. Ils disaient qu'ils n'étaient pas si mauvais après tout, qu'ils n'avaient pas les manières du cœur, voilà tout. Ils racontaient des mensonges pour que je sois dupe.

Mon père était un grand brun, bien sec. Bel homme. Son rêve à lui, c'était d'être officier dans la marine. À cause de l'uniforme et de l'autorité. Mais il avait vite renoncé. Il mettait de la musique militaire, pas trop fort à cause des locataires, il me prenait sur ses genoux et me disait que le rêve, il sauterait une génération, il serait pour moi. Je serais femme d'officier, comme ça, de temps en temps, il enfilerait le bel uniforme du gendre. Le dimanche, ils m'emmenaient dans les musées ou au concert. Ma mère se tenait bien droite et écoutait, les yeux clos, les mains posées bien à plat sur son sac pour qu'on ne le lui vole pas. Mon père luttait un instant puis s'assoupissait. Moi, je regardais la salle, la manière dont les gens utilisaient leurs petites jumelles, j'écoutais ce qu'ils disaient du chef d'orchestre ou du premier violon.

J'ai très vite compris comment marchait la vie. Je ne me suis jamais bercée d'illusions. Les gens, je les connaissais par cœur. Il me suffisait de les écouter, d'observer leur moue faussement amicale quand ils avaient besoin d'aide ou leur voix féroce quand ils exigeaient leur dû, le doigt pointé sur le vomi du chien dans l'entrée ou le courrier mal distribué. Je remarquais tout et, maintenant encore, d'infimes indices me sautent aux yeux. C'est tenace les souvenirs d'enfance. C'est ça qui vous forme, vous donne le goût ou le dégoût de la vie. Je n'y peux rien. Un parfum lourd que je renifle, une intonation qui déraille vers l'aigu, la manière dont le rouge visqueux et épais est posé sur une bouche, une main chargée de bagues, l'inflexion brusque d'un sourcil, le port de tête légèrement en retrait pour que le regard tombe de haut... et je reconnais l'ennemi. J'ai envie de lui sauter à la gorge.

Petite, je ne pouvais rien dire. D'abord parce que je n'identifiais pas très bien ma colère, ensuite parce que j'aimais mes parents et ne voulais pas les voir avec les yeux des autres. Mais je me jurais de m'en sortir, d'utiliser tous les moyens pour ne plus jamais retomber dans l'univers de la loge. La vie, c'était pas fait pour les bons et les gentils. Eux, ils se faisaient toujours avoir.

Diane fut mon premier moyen. Je choisis d'être amie avec elle comme on décide d'entrer dans une grande école. Quand j'arrivais le matin devant le portail du collège, je la voyais descendre de la voiture noire de son père. Toute fragile avec son cartable qui devait peser autant qu'elle ! Le chauffeur lui ouvrait la portière et elle avançait ses jambes si fines, si fines avec des socquettes blanches d'excellente qualité et des chaussures anglaises à barrettes. Puis, elle remerciait le chauffeur et s'avançait vers le portail. Impeccable dans son manteau bleu marine, son petit col de velours bleu roi, ses cheveux blonds attachés en une tresse unique. Le chauffeur remettait sa casquette et remontait dans la voiture noire. Elle avait un an d'avance, savait ses leçons par cœur, ses cahiers étaient toujours très bien tenus et elle était première partout. Dans la cour de récréation, tout le monde la bousculait en l'appelant « Votre Majesté ». Un jour où elle avait été agressée plus violemment que d'habitude, j'ai menacé la grande qui la terrorisait. On est devenues amies. Elle m'a invitée à la campagne chez elle. Je ne savais pas quoi mettre dans ma valise, quelles tenues emporter. J'ai failli ne pas y aller. Maman pliait mes affaires soigneusement, écartait un chandail douteux, un chemisier auquel il manquait un bouton, inspectait mes collants de laine de ses doigts fins et longs. Elle devait se poser la même question que moi : « Comment s'habillent ces gens ? Que font-ils en week-end ? » Je leur avais souvent parlé de Diane. De la voiture noire avec chauffeur, de ses chaussures à barrettes, de ses cardigans avec des broderies. Les parents de Diane étaient très riches. Dans leur grande maison de Normandie, il y avait des écuries, des domestiques, des gardiens pour entretenir la maison, un jardin potager pour que les enfants, Diane et son frère Édouard, soient en contact avec la nature. Les parents de maman, aussi, avaient un potager à Saumur mais c'était pour manger et vendre les asperges, les fraises, les tomates qu'ils ne consommaient pas.

Diane avait reçu un poney pour ses 8 ans. Elle l'avait appelé Cendrier. D'après elle, il ressemblait au mari de Cendrillon.

— Regarde comme il est mignon avec sa mèche dans les yeux, ses longues jambes blanches et sa crinière blonde...

Je ne voyais pas le rapport avec Cendrillon mais j'ai très vite compris que Diane aimait inventer des histoires. Elle ne vivait pas dans la réalité car elle ne connaissait pas le désir. Ses envies, à peine formulées, étaient comblées. Tout était si facile autour d'elle qu'elle en perdait le poids des choses. Elle flottait. Elle s'était attachée à Cendrier parce que le poney lui résistait. Elle avait dû l'apprivoiser, le nourrir, s'occuper de sa litière. Elle allait arracher des carottes et m'assurait que, si elles n'étaient pas cueillies de sa main, il ne les mangeait pas. Je n'y croyais pas une seconde mais cela lui faisait plaisir. Elle devait se dire qu'elle était importante pour quelqu'un.

Le premier week-end où je suis allée chez elle, comme j'avais honte du contenu de ma valise, j'ai demandé qu'on s'arrête sur une aire de parking pour changer mes chaussures qui me serraient les pieds et j'ai oublié ma valise dans les toilettes. Une fois arrivée au Bois-Normand — c'était le nom de la propriété —, j'ai poussé un grand cri en découvrant que ma valise était restée là-bas, sur l'autoroute. J'ai pleuré à chaudes larmes. La mère de Diane m'a consolée en me promettant de tout remplacer le lendemain, à Elbeuf. Elle m'a proposé ça comme si elle allait m'offrir un illustré. Le lendemain, j'ai été habillée des pieds à la tête. Diane gambadait dans le magasin. Elle me disait : regarde, nous sommes jumelles, nous sommes habillées pareil.

Avec ces nouveaux vêtements, j'ai gagné ma première assurance. Je ne pouvais plus les quitter.

Je voulais même dormir avec ! Diane n'ayant pas d'amis, ses parents étaient enchantés de me voir si proche d'elle et ils prirent l'habitude de m'emmener partout avec eux. J'en ai fait des voyages ! En Suisse, en Angleterre, en Italie. Parfois pour un week-end seulement. Ils me présentaient comme la meilleure amie de leur fille. « Ces deux-là s'aiment comme des sœurs », disait la mère de Diane, en nous balayant du regard. Mes parents ont dû me faire établir un passeport. Ils n'étaient pas peu fiers, ce jour-là. Papa l'a laissé en évidence sur la table de la loge. Mais personne ne lui a posé de question. Les parents de Diane payaient tout. Ça embarrassait maman, mais papa l'interrompait en bougonnant : laisse, laisse, si ça leur fait plaisir...

Pour eux, j'étais une commodité. Je tenais compagnie à Diane. Quand ils me demandaient des nouvelles de mes parents, c'était par pure politesse. Ils n'attendaient pas la réponse. Ils n'ont jamais su ce qu'ils faisaient et, s'ils me l'avaient demandé, je ne sais pas ce que j'aurais répondu. À l'école, je prétendais que papa était ingénieur et maman oisive. Ingénieur, c'est assez vague pour être mis à toutes les sauces. Une fois, la mère de Diane a appelé maman. Je m'étais ouvert le genou en tombant sur une vieille armature rouillée dans le fond du jardin et elle voulait savoir si j'étais vaccinée contre le tétanos. Quand elle a raccroché, elle m'a juste fait un commentaire :

— Elle a une voix charmante, ta mère.

Elle s'est retournée vers le médecin et lui a dit que tout était en ordre.

Diane avait un frère, Édouard. De deux ans son aîné. Avant de le connaître, quand Diane m'en parlait, je m'étais raconté toute une histoire dans la tête. Une histoire de conte de fées : il sera mon prince Charmant et je l'épouserai. Je me glisserai dans la voiture noire avec chauffeur et ne serai plus jamais pauvre. Quand je l'ai rencontré, j'ai été déçue. Il avait un visage de bébé, tout rouge, un nez tout rond, des boutons dans le cou et une mèche de rouquin qui lui tombait dans les yeux. Tout maigre aussi. À 15 ans, il avait encore une voix fluette de garçonnet. Il éclatait de rire brusquement et, saisi d'un doute, s'arrêtait net, rougissait et bégayait des excuses. Quelquefois, à force d'entendre parler de la fortune de la famille, des relations des parents, de voir la bonne virevolter autour des chaises en passant les plats, de détailler les multiples toilettes de la mère de Diane, je lui laissais prendre ma main, sous les coussins du canapé. Ma main dans sa main moite. Il s'approchait, me caressait les cheveux et je fermais les yeux. J'avais des petits frissons qui me couraient sous la peau. Il y a des filles qui se pâment devant un beau garçon ou une belle intelligence, moi non. Je tremble devant un compte en banque bien rempli ou une réussite établie. C'est avec Édouard que j'ai compris ça. Cela m'a fait gagner du temps. J'ai toujours évité les pauvres ou les hommes peu influents. Lors de la première boum donnée pour Diane, Édouard m'a embrassée. Il s'est collé de tout son long contre moi et a gobé ma bouche d'un seul coup. En me pelotant sous ma robe. Quand il dansait, il soufflait, tapait du pied. On aurait dit un chaudronnier qui martelait sa marmite. Ce soir-là, il m'est apparu bien falot. Je me suis dit que je pouvais peut-être trouver mieux. Les garçons m'entouraient, m'invitaient à danser. J'étais devenue jolie. Comme maman. J'ai décidé de viser plus haut.

Pendant longtemps, Diane n'a été qu'un moyen pour moi. Je menais la grande vie grâce à elle. Je l'aimais bien mais refusais de me laisser attendrir. Si je l'avais écoutée, nous ne serions jamais parties en voyage avec ses parents. Nous serions restées chez elle, avec les bonnes. Il n'y aurait jamais eu de goûters d'enfants puis de boums. Jamais de vacances aux sports d'hiver. Elle aimait rester seule avec moi et inventer des jeux. « Je déteste tous ces gens, disait-elle, je veux qu'on me laisse tranquille. » Je faisais la moue et suppliais : « Pour moi, s'il te plaît, pour me faire plaisir... » Elle acceptait mais restait toujours en retrait.

Je l'avais emmenée dans la loge. Après que papa et maman eurent insisté pour la connaître. Je prenais un grand risque et redoutais le pire. Pas tellement de sa part à elle mais de la mienne. Je m'imaginais maladroite, mal à l'aise et ne voulais pas que mes parents devinent ma honte. Elle se montra si naturelle, si affectueuse que toutes mes craintes tombèrent d'un seul coup. On mangea le gâteau au chocolat de maman, papa fit jouer sa musique militaire et la porte qui s'ouvrait sans cesse lui parut un accessoire de théâtre. Et lui ? Et elle ? Qui est-ce ? demandait-elle chaque fois. Papa déclinait les noms, prénoms, occupations et travers du figurant qui avait fait irruption. Il devenait drôle et transformait les humiliations quotidiennes en péripéties rocambolesques. Diane écoutait, ravie. « C'est tellement vivant chez toi. »

Elle revint souvent et je me détendis. Plus le temps passait, plus je vivais écartelée entre deux mondes. Et puis un soir, nous devions avoir 14, 15 ans, nous étions allées avec des garçons au cinéma. Des garçons rencontrés chez Diane. Tout naturellement, ils m'ont raccompagnée. Arrivés en bas de l'immeuble, l'un d'eux a proposé qu'on monte chez moi regarder une émission, à la télévision, qu'il ne voulait pas manquer. J'ai eu une peur panique et suis restée muette. Incapable d'inventer une excuse. Diane m'a sauvée.

— Le père d'Anita est très malade. C'est impossible. Allons chez moi si vous voulez.

— Mais on va rater le début ! insistait-il.

— Je suis désolée, j'ai dit. Je n'amène personne à la maison.

Ce jour-là, quelque chose s'est ouvert en moi. J'ai eu un immense élan vers Diane. J'ai compris que l'amour, c'était de pouvoir montrer ses faiblesses à l'autre et qu'il n'en profite pas pour vous écraser. J'ai aussi éprouvé de la honte. Honte de l'avoir utilisée, de l'avoir mise d'emblée dans le même clan que les locataires parce qu'elle avait de l'argent.

Je n'ai pas pu rentrer à la loge tout de suite. Je suis montée là-haut, dans le couloir des chambres de bonnes, et j'ai pleuré. Je ne savais pas très bien pourquoi. Je crois que j'ai pleuré parce que je me suis sentie perdue. Ou menacée. Ou bouleversée.

On n'en a jamais parlé avec Diane, mais c'est à partir de ce jour-là que je l'ai aimée. Et je me suis mise à l'aimer à la folie.

C'était comme une deuxième rencontre. J'étais émerveillée. Je lui faisais des cadeaux, la serrais dans mes bras brusquement, sans raison aucune, lui téléphonais cinq fois par jour. Je ne pouvais plus me passer d'elle. Ce fut la seule avec qui je me suis laissée aller. Pour elle, je pouvais faire une exception : elle ne me ferait pas de mal.

Nous ne parlions jamais des garçons. Ils ne l'intéressaient pas. Elle les trouvait épais, lourds. Elle disait qu'un jour, elle LE rencontrerait, elle saurait au premier coup d'œil que c'était LUI et elle l'épouserait.

— Ça ne se passe jamais comme ça ! je répondais. On fait connaissance d'abord et, après, on décide de se marier.

— À quoi ça sert de faire connaissance ? Moi, j'ai su tout de suite que je t'aimais et pour la vie. Pas toi ? Le premier homme que j'embrasserai, je lui donnerai tout. Tout de suite. Je n'ai pas envie d'essayer avec d'autres.

Quand elle a connu Christian, à une conférence au musée de l'Homme, elle m'a téléphoné aussitôt :

je l'ai rencontré, je l'ai rencontré ! Aujourd'hui ! C'est lui, j'en suis sûre !

Elle pouvait se montrer très tenace quand elle voulait. C'est la seule fois où je l'ai vue aussi déterminée. Christian ne se laissait pas approcher facilement.

— Il n'est pas comme les autres. Il ne se jette pas sur moi. Il me regarde, la tête penchée et ses yeux changent presque de couleur. Ils deviennent clairs et je vois mon reflet dedans. Il n'ose pas me toucher. Il a peur, peut-être. Tu crois que je devrais faire le premier pas ?

Quel homme étrange !

Quel homme étrange, je me suis répété quand elle me l'a présenté devant deux macarons au chocolat, chez Carette. Il la contemplait, sans rien dire, avec une douce bienveillance, un détachement affectueux, étrange. Elle avait des grâces de ballerine et il la regardait évoluer du fond de la salle. Sait-il qu'elle est immensément riche ? Que son père est un homme puissant ? Qu'elle n'a aucune expérience des garçons ?

Au bout d'un moment, n'ayant plus rien à dire et comme ils ne faisaient aucun effort pour relancer une conversation moribonde, je me suis levée, les ai salués et laissés en tête à tête. Je ne l'ai plus revu avant de l'apercevoir à la une des journaux. Leur histoire s'étalait sur plusieurs colonnes. Les parents de Diane firent tout pour qu'on en parle le moins possible mais je n'ai jamais oublié le malaise ressenti ce jour-là, place du Trocadéro.

À partir du moment où Diane connut Christian, je la vis moins. Elle me téléphonait souvent mais n'avait plus de temps pour moi. Et puis j'avais rencontré le Président, sur un bateau, par l'intermédiaire des parents de Diane qui nous avait emmenées à Saint-Tropez. J'ai compris qu'il était l'homme qu'il me fallait pour atteindre le sommet que je m'étais assigné, enfant. Il était marié mais sa femme semblait être une boîte postale, poste restante, à qui il assurait une vie confortable en échange d'une complète liberté. Elle élevait ses trois enfants dans un grand appartement à Neuilly et il possédait le sien, rue Chanaleilles à Paris.

Je n'eus aucun mal à me l'attacher. Ce fut son entourage qui me posa des problèmes. Le monde du Président était un monde nouveau où je dus apprendre les règles du jeu sans avoir l'air d'une débutante. Ses « hommes » me virent arriver avec méfiance. Il m'a fallu évincer une à une les autres favorites, apprendre à garder un secret qui me brûlait la langue, être aimable avec un conseiller qui, derrière mon dos, me conspuait, déférente envers ses vieux amis qui, tous, attendaient de lui un poste ou des avantages s'il arrivait à s'imposer comme député ou comme ministre. Un jour, j'ai voulu savoir s'il tenait vraiment à moi et je l'ai emmené dans la loge. Il a été parfait. Un peu étonné, sans doute, mais il n'en a rien laissé paraître.

En sortant, il a pris ma main, l'a posée sur son bras et m'a dit en souriant :

— Je vais m'occuper de tes parents.

Il les a relogés dans un deux-pièces tout neuf dans l'un des immeubles du front de Seine à Levallois et a obtenu pour mon père une place de gardien au musée de la Marine.

Le jour où j'ai rencontré Doudou, lorsque je l'ai vue, assise dans la paille de l'écurie, tenant Cécile dans ses bras, lui parlant doucement, l'aidant à respirer, je me suis arrêtée sur le seuil de l'écurie et je l'ai observée un long moment. Interdite. Diane me revenait par l'intermédiaire de cette jeune inconnue en robe bleu ciel. Ce jour-là, j'ai demandé à Doudou de me suivre. Je lui ai offert la plus belle chambre de l'appartement, lui ai trouvé un avocat, acheté des robes, des livres. Doudou ne posait pas de questions : elle recevait avec la grâce d'une enfant.

J'ai appris, plus tard, que Christian était son cousin. Un soir, elle m'a parlé de son mari, de son enfance, de son cousin. Quand elle l'a évoqué, j'ai ressenti le même malaise qu'à la terrasse de chez Carette. Il m'est revenu à la bouche un goût de macaron au chocolat. J'ai cru que j'allais la jeter à la rue. Elle était sa complice : elle l'aimait encore. Elle adoucissait ses jours en prison !

Je me suis mise à la torturer. Je me disais : à travers elle, c'est lui qui paie. Il va voir ce que je vais en faire de sa jolie cousine. Et en même temps, j'étais touchée par la grâce de Doudou, ses efforts pour s'en sortir. J'oscillais sans arrêt entre le désir de la faire souffrir et celui de la protéger, de l'aider. J'avais des regards terribles où elle devait lire ma haine. Et puis d'un geste, d'un mot, elle devenait Diane et j'oubliais tout. C'était un perpétuel va-et-vient entre l'amour de l'une et la haine de l'autre.

Le jour où la mère de Doudou est venue me parler, j'ai pensé à maman, à tout l'amour qu'elle m'avait donné et dont je tirais ma force. Cet amour que j'avais reçu en cadeau et que je trouvais si normal. J'ai décidé d'aider Doudou. L'abandonner, c'était la remettre aux mains de cette femme qui se régalait de constater que sa fille était aussi malheureuse qu'elle. Quand je l'ai vue avec son manteau boutonné sous le cou, ses gants serrés sur la fermeture de son sac et ses lèvres grasses d'un rouge épais, cela a été plus fort que moi, je me suis interposée.

Je n'étais plus seule. J'avais un projet, comme dit Doudou.

Alors aujourd'hui, quand elle me raconte la vie, la comédie de la vie, j'ai envie de rire et de lui dire : vas-y, ma Doudou, tu vas gagner. Tu vas tous les avoir ! Mais je me retiens. Je ne veux pas souffrir comme j'ai souffert quand Diane est morte. Plus jamais ça !

Dimanche, je suis allée à Verny.

La météo avait annoncé du beau temps et André aurait sûrement emmené les enfants chez ses parents. Dès que le préposé à la météo annonçait, tout fiérot, « et pour ce week-end, soleil sur la Normandie », on n'y coupait pas, on allait à Verny. Chez la belle-mère et le beau-père.

Lui, j'ai rien à en dire : il ne parlait pas. Bonjour, bonsoir, comment ça va ? Un sourire sur des dents ivoire, un baiser qui venait s'écraser n'importe où et il remettait ses lunettes qui pendaient à un cordon noir en caoutchouc. Il lisait son journal, faisait des mots croisés et jubilait quand il avait trouvé une définition particulièrement tordue. Il pouvait rester trois heures à chercher un mot. Il affectionnait particulièrement les grilles de Scipion, dans l'*Observateur.* Ma belle-mère disait que ce journal était un torchon, un torchon de gauche. Elle essayait bien de le rouler en boule pour allumer le feu mais son mari entrait dans de si violentes colères qu'elle renonçait la plupart du temps. Elle dissimulait le magazine sous la table enjuponnée du salon pour que personne d'autre ne le lise.

À table, il nous rapportait ses trouvailles en mâchonnant sa joie et sa soupe. « En trois lettres », annonçait-il en se tapotant le ventre : « descend en amazone et remonte en bateau ».

Quand il se tapotait le ventre, c'était pas la peine de chercher. Les cuillerées de soupe montaient et descendaient, se vidaient dans les bouches, repartaient se remplir, et le beau-père nous observait avec une lueur impertinente dans l'œil. On faisait semblant de se concentrer pour ne pas le décevoir. On secouait la tête dans tous les sens. On disait n'importe quoi, la bouche pleine. Il faisait « non, non » en claquant sa langue contre son palais. Ses petits yeux marron se plissaient, intenses, affûtés. Il tirait son mouchoir, se mouchait. C'était son heure de gloire. Il se renversait sur sa chaise, se balançait, nous narguait. Ma belle-mère était prise de petits tressautements nerveux du menton, elle écrasait les miettes sur la nappe, recueillait la goutte de vin qui glissait le long de la bouteille ou rectifiait l'alignement de la salière et du poivrier.

— Éon, laissait-il tomber, satisfait de son effet.

Personne ne comprenait. Il attendait encore un peu, la chaise grinçait, ma belle-mère se trouvait d'autres miettes à tripoter, puis il expliquait : le chevalier d'Éon, agent secret sous Louis XV, qui se déguisait en femme pour remplir ses missions, donc descendait de cheval en amazone... et Noé. On secouait la tête, toujours aussi abrutis. André haussait les épaules.

— C'est introuvable, ton truc ! Comment veux-tu ?

— Noé... Éon à l'envers. Descend en amazone, Éon ; remonte en bateau, Noé !

— Ah ! soupirait-on, essayant de comprendre.

— Bon, continuait-il, débonnaire, je vous en sers une autre, une facile cette fois. Livre favori de Victor Hugo pour les Belges, en douze lettres ?

— Celle-là, je vais trouver, déclarait André en se prenant la tête dans les mains. Victor Hugo... Victor Hugo, voyons...

Il s'agitait, faisait tomber sa serviette, la ramassait. Mange, mange, lui soufflait sa mère, furieuse de constater que les mots croisés l'emportaient sur sa bonne soupe aux légumes. Tentait *Les Misérables*. Gîtait sur sa chaise.

— Attention, tu vas la casser, protestait la belle-mère. Qu'est-ce que vous avez tous les deux à vous balancer ! On est à table !

Il aurait aimé briller face aux enfants qui bâillaient d'admiration devant l'étendue du savoir et la mise en scène du grand-père.

— Ne dis rien, je l'ai, je l'ai...

— Nonante-trois, lâchait le beau-père avec un grand éclat de rire.

Alice riait très fort pour être à l'unisson, le regard vide, étonné, se demandant pourquoi elle riait ainsi. Antoine profitait du brouhaha pour tirer sa voiture de sa poche et la poser sur la nappe, André bougonnait que ce n'était pas du jeu et je m'esclaffais. La belle-mère tapait sur les doigts d'Antoine en lui disant « on ne joue pas à table ». Je l'encourageais, le beau-père. Je préférais ses définitions alambiquées aux récriminations perpétuelles de la belle-mère qui traînait la jambe, l'humeur et ses préjugés.

— Henri, ta soupe va être froide, sifflait-elle en tripotant la salière.

— Allez, un petit dernier pour la route, je suppliais.

— Bon... mais le dernier parce que sinon je peux vous en raconter toute la soirée... En neuf lettres : un noctambule particulièrement assoiffé...

La belle-mère changeait les assiettes en les empilant bien fort pour me faire comprendre que j'aurais pu me lever, que ce n'était pas à elle, avec ses douleurs à la hanche, de faire le service, en plus du repas, des courses, du ménage et des lits. André se soulevait de dix centimètres sur sa chaise et disait « laisse, maman, laisse, je vais le faire » en me jetant un regard lourd de reproches. Il prenait toujours le parti de sa mère.

— Casanova ? je tentais.

— Non, non, disait Henri en faisant claquer sa langue.

— Don Juan ?

— Tu n'y es pas du tout...

— Je dorme ma langue au chat.

— Nosferatu.

J'applaudissais. Il se rengorgeait, pas peu fier. Sa femme lui enlevait son assiette de soupe encore pleine.

Il protestait qu'on ne lui laissait jamais le temps de manger.

— Elle est froide, ta soupe !

— J'aime la soupe froide ! J'aime le café froid ! Fiche-moi la paix, Georgette !

À peine sorti de table, il s'installait devant la cheminée, prenait son journal, ses lunettes, son crayon, sa gomme, son dictionnaire et repartait à l'assaut de l'énigme suivante. Avec ma belle-mère, c'était la guerre. On n'a même pas eu besoin d'ouvrir les hostilités, ce fut la haine instantanée. Et pour cause : j'épousais André, son fils unique, qu'elle avait bichonné pendant des lustres pour qu'il épouse une bardée de diplômes, de pépites ou d'armoiries. Et vlan ! pas de chance : il m'avait choisie, moi. Ignare, pauvre et prolétaire. Paresseuse avec ça, gâtée, pourrie, mauvaise mentalité, mauvaise cuisinière, famille douteuse (mon père trou en mer), sournoise, fuyante, moderne, quoi !

En plus, je ne l'appelais pas, ma belle-mère. Je ne pouvais pas dire « mère », ni « maman », ni « mamie », ni « madame ». Encore moins Georgette. Alors je ne disais rien. D'ailleurs, je n'avais rien à lui dire. Avec le recul, je trouve que j'étais encore bien soumise, bien respectueuse envers elle. Aujourd'hui, je lui balancerais mon kilo de compliments avec revers de sournoiseries et autres gâteries. Je n'osais pas. Comme elle se voulait très bien élevée, elle m'agressait en sourdine. L'air de rien. Un large sourire sur sa face empâtée de poudre de riz et une petite réplique bien vacharde qui suivait. « Bonjour, mes enfants... Mais, André, ton pantalon est taché ! On t'a laissé sortir comme ça ? »

On, c'était moi.

Aujourd'hui, je ris. Mais, à l'époque, les retours en voiture s'effectuaient dans le plus grand silence, les mâchoires crispées, le regard posé droit sur la route et les nerfs tendus à en péter. Le premier qui ouvrait les hostilités déclenchait un feu nourri de récriminations. Le tout à mi-voix pour ne pas réveiller les enfants à l'arrière.

Et maintenant, je les espionne, cachée derrière la grille.

Avec un grand sac en papier, rempli de marionnettes. Vous savez, ces petits personnages en tissu qu'on enfile sur le bout des doigts ? On y jouait souvent avec les enfants. J'inventais des histoires. Il y avait Bozzo le diable, Georges le brave, Pinocchia, la fiancée de Georges, Petit Chat, Grande Sœur, obsédée par les régimes et qui veut toujours être plus mince, Gradouille, son frère, avec un gros ventre tout rond qui se moque d'elle, la traite de maigre, de sac à os, la fée Saperlipopette et Moussu, le jardinier qui tond le gazon avec ses dents de devant parce que les tondeuses polluent. J'avais couru de nombreux magasins avant de retrouver les mêmes marionnettes que celles que nous avions avant.

Dans la maison blanche.

J'étais impatiente à l'idée de leur faire la surprise.

Je me suis faufilée dans mon trou de verdure, ai arraché des branchages, les ai dépouillés de leurs feuilles, les ai taillés en autant de baguettes que de marionnettes. J'ai passé le bras par la grille et disposé les marionnettes sur leurs petits bâtons fichés dans le sol. Juste derrière la grille. De leur côté à eux. Pour qu'ils les voient et s'en emparent. Et puis j'ai attendu qu'ils aient terminé de déjeuner. Je levai la tête vers le ciel. Il était gris et menaçant. J'avais peur qu'il se mette à pleuvoir, que leur père et leur grand-mère leur interdisent de sortir. Je me suis repliée dans mon imperméable et j'ai fait une prière pour qu'il ne pleuve pas tout de suite. Il m'arrive de faire des prières. En cas de grande nécessité. Ce n'est pas que j'y crois beaucoup mais je suis prête à tout alors. J'implorerais les roseaux, les chênes, les rhododendrons, les vagues ou le frais zéphyr tout aussi bien. Je tirerais même la queue du diable puisqu'il a son mot à dire, lui aussi. Mais Dieu, c'est plus facile. Il regroupe tout. Il me fait un prix de gros. Ce jour-là, je lui ai dit : s'il ne pleut pas, s'ils sortent et découvrent les marionnettes, je Vous promets de repartir sans rien dire, sans me montrer. Je Vous le promets.

J'ai attendu. Je pensais très fort à mes petits. Pourquoi les ai-je abandonnés ? Pourquoi ne m'ont-ils pas manqué au début ? J'étais heureuse et légère sur la bécane de Guillaume qui m'emmenait loin d'eux. Que vont-ils dire quand je les reverrai ? Que devrai-je leur expliquer ? Me pardonneront-ils ? Pourquoi ai-je fait des bébés ? Je me sentais si seule avec André, je me disais qu'à trois, puis à quatre, on formerait un bloc. Qu'avec eux, je pourrais parler, raconter toutes les histoires qui se bousculaient dans ma tête.

Et puis, je croyais que, grâce à eux, la vie deviendrait simple.

Une grosse goutte s'est écrasée sur mon tennis blanc et j'ai vite replié l'autre jambe pour qu'une seconde goutte ne tombe pas sur l'autre pied. S'il Vous plaît, je Vous en supplie, arrêtez les gouttes de pluie. Je veux savoir s'ils m'ont oubliée ou pas. Les marionnettes me le diront. S'il Vous plaît... Je veux toujours avoir des preuves d'amour, Vous le savez bien.

J'étais si embarrassée avec mes bébés quand ils étaient petits.

Quand Alice se réveillait et pleurait, je quittais la chambre, la main sur les oreilles. Impuissante. Je descendais jusqu'à la cave pour ne plus l'entendre. Ne pleure pas, ne pleure pas. Je ne sais pas comment faire. Aide-moi. Je revenais dans la chambre, prenais Alice dans mes bras. Je suis ta maman, je lui disais, mais je suis une maman débutante, apprends-moi. Je lui parlais tout bas. Je lui disais mon désarroi et mon grand amour pour elle, si maladroit. Elle semblait m'écouter. Elle tournait la tête vers moi. Alors je m'enhardissais. Je ne suis pas une très bonne maman, mais je t'aime très fort. Seulement, je ne sais pas comment te le faire comprendre. Je la changeais, je lui donnais un biberon, elle se calmait et, pendant un moment, c'était elle et moi contre le monde entier. Elle buvait et je la regardais. Elle mettait sa tête contre ma poitrine et frottait son nez sur mon sein à travers le tee-shirt. Mon bébé, je murmurais, mon bébé que j'aime à la folie, plus que tout au monde, mon bébé si beau, si doux, si fort, apprends-moi. On dit que les petits bébés viennent sur terre pour sauver leur maman. Envoie-moi l'échelle de secours.

Alice est devenue grande tout de suite. Elle n'a pas eu le choix. Je n'étais pas prête, c'est tout. Il faut du temps avant de devenir maman. J'ai grandi avec elle et, quand Antoine est arrivé, j'étais déjà plus trapue comme maman. Il faudra peut-être que je parle à Alice en premier. Elle penchera la tête de côté avec son air grave et m'écoutera. Antoine, il sait déjà. Il me regardera quelques secondes et viendra se jeter dans mes bras.

Un an qu'ils ne m'ont pas vue...

Ma mère leur rend visite dans la maison blanche du lotissement. Elle ne sait pas quoi dire. Elle leur parle du petit Jésus qui va tout arranger, un jour. De leur maman qui guérira. Ils ne viennent pas vers moi, m'explique-t-elle. Que veux-tu que je fasse ?

Et mon théâtre ? Il est toujours dans la chambre d'Alice ? Est-ce qu'ils jouent avec ? Je ne sais pas, elle répond, je ne sais pas, ils ne me montrent pas leur chambre ni leurs jouets. Ils restent collés contre André.

J'avais confectionné un théâtre en carton, avec les emballages pris chez Mammouth. Je l'avais peint en rouge et en jaune, entouré de papier crépon et je faisais les marionnettes. Antoine voulait toujours faire des baisers à Bozzo. « Comment il fait, Bozzo, demandait-il, comment il fait ? » J'imitais le rire sardonique de Bozzo le diable qui jaillit de sa boîte, et il écoutait, ravi.

Et puis ils sont sortis dans le jardin. Je les ai entendus qui couraient, qui criaient. Grand-mère, il pleut pas, il pleut pas, on peut rester dehors ?

Alice avait une robe-tablier rose avec un chemisier en vichy rose. Ses cheveux étaient relevés en une queue de cheval retenue par un nœud vert. Antoine perdait son bermuda en courant. Un bermuda trop long qui lui tombait sur les chevilles. On avait oublié de lui mettre une ceinture. À tous les coups, c'est ça, je me suis dit. Il courait en tenant son pantalon d'une main et son épée de l'autre. Ils ont joué à la marchande un bon moment. Alice faisait la marchande et Antoine achetait. Elle le reprenait. On ne dit pas patate mais pomme de terre, patate, c'est un gros mot...

Un gros mot ? répétait-il, émerveillé. Patate, patate, patate. Grosse patate, patate dans le nez, patate dans le pied, patate dans le trou du cul. Monsieur Trou du cul. Je vais te dire un secret, Alice, viens...

Et il s'est arrêté net. Il avait aperçu les marionnettes. Alice criait derrière. Un million de pommes de terre, monsieur, vous voulez un million de pommes de terre ? C'est pas cher. Comme il ne répondait pas, elle s'est approchée et, à son tour, a découvert les marionnettes. Plantées dans la terre au bout de leur bâton. À travers la grille, je les observais. Ils ne bougeaient pas. Ils détaillaient les marionnettes en silence. Tournaient la tête à droite, à gauche, pour tenter de savoir qui les avait apportées.

— T'as vu, a dit Antoine le premier, c'est Bozzo le diable.

Il a tiré son épée et a tranché le bâton qui tenait Bozzo. Bozzo est tombé, le nez dans la terre.

— Et Pinocchia, a dit Alice.

— Et Petit Chat et Gradouille et la Grande Sœur et Moussu.

— Et la fée Saperlipopette.

Ils se souvenaient de tous les noms. Ils n'avaient pas oublié. Ils se sont approchés tout près de la grille, tout près de moi, se sont penchés et ont pris les marionnettes dans leurs mains.

— Maman va revenir, a dit Alice, très docte. Ils sont venus nous dire qu'elle allait revenir.

— Maman va revenir, a répété Antoine.

— C'est un secret. Il faut le dire à personne. C'est magique.

— C'est magique. Où elle est maman ? a demandé Antoine en se penchant sur Bozzo, décapité.

— Il te le dira pas, a répondu Alice. C'est un secret.

Je n'osais plus respirer de l'autre côté de la grille. Je suis là, tout près de vous. Vous n'entendez pas mon cœur qui fait toc-toc si fort que j'ai les oreilles qui bourdonnent ?

— Moi, je suis grand, a dit Antoine à Bozzo, j'ai 3 ans. Je suis grand et fort. Comme papa.

— Chut ! a dit Alice. Faut pas le dire à papa ni à grand-mère. Ça sera une surprise quand maman reviendra. Tu promets que c'est un secret ?

— Hé ! la Grande Sœur, tu es mince ou maigre ? demandait Antoine.

— Je suis mince, disait Alice.

— Non, tu es maigre, disait Antoine.

— Non, je suis mince !

— Tu es maigre, maigre !

Et il lui a coupé la tête avec son épée. Maigre, maigre, il répétait et puis il a éclaté en sanglots et il a réclamé :

— Maman, maman, où elle est ma maman ? Je veux ma maman. Alice, elle est où maman ?

— Elle va revenir, a dit Alice. Tu vois, elle va revenir. Mais Antoine pleurait et la traitait de menteuse.

— Je veux ma maman, moi, il a dit en laissant couler ses larmes.

J'ai pleuré avec lui, pleuré de grosses larmes. J'avais envie de me lever, de les prendre dans mes bras mais je savais qu'il ne fallait pas. Si je me levais, je ne les reverrais plus derrière la grille. Leur père l'apprendrait et leur interdirait de sortir dans le jardin. Il les mettrait sous clé. Ou il partirait avec eux dans un endroit secret. On lit des histoires comme ça dans les journaux. Maître Goupillon m'avait bien recommandé de me tenir à ma place, de ne rien faire pour empêcher le bon déroulement de l'affaire. Le processus est en marche, c'est une question de jours maintenant, me répétait-il chaque fois que je lui téléphonais, mais je vous en supplie, continuez à faire preuve de sagesse, c'est le meilleur moyen de récupérer vos enfants. La

moindre maladresse de votre part et l'affaire pourrait traîner durant des mois.

Je n'ai pas bougé. J'ai pleuré avec Antoine. Le
ciel est devenu tout noir et j'ai entendu un roule-
ment de tonnerre au loin.

— C'est Bozzo qui gronde, a dit Antoine, inquiet.
Alice a levé la tête vers le ciel.

Une grosse goutte est tombée, puis une autre et
une autre et l'orage a éclaté d'un coup. Alice a
pris Antoine dans ses bras et l'a serré contre elle.
Antoine pleurait encore quand j'ai entendu la voix
de la grand-mère qui les appelait : « Les enfants, il
pleut, rentrez, rentrez... »

Alice a essuyé les larmes d'Antoine avec un bout
de sa robe-tablier. Antoine avait le hoquet, il s'est
frotté contre sa sœur et, petit à petit, s'est calmé.
Elle a pris la main de son frère et l'a ramené vers
la maison. J'apercevais la mère d'André qui s'agitait sur le perron et s'époumonait : « Rentrez les
enfants, rentrez, vous allez attraper du mal ! »
André, derrière elle, rangeait les fauteuils et la
table en rotin ; il faisait de grands gestes en direc-
tion des enfants. C'est mon mari, je me suis dit,
c'est l'homme avec qui j'ai dormi pendant cinq
ans. Il était toujours très beau, mince, et portait
ce pantalon de gabardine beige que je lui avais
acheté en soldes et un polo blanc. Qui lui lavait et
lui repassait son linge, maintenant ?

Je suis restée là. Le nez dans les genoux. Ils ne
m'ont pas oubliée. Ils savent que je vais revenir
les chercher. Mais à peine ce bonheur prenait-il

possession de moi qu'une autre question lancinante revenait : mais quand ? Quand ? La justice est si lente.

J'ai passé la main à travers la grille, j'ai ramassé les marionnettes que j'ai enfouies dans ma poche d'imperméable. Je ne voulais pas qu'André ou sa mère les voie et comprenne. J'ai pris la grand-rue mais n'ai rencontré personne. Les portes et les fenêtres claquaient dans les maisons, le vent soufflait, des rideaux sortaient des fenêtres et dessinaient d'étranges montgolfières. J'ai couru jusqu'à l'étang et me suis laissée tomber sur le sol. La bouche dans la terre, les marionnettes chiffonnées à la main, je me vidais de toutes mes larmes. On n'abandonne pas quand on aime. On s'en va un moment pour respirer, pour faire le point, pour grandir. Papa non plus ne m'a pas abandonnée. Il est tombé dans un trou en mer du Nord. Sinon, il serait venu me chercher, depuis longtemps.

Je me suis abritée sous un arbre et j'ai regardé les gros grêlons trouer la surface de l'étang. Ils ne m'avaient pas oubliée. Ils ne m'avaient pas oubliée. Je me suis essuyé la bouche et le visage avec le revers de mes manches d'imperméable. J'ai voulu remettre les marionnettes dans leur sac quand je me suis aperçue que je l'avais laissé là-bas, près de la grille.

Il fallait que je retourne le chercher. Sinon, je serais découverte.

Il pleuvait toujours et le jardin était vide. J'ai repris le sac qui portait, en gros, les lettres « Jeux d'enfant », le nom du magasin et l'adresse. L'anse du sac me sciait le poignet. Je l'ai repoussée. J'ai aperçu l'heure. 18 h 30. J'avais raté le car. Je ne connaissais pas l'heure du prochain passage. Tous les dimanches, j'arrivais et je repartais à la même heure. 12 h 54 et 17 h 18...

Je me suis laissée tomber sur le banc, dans l'abri du car, et me suis endormie, épuisée. J'ai pensé à faire du stop et puis j'ai sombré.

C'est Guillaume qui m'a réveillée. Il me secouait.

— Qu'est-ce que tu fous là ?

Je ne l'ai pas reconnu tout de suite. Je ne savais plus où j'étais.

Il s'était abrité sous l'arrêt du car. Il n'y voyait plus rien en moto. Il était tout mouillé. Des gouttes de pluie tombaient de son nez, de ses cheveux. Il avait le nez rouge. Il a répété :

— Mais qu'est-ce que tu fous là ? T'as pas fait une bêtise au moins ?

J'ai haussé les épaules et j'ai dit non.

— C'est bien, il a dit. C'est bien.

— J'en peux plus d'attendre, Guillaume. J'en peux plus. Je vais devenir folle.

— Mais non. Tu vas voir. Tu vas tenir le coup. Pour tes mômes. Ils vont bien, tu sais. Ils vont bien. Il s'occupe bien d'eux.

— Je sais. Mais c'est pas juste.

— T'as pris un avocat à ce qu'il paraît...

— Maître Gopillon. Je travaille maintenant. Je gagne de l'argent.

Il a dit :

— Ah ! c'est bien...

— Je l'appelle Goupillon, parce qu'il ressemble à une grande perche avec une bouille toute chauve et rose.

— Goupillon, c'est drôle. Maître Goupillon, à Paris. Ça fait pas sérieux.

On s'est assis tous les deux sur le banc, à l'abri de l'arrêt des cars. Il tenait son casque entre ses grosses mains et a allumé une cigarette.

— J'ai raté le car avec tout ça.

— Je vais te conduire à la gare. Dès qu'il pleuvra plus. Il doit y avoir des trains pour Paris ce soir.

J'avais dormi avec mon sac plein de marionnettes enroulé autour de mon poignet. Je l'ai posé par terre. Il avait déteint sur mon imper blanc. Guillaume fumait et se taisait.

Au bout d'un long moment, j'ai demandé :

— Tu m'en veux ?

— De quoi ?

— De t'avoir abandonné.

Il a ri, a tourné sa tête vers moi, a écrasé sa cigarette par terre.

— Tu vois des abandons partout. C'est une manie chez toi.

— Ben si... Je t'ai laissé, sans rien dire, sans rien expliquer.

— C'est qu'y avait rien à dire.

— ...

— On a fait un bout de chemin ensemble et pis t'es partie.

— Oui, mais c'était pas bien.

— Et tu m'aurais dit quoi ? Hein ? Ç'aurait été encore pire si t'avais expliqué. Y avait rien à expliquer. T'en avais plus rien à cirer et t'es partie. C'est tout. Ça arrive tous les jours et personne n'en meurt.

On est restés un long moment comme ça. À attendre que la pluie cesse. Il enfonçait ses mains dans les poches de son blouson, se redressait, étirait les jambes, les ramassait, sortait une main pour tripoter son nez, la remettait dans sa poche. Se levait pour observer le ciel, revenait s'asseoir, tapait ses bottes l'une contre l'autre, soupirait que ça allait bien finir par s'arrêter ce temps de merde. Je le regardais par en dessous, je me disais : cet homme a été mon amant, on a passé des nuits et des nuits empalés l'un dans l'autre et on reste là... à un mètre de distance, à guetter le ciel, la pluie comme si on ne se connaissait pas et qu'on attendait simplement le car. Je remâchais mes pensées en écoutant la pluie sur le toit en Plexiglas gondolé de l'abri. Un toit jaune, dégueulasse, tapissé de feuilles pourries que j'apercevais en relevant la tête. C'était qui, Guillaume, pour moi ? Un homme dont j'avais deviné qu'il pourrait me donner du plaisir. Rien que du plaisir. Des kilos de plaisir. La première fois que je l'ai vu à la boulangerie, qu'il a parlé à Alice, j'ai su tout de suite qu'il avait envie de poser ses grosses pattes sur moi. Une intime conviction. J'ai su aussi, tout de suite, que j'avais envie qu'il pose ses grosses pattes sur moi. J'aurais pu me plaquer contre lui et l'emmener.

Je l'ai fait attendre. Pour bien être sûre. Ça me faisait bicher qu'il ait tant envie de moi. Ça me donnait de l'importance au milieu de ma caravane, avec mes bouées en bracelets, la poussette, les Choco B. N., la glacière et tout le tintouin. Il y avait un homme qui enlevait tout le barda et visait mon ventre, ma peau, ma bouche, mon cul. Un homme qui me regardait, moi, lapin. Je tortillais du derrière pour qu'il bave encore plus. Je tenais ma revanche sur André qui dormait au lit, au cinéma, devant la télé, qui s'assoupissait à table, et sur tous les autres hommes qui ne me voyaient pas. C'était de l'amour, je me suis demandée ? Oh ! non ! J'étais toujours la plus forte avec lui. Je ne tremblais pas. Et quand on aime, on tremble. On se dit sans arrêt que, si on se retourne, il ne sera plus là. On ravale ses mots, de peur de lui déplaire. On donne tout. On se laisse voler.

Guillaume, c'était une affaire entre moi et moi. Je prenais son amour pour faire la paix en moi. J'en avais besoin pour réunir la Doudou qui se déteste et celle qui s'aime. Pour combler les trous d'air. Mais lui, il ne comptait pas. Grâce à ses mains, à ses baisers, à l'amour qu'on faisait, j'étais une grande et belle Doudou. Une Doudou réunie. Puissante, sûre d'elle. Et je régnais, tranquille et sûre. D'ailleurs, à la fin, je ne faisais même plus d'efforts, je m'allongeais sur le lit et je recevais tout le plaisir. Comme un dû. Et quand les deux Doudou s'étaient pourléchées de plaisir et qu'elles s'endormaient repues, à peine heureuses, parce que rien n'était gagné et que, demain, il faudrait recommencer, il n'était même plus question qu'il me touche. Du balai ! Du balai !

Lui, il avait tout donné : son temps, ses vacances, ses économies, ses mains, sa bouche, son sexe. Et moi, je prenais tout. Sans rien filer en échange. Quand j'ai recommencé à me détester, à penser aux enfants que j'avais abandonnés, je suis partie. Il ne servait plus à rien. Fin du film. Je me suis trouvé un autre scénario avec Anita. Une autre aventure. Je l'ai renvoyé à son établi.

Le vent soufflait et je voyais les arbres au bord de la route qui ployaient, se redressaient, ployaient encore. Il faisait nuit maintenant et ces arbres noirs, tout tordus, me donnaient le cafard. Guillaume tripotait son casque avec ses mains et j'ai remarqué qu'il lui manquait un doigt. L'index de la main droite. J'ai pris sa main dans la mienne. Il l'a retirée tout de suite mais je l'ai reprise de force.

— C'est à la scierie ? je lui ai dit.

— Un accident. Ça arrive tout le temps. Ça m'a fait quinze jours d'arrêt.

Il a grimacé un petit sourire comme s'il s'excusait. Il n'avait jamais été très bon avec les mots.

— J'ai pas été gentille avec toi...

— Arrête, tu vas pas remettre ça !

J'aurais aimé lui dire que j'avais honte de l'avoir utilisé. Mais je ne savais pas comment m'y prendre. J'ai embrassé sa main mutilée. Je l'ai mise sur la mienne et j'ai glissé mon index sous le doigt manquant. Il a ri. Un rire profond qui sortait du ventre. Un bon gros rire d'homme. On a joué un moment comme ça et puis... Je ne sais pas... Il a dit un truc du genre : tu es toujours aussi mimi, en tout cas.

J'ai fait l'étonnée. Il a répété. Et comme je faisais semblant de ne pas le croire, il a tout lâché d'un seul coup. Qu'il était fou de moi, que je le faisais bander comme personne, que j'étais belle, belle, que pas une autre, pas une autre... Je l'écoutais, je m'enflais d'importance. J'ai dit : encore, encore des mots d'amour. J'ai embrassé ses mains, son cou, son blouson, sa bouche, son visage pour le forcer à les répéter. Il a laissé tomber sa tête contre ma tête et le vieux désir nous a repris là, à l'arrêt des cars, sur le petit banc où se posent les gens du coin qui vont à la ville faire des courses ou prendre le train pour Paris. La pluie tombait sur le toit gondolé, pourri, le vent sifflait, les éclairs faisaient éclater des jours en pleine nuit, le tonnerre claquait et il y avait nous, tous les deux, enfermés dans le désir fou qui revenait. Un homme qui se laisse voler sa force, ses économies de force. Une femme qui réclame sa fête. J'ai mordu sa bouche, il a lâché son casque et m'a prise dans ses bras. Je me suis chevillée à lui, les jambes autour de ses jambes, les bras emmêlés à ses bras, ma bouche dans sa bouche, et on s'est tordus comme les arbres noirs. Et lui se levait, me faisait tourner, me portait dans ses bras et m'embrassait partout en me traitant de folle, de braque, de barjo totale qu'il aimait plus que tout. Il avait été si malheureux, si fort, à se taper la tête contre les murs de son studio, à jouer avec la meule de si près, de si près qu'il y avait laissé un doigt dans cette histoire, et quand le sang coulait, il le regardait en se disant qu'il faudrait qu'il se coupe la main et le bras, et la poitrine et le cœur pour oublier.

Je me fortifiais de tous ces mots, je lui léchais le visage, je passais et repassais ma langue sur ses yeux, sur ses cheveux, et il me faisait tourner et tourner. Il m'a appuyée contre le mur de l'abri, a soulevé mon imper, fait glisser mon jean, laissé tomber son pantalon et m'a prise comme ça dans l'orage de ses mots qui résonnaient à mes oreilles et emportaient tout, les enfants, les marionnettes, Bozzo, Gradouille, Saperlipopette.

C'était comme avant. Comme avant.

À un moment, j'ai prononcé une phrase que je n'aurais jamais dû dire parce qu'elle nous emportait trop loin, qu'elle donnait de l'espoir, de l'avenir et qu'il ne fallait pas, mais je l'ai dite quand même, rien que pour faire écho à ses mots à lui, rien que pour qu'il répète, répète à l'infini ses mots d'amour... Je savais que c'était mal, que ces mots-là, ces mots qui donnent de l'espoir, il vaut mieux ne jamais les prononcer quand on sait que c'est du chiqué, que l'orage va finir et qu'on va repartir chacun de son côté. Mais c'était plus fort que moi et je lui ai murmuré tout doucement à l'oreille alors qu'il me prenait en me tapant contre le mur de l'abri :

— Tu sais, aucun homme ne m'a touchée depuis toi. Aucun homme...

Ça l'a rendu fou. Il m'a soulevée encore plus haut, à bout de bras et a poussé un grand cri. L'orage a redoublé, il se rapprochait de l'abri, tourbillonnait en rafales furieuses, on entendait la grêle sur le toit, la foudre claquer dans les champs aux alentours et j'ai répété jusqu'à m'en saouler les mots qui lui donneraient de l'espoir après, lui feraient perdre un autre doigt, puis un autre, puis un autre.

— Aucun homme, aucun homme depuis toi...

Et c'est moi qui ai poussé un grand cri et suis retombée contre lui, la bouche dans ses cheveux mouillés, les jambes accrochées à ses hanches, les ongles dans le cuir de son blouson. On est restés un bon moment, debout, immobiles, appuyés contre la paroi, et puis l'orage s'est éloigné, on s'est laissés tomber par terre et on est demeurés là, collés l'un contre l'autre, sans parler, abandonnés déjà, chacun à son histoire.

Au petit matin, il m'a conduite à la gare. J'ai acheté mon billet. On ressemblait à deux vagabonds trempés. Heureusement, il n'y avait personne sur le quai. C'était le premier train pour Paris. Je suis montée dans la voiture de tête. Me suis appuyée contre la glace et, quand le train a démarré, je lui ai envoyé un baiser. Il m'a fait un signe de la main et s'est retourné. Je suis allée m'asseoir dans le compartiment. J'ai fermé les yeux et j'ai senti une grande force monter en moi. Pas à cause de

Guillaume, non. Mais parce que j'avais attrapé un bout de moi. Compris un peu de mon histoire. Je n'étais plus tout à fait un petit poisson-lune qui allait dans la vie en flottant, en gobant les algues et les alevins. Je m'étais collé quelques arêtes, un début de colonne vertébrale. Un petit bout de moi que j'avais reconnu et accepté. Même s'il n'y avait pas de quoi faire la fière. L'orage de ce dimanche ne s'était pas contenté de raviner les monts et les rues de Verny : il avait fait un trou dans ma vie. Après, je n'ai plus été la même.

Et puis, j'ai touché, dans le sac trempé, Gradouille et Bozzo, et j'ai éclaté de rire dans le compartiment. Je me suis levée, me suis étirée, j'ai tendu les bras, les mains, tout le corps vers le plafond et j'ai poussé un grand cri tandis que le train démarrait. J'ai crié, crié, crié... et plus le train prenait de la vitesse, plus je hurlais en tournant dans le compartiment, en faisant la toupie, les bras écartés, la bouche ouverte, en mettant toutes mes forces dans ce cri, tout l'air de ma bouche, de mes poumons, de mon ventre, en criant jusqu'à m'étrangler, jusqu'à ce que je devienne rouge, aphone, et retombe à bout de souffle sur la banquette...

Mamou disait toujours : quand ça ne va pas fort dans ta tête, tourne-toi vers les autres, tu en trouveras toujours de plus malheureux que toi. Et puis, en les observant, tu apprendras, beaucoup. C'est la seule chose qu'il faut retenir de la religion : l'amour des autres.

Les autres, si on les regarde attentivement, on en apprend de belles. Les filles, à la boutique, par exemple, étaient une mine d'informations pour moi. Au début, elles m'épataient. Elles avaient l'air si fortes, si organisées. Presque impitoyables avec leurs ongles vernis, leurs bouches rouges, leurs chemisiers blancs impeccables, leurs jupes noires, leurs collants bien tirés. Elles m'avaient à la bonne. J'étais la petite dernière. Elles m'envoyaient chercher des sandwichs quand elles avaient faim au milieu de l'après-midi ou des journaux quand le client tardait, et me racontaient leurs histoires de fiancés. On allait déjeuner en grappes. Trois par trois. Pour qu'il en reste toujours deux à la boutique. Mes préférées étaient Agnès et Claudine. Deux goulues, avec des cannes toutes maigres, une grande bouche, les cheveux courts, la frange au ras des yeux, des breloques partout et des reparties de mitraillettes. J'avais du mal à les suivre, au début. Les détails ne leur faisaient pas peur et elles pouffaient de rire à l'unisson, en se poussant du coude, en mordant dans leur jambon-beurre. Chacune poursuivait son histoire, l'une interrompant l'autre, l'autre mettant tout sur le tapis pour chouraver l'attention. Elles avaient trois sujets de conversation : les fringues, les rides et les hommes. Tant qu'on se cantonnait dans les deux premiers, les dialogues restaient corrects. Mais dès qu'on abordait le masculin... Un vrai bric-à-brac de récriminations ! Rien ne leur échappait : la qualité de l'élastique des chaussettes, l'état du col de chemise, les doigts dans le nez, l'épaisseur du porte-billets, le montant de l'addition, le pingre trahi par son diesel, l'odeur de l'aisselle, le tonus du slip et la durée chrono du coït final. Le dégoûtant les enchantait. Déclenchait des fous rires qui coinçaient le jambon dans la glotte et nécessitait le verre d'eau d'urgence. Le rimmel coulait et elles s'essuyaient avec leurs serviettes en papier en déformant leur bouche. Quand un homme leur plaisait, elles prenaient un air mystérieux, presque mystique, comme si elles avaient couché avec le Petit Jésus en Personne. Mais quand il trébuchait, il rejoignait la catégorie des « mecs » sur lesquels elles tapaient à bras raccourcis. L'amour, pour elles, n'étant que du plaisir, du plaisir et du plaisir, la personnalité de celui qui dispensait le plaisir ne leur importait guère. Pourvu qu'il les comble de fierté, de cadeaux et de caresses délicieuses. Une vaste entreprise masturbatoire ! De vrais cœurs d'artichaut avec ça. Toujours prêtes à recevoir le prince Charmant. Celui qui pousserait la porte de la boutique pour acheter l'émeraude et les emporterait, la bague au doigt, le nez en trompette. J'écoutais. Je m'instruisais. Je me disais que j'avais pris la vie bien au sérieux jusque-là. Elles avaient beau n'avoir que quelques années de plus que moi, elles possédaient une sacrée avance.

Elles parlaient sans arrêt de lutter contre l'âge. Elles n'étaient pas vieilles pourtant et avaient la peau plutôt lisse. Elles s'acharnaient à prouver le contraire, sortaient des miroirs de poche de leurs sacs et se scrutaient la face, tirant la peau à gauche, à droite, retroussant les lèvres, plissant les yeux, soulevant une paupière pour prouver aux autres à quel point une rectification de l'ensemble était urgente. Il leur arrivait de s'enfermer aux toilettes pour comparer cellulites et boules de graisse et décider ensemble du diagnostic. Elles recopiaient des adresses dans les journaux et prenaient rendez-vous pour des gommages, des toilettages, des massages, des drainages, des coutures au fil d'or, des dermabrasions ou des injections de collagène. On se serait cru dans un atelier de mécaniciens. Et dans le même temps où elles dépensaient tant d'efforts, tant d'argent pour être belles, désirées, elles massacraient le pauvre bougre qui, deux semaines avant, faisait office de jeune premier. Celles qui étaient mariées soupiraient que les hommes, c'étaient des pas-grand-chose et que, plus le siècle avançait, plus ils devenaient des riens-du-tout.

Il n'y avait que les vieux ou les morts qui trouvaient grâce à leurs yeux. Ou les idéalisés. Mais ceux-là, je me demandais s'ils existaient. À les entendre, l'homme idéal devait leur dire « je t'aime » tous les jours ET n'être pas trop envahissant, les faire rire ET donner le biberon, épargner ET les couvrir de cadeaux, se faire chouchouter ET être attentif aux moindres de leurs désirs, faire du jogging ET lire un livre par jour, être actif ET rêveur, brun ET maigre, en jean ET tiré à quatre épingles, et avoir de l'ambition pour deux. Pour le trouver, elles faisaient appel aux pendules, aux dompteuses de Lion en Mars, aux fouineuses de boules de cristal, qu'elles allaient sans cesse interroger sur leur avenir. Tout un trafic d'adresses, de confidences, d'espoirs qu'elles se refilaient les unes aux autres.

— C'est pour avril-mai, disait Agnès, la plus vorace de prédictions ; en avril-mai, j'ai un superbe carré de Jupiter et de Vénus en maison 4.

— Ah ! soupirait une autre, tu es sûre ?

Et déjà, elle l'enviait, la soupesait, se demandait de quel droit le carré était pour Agnès et pas pour elle. Mme Irène ne participait jamais à ces déballements de confidences. Elle circulait, délicate, raffinée, décorée de bijoux fantaisie, de cashmeres roses, rouille, bleus, entre les tables et la porte d'entrée. On ne savait rien de sa vie. Elle ne portait pas d'alliance, ne recevait jamais de communication privée et affichait toujours un sourire imperturbable. Quand ça caquetait un peu trop fort entre deux filles, elle haussait le sourcil, et les coupables se séparaient en étouffant un rire derrière la main.

Et puis, il y avait Raymond, le comptable. Le Raymond comme l'appelaient les filles. La trentaine, divorcé, sans enfants. Il était important, Raymond. Il avait un bureau rien que pour lui et ne cavalait pas comme nous toute la journée, sur nos talons pointus, le sourire hautement aimable aux lèvres. Il m'envoyait remplir le parcmètre de sa voiture. Toutes les deux heures, je prenais des pièces dans la coupe pleine posée sur son bureau et partais nourrir l'horodateur. En échange, il m'offrait un rouleau de printemps à l'heure du déjeuner. De temps en temps. Il ne fréquentait pas le même établissement que les filles. À la pause, les filles tournaient à droite sur le trottoir vers le café qui faisait l'angle, lui virait à gauche et allait se poser toujours à la même table d'un restaurant chinois.

— La bouffe chinoise, ça nourrit et ça n'engraisse pas, affirmait-il en ouvrant sa veste pour que j'admire le plat de son ventre.

Lui aussi se faisait du souci pour son apparence. C'était un beau garçon, avec le menton un peu mou, de beaux yeux bleus cachés sous d'épaisses paupières et une gourmette en or au poignet. Il m'avait à la bonne. Il disait que j'étais moins chipie que les autres.

— Parce que tu es encore toute neuve, toi. Pas encore pourrie par la vie de Paris.

Neuve, neuve, je n'en étais pas sûre.

Un jour, avant d'aller déjeuner, il m'a emmenée faire des emplettes à la parfumerie de la rue Saint-Honoré. Il a expliqué à la vendeuse que, depuis quelque temps, des points noirs envahissaient les ailes de son nez. Elle lui a recommandé un masque désincrustant et une crème de soins. Il a sorti son portefeuille et a acheté les deux, sans broncher.

— C'est pour toi ? je lui ai demandé. C'est vraiment pour toi ?

— C'est depuis que je vis seul, m'a-t-il expliqué en essayant d'attraper son soja du bout de ses baguettes. Ça me remonte le moral de m'occuper de moi. C'est vrai qu'au début ça m'a fait un peu drôle mais, finalement, je trouve ça très agréable. Et puis, j'obtiens des résultats...

Je lui parlais d'André. Il l'avait catalogué tout de suite dans les « machos compassés ». Des enfants. De la vie à deux. Je n'évoquais jamais Christian : il n'aurait pas pu le classer. La virilité, Raymond n'y croyait plus. L'homme était à la baisse, d'après lui. Alors il faisait de l'introspection, le Raymond. À la recherche de son identité, il se repliait sur son petit nombril. Le soignait. Le bichonnait, l'exhortait à remonter la pente, à faire comme si... Un mauvais moment à passer, lui murmurait-il tendrement, en s'enduisant de crèmes, de gels, de fluides, de baumes et d'autobronzants.

— Mais alors, je lui demandais, tu es comme les filles ?

Il riait et disait que je mélangeais tout.

— J'aime les femmes, je les adore même, mais elles sont trop compliquées pour moi. Tu veux que je te dise : je n'y comprends plus rien. T'écoutes leurs conversations aux filles de la boutique ? C'est effarant ! Effarant ! J'ai le sang qui se glace et j'ai envie de me réfugier dans mon caisson.

Un jour, il m'a convoquée dans son bureau. A fermé la porte à double tour et m'a montré un gros sac en plastique rempli d'after-shave, de déodorants, de gels après rasage. Il ouvrait les bouchons, me faisait respirer les senteurs de santal, de jasmin, de citronnelle. S'en vaporisait dans le cou, laissait reposer et me demandait de le humer.

— Tu aimes ? Tu aimes ? me pressait-il, inquiet.

— Oui. Pourquoi ?

— La petite Agnès... Je l'emmène au cinéma ce soir.

— T'as besoin de tout ça pour l'emmener au cinéma ?

— Hé oui ! Les hommes sont fragiles. Tu le savais pas ?

Les hommes ne pèsent pas lourd face à mon désir d'enfants. Retrouver les câlins d'Antoine le matin quand il se faufilait dans le grand lit, Alice qui soupirait qu'elle voulait bien mourir, un jour, mais avec moi, en me donnant la main. « Je ne veux pas grandir, maman, parce que, si je grandis, je vieillirais et je mourirais et je ne veux pas te laisser toute seule. Quand est-ce que je mourirais, maman ? » Je tournais et retournais la réponse dans ma tête et, un jour, il me vint une idée lumineuse et simple : « On meurt, quand on a fini de vivre. Et tu as encore plein de choses à faire avant d'avoir fini de vivre. » Ça l'avait rassurée. Elle ne m'avait plus jamais parlé de la mort.

Je ne voulais surtout pas tomber amoureuse parce qu'alors, je le sais, je mélange tout. Je suis victime des clichés. Comme les filles du magasin. C'est à force de regarder les pubs à la télé. On rêve toutes du même : grand, brun, baraqué, qui se rase au bord de la route ou conduit en éclaboussant tout le monde ! Ou celui qui embrasse comme s'il se posait en avion : une grande ombre, deux bras musclés, deux yeux noirs et vlan ! le baiser qui écrase tout sur son passage !

Je n'allais plus voir Christian en prison toutes les semaines comme avant. Je n'avais plus le temps. Le psy aussi, j'avais arrêté de lui raconter ma vie. Faut être oisif pour aller confier ses petites tracasseries à heures fixes à un inconnu ! J'apprenais la vie, la rigolote, avec tout ce qui me tombait sous la main. J'avais viré toutes mes pilules Gourex dans les toilettes. Un grand ménage, sans arrière-pensée. Pour Christian, j'avais du remords. Je me faisais la leçon. Je me promettais de remplir mon petit panier et de prendre l'autobus jusqu'à la centrale.

Chaque lundi, je remettais à la semaine suivante.

Alors quand j'y allais, il se montrait très agressif envers moi. Une fois surtout... Je me rappelle. J'arrive en retard au parloir et il me le fait remarquer tout de suite. Il ne me laisse pas le temps de m'expliquer et enchaîne aussitôt :

— Je n'ai plus de Pento rouge, plus de thé. Ni de livres. Et mes Nike font pitié !

— Je t'en apporterai la prochaine fois. Promis.

— Tu m'oublies. Tu me laisses croupir en prison.

— Je ne fais plus le cabri. Tu devrais être content.

— Est-ce que les hommes te touchent ?

Je ne réponds pas. Je pense à Guillaume sous l'abri.

— Est-ce que les hommes te touchent ?

Puis, méfiant et tendu vers moi :

— Un homme t'a touchée... Je le sens. C'est pour ça que tu ne viens plus. Tu es amoureuse ?

— Je ne suis pas amoureuse.

— Un homme t'a touchée, réponds !

— Ça te regarde pas.

— Je le tuerai quand je sortirai de prison, tu le sais ! Je le tuerai !

— Tu dis des bêtises.

— Tu crois peut-être que je ne sortirai pas d'ici ? Qu'ils me garderont bouclé jusqu'à la fin de mes jours ? Hein ? C'est ce que tu crois ? Que tu vas être à l'abri et, moi, enfermé à vie ? Mais je sortirai, je m'évaderai s'il le faut ! Qu'est-ce qu'il t'a fait ?

Je tends la main vers lui pour l'apaiser mais il se précipite contre la vitre qui nous sépare et la martèle.

— Laissez-moi sortir, je veux sortir d'ici ! LAISSEZ-MOI SORTIR D'ICI !

Il hurle, tout droit contre la vitre.

— LAISSEZ-MOI SORTIR D'ICI !

Je le regarde et me recroqueville sur ma chaise. C'est ton problème, je pense, ton problème. C'est toi qui t'es enfermé là-dedans. C'est pas moi qui l'ai balancée dans la valise, la petite mijaurée ! Pas moi qui allais gambader avec elle sur les rochers, pas moi qui l'ai déshabillée pour mieux lui serrer le kiki ! Laisse-moi vivre, respirer... Chacun son malheur ! Je repousse ma chaise, tourne la tête vers le maton qui arpente le couloir, derrière. J'ai peur qu'il fasse voler le verre en éclats.

— Tu m'appartiens, tu m'appartiens ! Personne ne peut rien contre ça ! Je veux savoir qui c'est !

Un gardien est arrivé et, avec l'aide d'un autre, ils l'ont emmené.

Je l'ai vu partir, soulagée.

Pas pour longtemps. C'est ce jour-là, je me rappelle, qu'au retour de la prison, j'ai trouvé une lettre de maître Goupillon. Il écrivait qu'il n'arrivait pas à me joindre, qu'il fallait que je me mette en rapport avec lui de toute urgence. Je n'ai pas osé l'appeler tout de suite. J'avais trop peur d'entendre une mauvaise nouvelle.

C'était, en effet, pas bon du tout : ma mère avait écrit une lettre en faveur d'André. Et elle n'avait pas économisé les mots. Elle avouait que, en son âme et conscience, elle ne pouvait affirmer que j'étais capable d'élever deux enfants, seule, sans le secours d'une belle âme pour me servir de tuteur. J'étais trop fragile, trop en colère contre l'autorité. André, lui, était sérieux, ponctuel, courageux, tenace, honnête et droit. L'avocat d'André jubilait. Il avait prévenu aussitôt son confrère parisien.

— Ça ne va pas nous aider, c'est sûr, s'énervait maître Goupillon. Qu'est-ce qui lui a pris à votre mère ? Je ne savais pas que vous aviez de si mauvais rapports avec elle.

J'ai raccroché, le bec dans l'eau, et j'ai appelé ma mère aussitôt.

Elle ne pouvait pas me parler, elle était occupée à soigner ma grand-mère, toujours souffreteuse, recluse dans sa chambre en tête à tête avec son vieux crucifix piqué de buis mité. Toujours à râler qu'on faisait trop de bruit, à raboter l'argent pour les courses, à cadenasser le téléphone, pas seulement par amour des sous, non, mais pour qu'on comprenne bien qu'on vivait chez elle, de ses rentes, qu'elle nous faisait la charité et que la charité, c'est comme tout, faut pas en abuser. Maman suait sang et eau pour la contenter, la baignait, la séchait avec du talc, lui coupait les ongles des pieds, lui arrangeait ses fanfreluches autour du cou, lui lustrait les ongles, lui lisait *L'Imitation de Jésus-Christ* jusqu'à le savoir par cœur, que les feuilles tombent en miettes sur ses genoux, et elle râlait, la grand-mère. Jamais un merci, un sourire, une petite caresse sur la joue de ma mère qui trottait pour la satisfaire. Que des plaintes, des soupirs, des considérations sur la déchéance de l'homme et l'immoralité du progrès. Elle mettait tout dans le même sac et le sac aux poubelles. Elle empestait la vie autour d'elle. Ma tante Fernande avait préféré s'exiler à Marseille. Elle avait pris un emploi de secrétaire dans une affaire de cartons. Ce n'était pas le Pérou mais, au moins, elle avait la paix.

— C'est pas grave, j'ai crié à ma mère qui chuchotait au téléphone de peur d'irriter la grandmère. J'arrive.

Il fallait que je m'agite pour éliminer la rage. J'ai dévalé l'escalier, couru jusqu'à l'arrêt d'autobus, sauté les trois marches d'accès, bondi jusqu'au premier siège libre et, après, j'arrêtais pas de gigoter, de croiser et décroiser les jambes, de me ronger les ongles, d'arracher les petites peaux autour et de piaffer parce que le bus n'avançait pas. Une véritable machine à vapeur, j'étais. Je la connaissais par cœur ma colère. C'était toujours la même. Inépuisable, au goût infect. J'avais beau la vidanger après chaque collision avec ma mère, elle ne s'épuisait pas. Au contraire. J'en avais jamais fini avec elle. Elle bouillonnait bien épaisse, bien noire, bien grasse, et venait crever à la surface en insultes, injures et anathèmes variés. C'est moi qui m'épuisais ! Qui voulais comprendre pourquoi elle me haïssait si fort ! Je savais bien qu'elle n'était pas enchantée d'avoir une fille comme moi. Qu'elle aurait bien aimé m'aimer mais que je ne faisais pas l'affaire.

Je ne la remboursais pas de tous ses sacrifices. C'était ça le problème entre nous. Pour elle, un enfant, c'était comme un viager. J'étais là pour lui cirer les pompes. La faire si belle en son miroir. Elle avait cru toucher au but avec André. Et je lui avais piétiné son rêve. Je l'avais forcée à divorcer ! Elle ne me le pardonnait pas.

En plus, elle jouait sur du velours. Une maman, on l'aime toujours, c'est obligatoire, même si on prétend le contraire. Pourquoi se serait-elle abaissée à me prendre dans ses bras quand j'étais petite, puisque, de toute façon, je l'aimais plus que tout au monde ? Et quand je l'insultais, elle ne pleurait pas, elle ne tremblait pas. Elle se rassasiait de ma douleur que je lui offrais sur un plateau comme une imbécile. Quand je lui crachais ma haine avec de gros mots, elle était contente : je l'aimais, elle était importante pour moi et, en plus, elle avait le pouvoir délicieux de me faire souffrir en sauvant les apparences. Vue de l'extérieur, elle était parfaite. Elle pourrait même expliquer, plus tard, qu'elle avait écrit cette lettre pour le bien de mes enfants. Quand je suis arrivée rue Lepic, la porte de l'appartement était entrebâillée. Je l'ai poussée, résolue à livrer bataille avec ma génitrice, à l'ensevelir sous du fumier, à lui faire avaler son stylo et son bloc de correspondance. Et puis, sur le pas de la porte du salon, j'ai été prise de nausée : l'odeur de mon enfance m'a sauté à la gorge. L'odeur aigrelette, écœurante, poussiéreuse et feutrée des fauteuils au velours râpé, jamais changé, du parquet trop ciré, des tapis de famille, des fleurs séchées dans des pots de chambre en faïence, l'odeur de renfermé parce qu'on n'ouvrait jamais les fenêtres pour ne pas enrhumer l'aïeule cathareuse. On regardait le soleil en soulevant les rideaux mais on ne tentait pas le moindre entrebâillement de peur d'entendre la voix perçante de la grand-mère qui nous accusait de conspirer contre sa santé. J'ai failli en perdre l'équilibre. La tête me tournait. Tous les souvenirs remontaient et me suffoquaient. Depuis combien de temps n'étais-je plus revenue dans ce salon ? Cinq ans, six ans ? J'avais oublié les fantômes en culottes courtes tapis derrière les buffets, les rideaux, les glaces à trumeaux. Je me vidais, étourdie par l'odeur qui pénétrait en moi, me ramollissait, me rendait toute sentimentale.

C'est à ce moment-là que je l'ai aperçue dans le couloir. Dans la lumière blafarde du néon, elle avançait, courbée, avec un regard infiniment triste. Des mèches de cheveux grises pendaient de son chignon et elle reniflait sans pouvoir s'essuyer le nez. Elle, d'ordinaire si droite et si fière, ressemblait à une pauvre paysanne qui charrie son fagot sur le dos. Elle portait le bassin de ma grand-mère et avançait doucement pour qu'il ne se renverse pas sur le parquet. Je l'ai bien regardée cette vieille femme usée qui, ne se sachant pas observée, laissait aller toute sa détresse. Elle n'avait pas plus de 57 ans et, depuis des années, vivait dans la soumission et l'humiliation. Je ne connaissais que l'ennemie en elle, pas l'autre : celle qui avait les yeux humides et les bras tremblants en portant le vase d'excréments.

Ma colère est tombée d'un coup. J'ai attendu qu'elle ait atteint les toilettes. Je l'ai écoutée vider le bassin, se moucher, ouvrir le robinet du lavabo et je suis ressortie par la porte toujours entrouverte.

Ma fille est une nouvelle croix que le Ciel me demande de porter. Il m'est beaucoup demandé car j'ai beaucoup reçu, enfant.

Je suis née d'une bonne famille aisée, une famille du Nord, de Calais, où mon père possédait une usine de dentelles. Les affaires prospéraient. Les gens riches étaient raffinés, à l'époque. Ils mettaient un point d'honneur à soigner leur toilette. Ce n'est pas comme aujourd'hui où les femmes sortent en cheveux, fument dans la rue, où le jean s'affiche en toute occasion. Ils s'habillaient pour chaque heure du jour, ils ne regardaient pas à la dépense. Ma mère et ses amies se mettaient des voilettes, des gazes, des filets dans les cheveux, des médaillons autour du cou retenus par des rubans de panne noire. Le moindre paletot était orné de ruflette, de broderies, de perles, de guipure, et nous avions des gouvernantes, des belles voitures, une villa au bord de la mer, des draps fins et doux, des robes de petites princesses. On buvait du chocolat chaud, on mangeait des croissants frais au petit déjeuner, et la nappe, je me souviens de la nappe, toute ciselée de dessins, de ramages d'oiseaux dont les plumes formaient des cercles infinis que je suivais avec ma fourchette.

On a été les premiers à posséder un poste T.S.F., un tourne-disque, une voiture, un réfrigérateur. J'étais une petite fille gaie et légère, je sautais dans des bouillons de jupons blancs, dans des robes nouvelles chaque jour. Mes poupées avaient mille habits et des chapeaux comme ceux de ma mère. Nous étions élevées par des gouvernantes et nous apercevions nos parents à l'heure des repas. Nous n'avions pas le droit de parler à table. On ne s'en plaignait pas. Je ne me souviens pas de ma mère se baissant pour me consoler. Quand ils recevaient des invités à la maison, ma sœur et moi nous venions dire bonsoir dans de belles robes et nous étions très fières de leur faire honneur.

Je me souviens en particulier de ma première robe longue : en crêpe de Chine vert avec un mantelet doublé de velours vert. Je l'avais reçue pour mes 18 ans, mon premier bal. C'est mon père qui m'a accompagnée. J'étais rayonnante à son bras, dans cette belle robe longue. « Et maintenant, ma fille, m'a-t-il dit en pénétrant dans le grand salon où avait lieu la réception, tu entres dans ta vie d'adulte. Sois-en digne ! » Je me suis redressée imperceptiblement et j'ai serré son bras à travers mon long gant de velours vert. Je me souviens encore du goût de la glace au champagne que j'ai dégustée ce soir-là, du froid du sorbet contre mes dents, de mes pas dans ses pas quand nous dansions *Le Beau Danube bleu* et de la tête qui me tournait, me tournait. À un moment, nous venions de terminer une valse, j'ai posé ma joue sur son épaule et je lui ai dit, tout bas :

— Merci, papa, de tout ce que tu as fait pour moi...

— Allons, allons, m'a-t-il dit, tu es grande maintenant.

Peu de temps après ce premier bal, les affaires de mon père se sont mises à aller moins bien. Il dut licencier des ouvriers. Il s'était pourtant reconverti dans la lingerie fine et avait pu, pour un temps, sauver son entreprise, mais ce ne fut pas suffisant. L'atmosphère avait changé, imperceptiblement, à la maison. On ne parlait de rien mais on sentait bien que le malheur se rapprochait, qu'on ne serait pas épargnés par l'évolution des affaires, comme disait mon père. Il s'assombrissait, il se plaignait de ce que les gens ne connaissaient plus le beau, la qualité et ne pensaient qu'à économiser, qu'à acheter étranger. Il maudissait la mode qui changeait, qui débarrassait le corps des femmes de tout ce qui l'avait enrichi, lui. Il refusait qu'on copie les modèles dans les journaux.

Un jour où toute la famille était en villégiature à La Baule, il a refusé d'aller à la messe avec nous. Il avait un rendez-vous avec un client et M. le curé lui pardonnerait. Ma mère a pris un air offensé mais il est passé outre. J'ai eu le pressentiment d'un malheur. Je m'étais réveillée, le matin, avec la certitude qu'il n'allait pas bien et qu'il ne fallait pas le laisser seul. J'en voulais à ma mère de ne se rendre compte de rien. Il ne mangeait plus à table et lisait son journal, la partie économique, sans parler. On devait tous faire silence quand il écoutait les cours de la Bourse, au moment du café. Mon père n'était pas un homme volubile et affectueux. Le seul geste de tendresse qui me reste de lui est quand il me frottait la tête en m'appelant sa « petite grande ». Parce que j'étais l'aînée. D'une famille de quatre enfants. Ce jour-là, quand toute la famille est partie à l'office, j'ai prétexté un mal de ventre, un de ces malaises féminins, et je suis restée à la maison. Pour surveiller mon père.

Il a mis son plus beau costume et je me suis dit, un instant, qu'il allait rejoindre la famille sur le banc de l'église. Nous avions en effet un rang qui nous était réservé, mon père donnant beaucoup pour la paroisse. L'office ne commençait jamais avant qu'il n'arrive, et il arrivait toujours le dernier. Sa femme et ses enfants trottinaient devant et il fermait la marche. On allait toujours à l'église à pied. Qu'il fasse beau ou qu'il pleuve, nous cheminions ainsi, en silence, à travers les rues de La Baule. Il disait qu'il fallait faire un effort pour rencontrer Dieu.

Mais ce jour-là, il n'a pas pris le chemin de l'église. Je l'ai suivi de loin sans qu'il m'aperçoive. Il a pris le chemin de la plage. Dans son beau costume avec ses belles chaussures fines. Il est arrivé sur la plage. C'était un dimanche pluvieux et il n'y avait personne. Je me suis cachée derrière une cabine et je l'ai observé. Il s'est déshabillé soigneusement, en rangeant ses affaires en un tas bien net et, quand il fut nu comme un ver, il s'est approché de l'eau. Et là, sous mes yeux, il a avancé, avancé, sans se retourner, sans jeter un regard derrière lui et il a disparu.

Je l'ai attendu un long moment, assise à côté de ses vêtements. Je ne comprenais pas. Il n'est pas revenu. Je suis rentrée à la maison en pleurant. J'ai déposé ses vêtements sur les genoux de ma mère et je lui ai annoncé que notre père s'était noyé. Elle est devenue blanche, est tombée à genoux, a croisé les mains et s'est mise à prier. Cet accident fut un premier déclic : je me suis dit que rien ne nous appartenait sur cette terre. Que le bonheur est passager. Rien n'existe, tout est entre les mains de Dieu qui décide du destin des hommes. Mon père, cet homme riche, puissant, habile, avait été vaincu par une force plus grande que lui.

Le scandale a éclaté plus tard. Chez le notaire. Au moment de la lecture du testament. Il nous laissait la plus grande partie de sa fortune à l'exception d'une somme importante destinée à une femme de Calais dont il avait eu un enfant. C'est parce que cet enfant avait exigé de le rencontrer et de se faire reconnaître qu'il avait préféré disparaître en mer. Il ne pouvait supporter la révélation d'une telle infamie. Ce fut un choc terrible pour moi d'apprendre que mon père avait péché. Qu'il avait eu un enfant d'une femme alors qu'il était marié. Et puis, j'ai réfléchi, je me suis dit qu'il avait dû être très malheureux avec nous pour aller chercher du réconfort ailleurs. C'était notre faute. Nous étions trop occupés à jouir de la vie facile qu'il nous donnait pour deviner sa détresse, son isolement. Et moi, sa fille préférée, je ne l'avais pas réconforté. J'ai éprouvé une véritable répulsion pour ma conduite et je me suis sentie plus proche de lui que je ne l'avais jamais été de son vivant. Ma mère, une fois de plus, a été très digne. Elle a croisé les mains et a prié. On n'en a plus jamais reparlé. On ne parlait jamais de choses privées à la maison et on ne devait pas non plus montrer de trop grandes émotions. On ne pleurait pas, on ne riait pas, on se tenait convenablement. Mais je crois que cette deuxième épreuve a été encore plus dure pour elle. Je l'entendais, le soir, pleurer dans sa chambre et je restais là, derrière la porte, à l'écouter sans oser aller la consoler. Elle n'a plus jamais quitté le deuil et s'est déchargée sur moi de toutes les tâches de la maison. J'ai renoncé aux bals et aux belles robes. Qui m'y aurait conduite, de toute façon ? Est-ce parce que j'avais été trop coquette et trop gâtée que le Seigneur m'envoyait ce nouveau malheur ? J'ai senti tout à coup combien ma vie était bête et futile. J'ai donné mes robes, mes bijoux, mes romans de quatre sous, mes disques, mon électrophone. Je me suis consacrée à mes frères, à ma sœur, à ma mère, à la maison. Mais cela ne me suffisait pas. Je me sentais à l'étroit. Nous avions encore une vie confortable et ma contribution, si elle était importante, ne me demandait pas de grands sacrifices. Je crois que j'avais envie de sauver le monde entier. J'étais encore jeune et naïve.

Un jour, j'ai annoncé à ma mère que je désirais entrer dans les ordres. Elle a été catégorique : je devais me marier afin qu'un homme reprenne les affaires de mon père et fasse vivre la famille. Mon sacrifice était là, pas ailleurs. Il y avait un jeune homme auquel mon père m'avait destinée. Il comptait m'en parler et l'aurait fait sans aucun doute si Dieu ne l'avait pas repris. Quand elle eut fini de parler, je m'inclinai.

J'épousai le père de Doudou. Il avait fait une école de commerce, était de notre monde et, bien que je le connaisse peu, paraissait être un homme de caractère, capable de diriger une entreprise. Il s'habillait avec soin et allait tous les dimanches à l'église. Il me fit une cour discrète et je lui en sus gré. Je me mariai, à 25 ans, les larmes aux yeux, en pensant à mon père qui aurait dû me conduire à l'autel. Nous nous sommes installés dans la grande maison familiale pour que je continue à veiller sur le confort de tous. Mon mari n'y vit aucun inconvénient. Mes frères et ma sœur non plus. Il était drôle, bon vivant, et ne tenta jamais de diriger les uns ou les autres. Je n'avais pas de sentiment particulier pour lui et il ne s'en montrait pas offensé. Nous avions admis tacitement que notre mariage était de convenance. Il se révéla très vite pusillanime et vain mais eut deux ou trois bonnes idées qui donnèrent un nouveau souffle à l'affaire familiale. Il sut flairer la mode des collants pour femmes et des soutiens-gorge fantaisie, des body et autres modèles de charme.

Je n'éprouvais aucun désir d'intimité avec lui et, très vite, nous avons fait chambre à part. Quand il comprit que ses ardeurs ne m'intéressaient guère, il montra un visage jovial et m'informa qu'il irait prendre son plaisir ailleurs, sans toutefois, précisa-t-il, renoncer à frapper à ma porte les soirs de grande nécessité. Il se moquait de tout, ne respectait rien et déclarait souvent que l'humain est dégoûtant, que Dieu est une invention de l'homme pour se hausser sur les orteils et oublier la boue dans laquelle il baigne.

Il ne disait pas « boue », d'ailleurs. Il pouvait être très grossier, très cru.

Il allait souvent à Paris et menait grande vie. Il collectionnait les eaux de toilette, les cravates et les gilets et transforma une pièce de la maison en dressing, uniquement destiné à ses effets. Il changeait souvent de voiture et les seules conversations qu'il avait à table concernaient les prouesses de la mécanique. Ma petite sœur Fernande, de deux ans ma cadette, l'appréciait beaucoup et l'accompagnait souvent dans ses tournées. Ma mère ne disait rien. Elle vivait la plupart du temps cloîtrée dans sa chambre, indifférente à tout. J'essayai de l'alerter sur l'inconvenance de la situation : une jeune fille et son beau-frère partant ainsi en goguette ! Mais elle n'entendait pas. « Tu es le chef de famille, à présent, me disait-elle, je m'en remets à toi. » Je ne me sentais pas de taille à affronter mon mari et ma sœur réunis.

J'enviais quelquefois la bonne humeur de Fernande, ses éclats de rire, son intérêt pour les toilettes et les hommes, les nouvelles danses et les magazines. Elle connaissait la vie des vedettes et tapissait sa chambre de photos de personnalités connues. Elle me prenait dans ses bras et me faisait ses confidences. À Paris, grâce à mon mari, elle avait découvert les boîtes de nuit, l'alcool et les fêtes. Elle rapportait des disques et apprenait à danser à toute la famille. Faisait tourner un houla-hoop autour de sa taille. Je l'écoutais, étonnée et réticente. Émue aussi de la voir ramener la bonne humeur dans la maison. Le jour où elle m'apprit qu'elle était enceinte d'un homme rencontré à Paris, je fus effarée. Qu'allait-on faire de cet enfant ? L'élever, me dit-elle. Ton mari s'en chargera, c'est tout. Un de plus, un de moins, on a les moyens, non ?

Elle accoucha d'un garçon, Christian, et revint vivre à la maison quelque temps. C'était une charge de plus pour moi. Surtout qu'à peine l'enfant sorti des langes, elle reprit ses voyages avec mon mari. Ma mère accueillit cette nouvelle épreuve avec la même indifférence qu'elle employait à vivre. Nous devînmes la risée de la ville, et les mauvaises langues fourchettaient à notre endroit. Mes deux frères cadets préférèrent partir à Paris faire leurs études. La maison me parut vide et triste. Je me réfugiais de plus en plus dans la prière et remerciais le Ciel de tenir mon mari éloigné de moi. Un soir, cependant, il frappa à ma porte. Je lui ouvris sans méfiance. Il empestait l'alcool et délirait. Il semblait très en colère contre Fernande et parlait de son inconduite. Comme je lui demandais calmement de reprendre ses esprits et de m'expliquer les faits, il éclata de rire et me regarda avec une mauvaise lueur dans les yeux. Pauvre bigote, me dit-il, tu es de la même chair qu'elle et si différente ! Que connais-tu de la vie, toi qui es confite dans les bondieuseries toute la journée ? Je tentai de le reconduire fermement à la porte mais la rage le prit et il me renversa sur le lit. J'y ai droit après tout, j'y ai droit ! répétait-il en m'arrachant ma chemise de nuit et ma robe de chambre.

C'est cette nuit-là que Doudou fut conçue.

Il ne revint plus jamais dans ma chambre et j'avais décidé d'oublier cette nuit quand je me retrouvai grosse de lui. J'étais dégoûtée. Tout le monde me félicitait. Cet enfant rachetait le scandale de l'autre, le bâtard. Mais je le portais avec le sentiment du péché dans mon ventre. Chaque fois que Doudou remuait, j'étais prise de nausées. Je fis tout pour cacher cette grossesse. J'accouchai, seule, dans les plus grandes douleurs. Je rêvais toujours d'un ordre supérieur qui me débarrasserait de mon état de femme et me permettrait de me consacrer uniquement aux autres. J'essayai cependant de donner de l'amour à mon enfant mais je dois reconnaître qu'il m'en coûtait beaucoup : elle était le portrait vivant de son père. Elle avait les mêmes manières que lui, les mêmes expressions, la même façon de lever les yeux au ciel ou de se pencher soudainement en écartant les jambes et en croisant les mains entre les genoux. Chaque fois que je la regardais, je le voyais, lui, et cela m'était insupportable. Je n'avais pas voulu de ce mariage, pas voulu de cet enfant, pas voulu de cette vie de femme mariée que je trouvais inutile et stérile, comparée à toute la souffrance du monde. Je rêvais d'être missionnaire. Partir au loin et tout oublier ! Le petit Christian, je dois le reconnaître, fut remarquable. Il veillait sur sa cousine avec la fièvre et l'attention d'une nourrice et, la nuit, quand elle pleurait, c'est lui qu'elle appelait. Il avait la chambre à côté de la sienne et il se levait dès le premier pleur. Combien de fois l'ai-je trouvé avec sa petite cousine dans les bras en train de la promener pour qu'elle se rendorme ? Il lui racontait des histoires, la berçait. Elle n'obéissait qu'à lui et me repoussait quand je m'approchais. Je pris l'habitude de le laisser faire. Ils avaient l'air si heureux ainsi.

Finalement, à cause de l'inconduite et de l'irresponsabilité de mon mari, l'entreprise familiale dut déposer son bilan. Ma mère pleura encore et pria encore plus. Je me sentis coupable de n'avoir pas été à la hauteur de ma mission. Nous avons vendu tous nos biens, la maison de La Baule, la maison de Calais, les meubles, les tableaux, les lingots, les pièces d'or. Ma mère, sur les conseils du notaire, acheta un appartement à Paris, rue Lepic. Je vivais là avec ma mère, ma fille, Christian et Fernande.

Les visites de mon mari se faisaient de plus en plus rares. Il arrivait, se changeait, prenait du linge propre et repartait. Peu de temps après notre installation, il décida de partir sur un chantier en mer du Nord. C'est le patron de son entreprise qui m'écrivit pour m'informer de sa mort accidentelle. Le lendemain, ma sœur Fernande me fit l'aveu de son inconduite : Christian était le fils de mon mari. Il avait été très amoureux d'elle mais ce n'était pas réciproque. Elle l'aimait bien pour s'amuser, pour battre des records de vitesse en voiture, pour faire les fous dans les cabarets. Elle m'avoua même qu'il était un bon amant et qu'il avait été son premier homme. C'est à cause de son inexpérience qu'elle était tombée enceinte : elle ne connaissait rien aux méthodes de contraception. Je rougis et elle me demanda pardon. Je la rassurai : je n'étais pas jalouse. Je ne l'avais jamais aimé. Elle parut soulagée. Quand il avait appris qu'elle était enceinte de lui, il lui avait proposé de divorcer et de l'épouser. Puis de partir à l'étranger, tout recommencer. Elle avait refusé. Ils avaient continué à sortir ensemble mais ce n'était plus comme avant. Elle avait envie de rencontrer d'autres hommes. Il lui faisait des scènes sans arrêt. Elle rompait, il partait se consoler avec d'autres mais revenait toujours la solliciter. Cela dura longtemps. C'est pendant une de ses brouilles qu'il avait forcé ma porte. Après la naissance de ma fille, il cessa d'importuner Fernande. Il était tombé amoureux d'une femme à Paris. Une femme riche, sentimentale, qui l'entretint pendant de longues années. Il menait une double vie. Fernande savait mais ne disait rien.

— Il aurait fallu tout dire et je n'osais pas, m'expliqua-t-elle, gênée.

Un jour cependant, cette femme finit par se lasser et, après une violente dispute, elle lui lança d'aller au diable, qu'il était un bon à rien.

— Voilà, tu sais tout, soupira Fernande.

J'avais vécu près de quinze ans avec un homme dont je ne savais rien et qui disparaissait dans le plus grand mystère. J'eus le sentiment atroce que l'histoire se répétait et j'imitai la conduite de ma mère : je m'inclinai devant ce que je reconnaissais être la volonté de Dieu. Ma vie ne m'appartenait pas. Quelqu'un d'autre avait décidé qu'il en serait ainsi.

Fernande trouva un emploi à Marseille et refit sa vie. Je gardai Christian qui refusait de quitter Paris, son école, la maison. Les deux enfants étaient inséparables et cela me faisait souci quelquefois. Je pensais au lien étrange qui les unissait. Ils n'en ont jamais rien su. Au mois d'août, nous allions dans le Midi retrouver Fernande. Elle avait acheté une petite maison de pêcheur à Carry-le-Rouet. Je n'arrivais pas à en vouloir à ma petite sœur. Sa joie de vivre était la même et je l'enviais. Même si elle continuait à vivre dans le péché et avait de nombreuses liaisons. Elle refusait de se marier, était ronde, dorée, gourmande. Portait des robes vichy serrées à la taille et des ballerines. Se dessinait un œil de biche, le nez collé contre la glace. Se crêpait les cheveux et les ramassait en un chignon haut et pouffant. Quand j'étais avec elle, je devenais une autre. Il m'arrivait de rire de n'importe quoi. De me maquiller. De mettre un de ses maillots deux-pièces que je trouvais indécents. D'écouter le transistor et de danser avec elle.

— Heureusement que je ne vis pas avec toi, je lui disais quelquefois, je ne me reconnaîtrais plus !

Elle riait, elle riait et répondait que c'était la meilleure chose qui puisse m'arriver.

— Mais viens... Je te trouverai du travail. On est bien ici, au soleil toute l'année.

Il fallait que je reste à Paris pour maman. Elle était si faible, si capricieuse, si malade qu'elle ne supportait que moi.

Et puis, je me sentais à l'abri à Paris.

Doudou aussi était heureuse avec Fernande. Je n'éprouvais, encore une fois, aucune jalousie. Je faisais tout ce qu'il fallait pour elle. Je l'ai élevée comme j'avais été élevée. Mon rôle m'avait été donné par Dieu : m'occuper de ces deux enfants, aimer ma sœur, prendre soin de ma mère et de mes frères qui réussissaient et avaient fait leur chemin dans la vie. Je craignais simplement que ma fille n'ait hérité du caractère de son père. Qu'elle soit légère, égoïste et superficielle comme lui. J'essayais de la maintenir dans le droit chemin avec des images pieuses et les belles histoires des Évangiles. Je lui apprenais le devoir, le don à autrui, l'honnêteté, le respect de Dieu. Elle me posait des questions au sujet de son père, mais je répugnais à lui en parler. C'était au-dessus de mes forces. Elle voyait beaucoup sa grand-mère paternelle, et je pense qu'avec elle elle devait assouvir sa curiosité.

Les parents de mon mari sont des originaux : son père, après une carrière réussie dans une compagnie d'assurances, s'est reconverti dans l'ébénisterie ! Sa mère ne va à l'église qu'à Noël ou à Pâques. Elle vote à gauche et milite pour le droit des femmes. Son mari ne s'y est jamais opposé. Quand elle a voulu s'installer à Paris, pour être plus proche des événements, disait-elle, il acquiesça. Pourvu qu'il ait son atelier. Ils s'installèrent à Asnières. Mais je ne les vis pas plus pour autant. Je ne m'entendais guère avec mes beaux-parents mais ne pouvais empêcher Doudou de leur rendre visite. C'est sa grand-mère qui lui a donné le goût des livres et je devais quelquefois censurer certains ouvrages qu'elle lui prêtait. J'intercalais alors une feuille blanche sur les pages défendues et faisais promettre à Doudou de ne pas la soulever.

Je n'ai jamais eu de conversation intime avec ma fille. Quel conseil aurais-je pu lui donner ? J'ai fait confiance à Christian pour qu'il lui apprenne à se méfier des hommes et la tienne éloignée d'eux. Elle ne sortait jamais sans lui, puis elle a cessé de sortir le soir. Il ne la quittait pas d'une semelle et je m'en remettais à lui. C'était un garçon brillant, Christian. Un peu sournois, peut-être, mais il avait du cœur. Il n'a jamais fait de reproches à sa mère, lui. Il ne la jugeait pas.

Quand Doudou a épousé André, j'ai été soulagée. Je me suis tout de suite sentie en confiance avec lui. J'ai bien remarqué qu'il y avait des problèmes dans le couple mais j'ai prié, prié Dieu pour que mes deux enfants les surmontent. Dieu ne m'a pas écoutée. C'est une nouvelle épreuve qu'il m'envoie. Le bonheur n'est pas sur cette terre. C'est cela qu'Il m'enseigne depuis que j'ai vu mon père disparaître dans la mer. C'est cela que je dois comprendre et accepter dans l'humilité de mon cœur. Apprendre à renoncer aux satisfactions de ce monde. Mais je suis comme les autres humains, attachée à cette idée de bonheur sur terre et, quand je vois les jeunes aujourd'hui, je ne peux que les plaindre. Ils ont chassé le spirituel de leur vie. Ils ne savent pas ce qui les attend. Je sens bien que ma fille veut se prouver qu'à elle toute seule elle peut y arriver. Quel orgueil !

Ma petite fille doit plier. Elle doit revenir dans son foyer. Il n'y a pas d'autre solution pour elle et je ferai tout ce qui est en mon pouvoir pour l'y contraindre. C'est encore un bébé et elle doit m'obéir. Car enfin, personne ne l'a obligée à se marier ! Elle l'a choisi et voulu, André ! Ce serait trop facile qu'elle se désengage ainsi.

Que j'étais heureuse le jour du mariage !

Elle me poursuit de sa haine. Comme son père qui me reprochait de ne pas être vivante. Elle voudrait que je sois différente mais on ne se change pas. Je viens d'une autre époque, où nous avions d'autres valeurs. Je prie tous les soirs pour qu'elle retourne dans le droit chemin auprès d'André, d'Alice et d'Antoine.

Peut-être que Dieu, cette fois-ci, m'écoutera...

C'est dur de vivre seul avec deux enfants. Mon copain Gérard dit que d'un enfant il faut s'en occuper dix minutes tous les quarts d'heure. Il n'a pas tort. Je ne l'ai pas admis sur le moment mais j'ai été vite dépassé par la répétition infernale des mêmes rituels : le réveil, le petit déjeuner, les habiller tous les deux, l'école, le déjeuner, l'école, les jeux, le bain à donner, le dîner à préparer, les histoires à lire avant de les coucher. Toujours les mêmes histoires ! Je les connaissais par cœur et je finissais par parler comme Zygomar ou Pipiolit. Et pas question de sauter une ligne ou d'accélérer, sinon ils boudaient. Je courais de la maison à l'école, de l'école au bureau, du bureau à l'école. Je n'avais plus le temps de prospecter de nouveaux clients. Ou je le faisais par téléphone, et les contrats ne se concluaient pas.

Ils réclamaient souvent leur mère. Cela devenait une rengaine. « Et maman ? Où elle est ? Quand elle va revenir, dis ? » Je ne racontais pas les histoires comme elle, je n'achetais pas les bons tee-shirts, ni les vignettes autocollantes qu'il fallait. Je ne faisais pas passer le train dans la purée et n'avais pas le tour de main pour faire des pâtés mouillés, mais pas trop. Ce fut une erreur de leur avoir dit que leur maman était à l'hôpital. Ils me demandaient sans arrêt si elle avait mal et où. Et la nuit, cela nourrissait leurs cauchemars. Mais c'était trop tard, je ne pouvais pas revenir sur mon mensonge. Mme Pétion était partie. Un beau matin. Elle avait trouvé une autre place où elle avait moins de travail, des horaires plus réguliers. Elle m'a mis devant le fait accompli. J'ai passé plusieurs annonces pour la remplacer mais les filles qui se présentaient ne m'inspiraient pas confiance. J'ai demandé à ma mère de revenir m'aider. En attendant de trouver une autre solution. Je n'avais plus la tête à mon travail et mon chiffre d'affaires baissait, baissait... Jusqu'au départ de Doudou, j'étais toujours en tête dans le classement mensuel au bureau. Maintenant, je rétrogradais sérieusement.

Je me souviens d'un samedi en particulier. Je voulais regarder un match, le soir, à la télé. Il commençait à 8 h 45. Juste le temps de faire un petit plat surgelé et hop ! le plateau devant la télé. C'était une de ces rencontres historiques où Nantes jouait la finale de la Coupe de France. J'avais décidé de les étourdir d'activités toute la journée pour qu'ils tombent de sommeil à 8 heures et soient au lit à 8 heures et demie. Je les ai emmenés chez le photographe. Nous n'avions aucune photo de nous trois. Rien que de vieilles photos du temps de Doudou. Je les ai habillés très élégamment, les ai coiffés, leur ai dit de se tenir tranquilles, le temps que je m'habille moi-même. Je leur parlais tout haut en me rasant et en choisissant mon costume.

— Vous allez voir... On va aller chez le photographe et on va revenir avec une belle photo de nous trois. Je la ferai encadrer et on la mettra sur le buffet du salon.

— On pourrait aller chercher maman pour la photo, a proposé Alice.

Comme je ne répondais pas, elle a enchaîné

— Maman, elle m'aurait pas habillée comme ça. Et puis elle m'aurait fait une vraie coiffure. Et puis, elle aurait mis mes belles chaussures...

— On s'en fiche des chaussures, lui ai-je répondu en choisissant ma cravate, une cravate rayée vert et bleu marine qui irait très bien avec mon costume vert bouteille. On ne verra pas nos pieds.

— Quand même, a dit Alice, maman, elle aurait pas fait comme ça...

Antoine ne disait rien. C'est toujours Alice qui récriminait. Enfin, on est partis chez le photographe. Je n'étais pas peu fier dans la rue, en tenant mes deux bambins par la main. On devait déjà faire un beau cliché parce que les gens nous regardaient, attendris.

Le photographe est un copain. Il avait préparé une belle banquette rouge et nous a disposés artistiquement : moi au milieu, le bras sur l'épaule de chaque enfant. Puis il a reculé pour juger de l'effet et m'a fait signe que c'était parfait. Sauf que les enfants ne souriaient pas.

— Souriez, les enfants, souriez !

— C'est pas amusant, a dit Alice.

— C'est pas amusant, a dit Antoine.

— Souriez, merde !

— Attends, m'a dit mon copain. On va demander à Jennifer de leur faire les marionnettes !

— On va avoir Bozzo et Gradouille ? a dit Antoine.

— Qui c'est ça ?

Je commençais à avoir des crampes dans les bras et plus envie de sourire du tout.

— Tais-toi, a dit Alice à son frère en lui balançant un coup de pied dans les mollets.

Antoine a hurlé. S'est jeté sur elle. Lui a tiré les cheveux. La barrette d'Alice est tombée et elle a éclaté en sanglots.

— Maintenant, je suis plus coiffée du tout !

— Je peux descendre du banc ? a demandé Antoine.

J'ai dit non et j'ai pris Alice dans mes bras. Elle était rouge, avait des plaques sur le visage et se frottait le nez contre mon beau costume. Je l'ai écartée un peu, elle s'est remise à pleurer et Antoine est descendu du banc pour aller jouer par terre avec un câble électrique. Quand Jennifer est arrivée, je leur ai demandé de reprendre la pose. Antoine avait sa cravate de travers et il fallait le recoiffer. Je n'avais pas de brosse et mon copain non plus. J'ai aplati ses cheveux avec ma main, l'ai pris sur mes genoux et Alice a coincé sa tête dans mon épaule. Résultat : un cliché foutu ! Pas encadrable du tout. Antoine baisse la tête et regarde le câble. Alice a le visage enfoui contre moi. Et j'ai l'air d'un équilibriste de cirque harassé !

Qu'est-ce qu'on faisait le week-end quand Doudou était là ? Je travaillais souvent le samedi. Et le dimanche ? On allait chez mes parents ou je bricolais à la maison. Je restais dans mon coin et me reposais. Mais elle, comment s'y prenait-elle pour les occuper et qu'ils ne râlent pas ? Je ne pouvais pas répondre, alors j'ai pensé à autre chose.

— Si on allait essayer la voiture sur l'autoroute ? j'ai proposé aux enfants.

Je venais de m'acheter ma première grosse cylindrée. À crédit. J'achetais tout à crédit depuis quelque temps. Elle sortait du rodage et j'avais envie de la pousser un peu. Ils n'ont même pas répondu. J'ai pris l'autoroute et on a roulé en silence. Au bout d'un moment, ils ont eu mal au cœur. Je me suis arrêté sur une aire de repos et, là, j'ai été sauvé : il y avait des jeux pour les enfants ! Des toboggans, des tourniquets, des cochons roses et des petits chevaux. Ils ont joué pendant un long moment et je regardais passer les voitures. Puis ils ont eu soif. Je n'avais pas pensé au jus d'orange. On est allés jusqu'à la première station-service où j'ai fait provision d'Orangina et de Nuts. Comme ça, me suis-je dit, ils n'auront pas faim, ce soir ! J'avais aussi acheté des petites voitures pour Antoine et un baby-bulles pour Alice. Le baby-bulles s'est renversé dans la voiture. Elle en a fait un drame. J'ai dû nettoyer mon cuir tout neuf et suis allé demander à la voisine comment on remplissait un baby-bulles. Ébahie, elle m'a répondu :

— Ben... avec du Paic Citron. Ou n'importe quel autre liquide vaisselle qui fait des bulles !

Elle m'a souri bêtement. Je l'ai regardée. Elle avait le gros ventre sous son tablier et se tenait les reins à deux mains. Je suis rentré, j'ai rempli le baby-bulles. Ils ont eu faim. J'ai sorti des tranches de jambon et fait de la purée en flocons. Ils n'en ont pas voulu, elle était trop liquide.

Mon match ? J'ai regardé la seconde mi-temps avec Antoine sur mes genoux pendant qu'Alice crayonnait par terre. C'est épuisant de s'occuper de deux enfants tout seul. Ou alors, il ne faut faire que ça...

C'est alors que la vie de prison m'a sauté à la gorge.

Tant que Doudou venait avec son panier à provisions, je ne voyais rien. Je vivais ailleurs : avec elle. Pendant le bref temps de parloir qui m'était accordé, je reprenais pied dans la vie. Je me promenais avec Doudou à mon bras. J'étais Christian, le Grand Manitou. Je n'étais pas comme ces silhouettes penchées autour de moi, toutes grises, toutes pareilles, avec la même peau moite, les mêmes yeux vides, qui regardent à l'intérieur, murés dans une mélancolie aux pieds lourds, ne sachant que hocher la tête et attendre leur gamelle. L'odeur du Pento rouge arrivait même à dissiper celle d'ammoniaque et d'eau de Javel qui s'infiltrait partout et me piquait les yeux. J'avais mes Nike aux pieds et je m'échappais de ces longs couloirs qui arrêtaient le temps, le transformaient en une masse inerte qui figeait tout, nous rendait tous pareils.

Elle me protégeait. Construisait un mur autour de moi qui me rendait les autres invisibles. Je les côtoyais sans les regarder. Ils savaient ce que j'avais fait et branlaient du chef en me regardant. Au début, parce qu'après ils ne me voyaient plus. Je me rendais à peine compte que j'étais enfermé.

Il fallait que les mots sortent de ma bouche pour que la réalité prenne forme et que j'entende les bruits métalliques de la prison que je parvenais à oublier le reste du temps. Rien ne se répercutait en moi, si ce n'est mes souvenirs d'avant, et je perdais presque l'odorat, l'ouïe et le toucher. Ne m'étonnais pas de sentir la couverture rugueuse sous mes doigts, le mur humide sous ma main, d'entendre le bruit des verrous qu'on referme, un, deux, trois, puis ceux de la cellule voisine, un, deux, trois et encore ceux de la suivante. Ou la voix du maton qui se voulait spirituel : « Faites de beaux rêves, ne rêvez pas de moi. »

Je n'entendais pas.

Et puis est arrivé ce jour où j'ai compris qu'elle m'échappait. Que je devenais pâle. Comme les autres, en somme. Transparent, avec une mine de formulaire administratif. Alors, oui, je me suis retrouvé en prison.

Avec les autres.

Enfermé.

Au début, je n'y ai pas cru. Je me suis dit que je m'étais trompé. Qu'elle venait moins souvent parce qu'elle travaillait. Et puis, ce jour-là, j'ai compris. Elle m'avait quitté. Un autre avait pris ma place. Elle n'aurait pas l'air si fière sinon... Elle n'avait plus besoin de moi. Elle venait me voir par pitié. Elle jetait des regards en arrière, vers le couloir où le maton faisait les cent pas. J'ai cru devenir fou. Ils m'ont emmené à l'infirmerie. J'étais saisi de tremblements. J'avais la fièvre.

Le corps d'un autre sur son corps...

Le mari, je l'avais neutralisé en la renversant dans l'arrière-cour, le jour de son mariage. Mais l'autre... Il m'échappait, celui-là. Je devenais fou à les imaginer dehors tous les deux. Libres comme l'air. C'est lui qui lui avait demandé de changer le maquillage de ses yeux, qui lui avait appris à se tenir droite ? À ne plus passer sa langue sur ses lèvres à tout moment ? Lui qui lui avait offert ce nouveau parfum qui flottait sur elle, qui lui avait donné cette assurance tranquille, un rien effrontée, qui la faisait ressembler à un titi parisien ?

Je ne comptais plus pour personne si je ne comptais plus pour elle. Je restais immobile, dans mon lit d'infirmerie, tendu, muet, voulant laisser échapper un long cri impossible à délivrer puisqu'il ne l'atteindrait pas.

C'est à elle que je voulais parler. Elle que je voulais prendre dans mes bras. Pour la renifler. Pour vérifier. Pour la récupérer.

Quand je suis sorti de l'infirmerie, on m'a dit que j'avais les cheveux blancs. Je n'ai même pas voulu vérifier en me regardant dans une glace. Qui cela intéresserait-il maintenant ?

J'ai mis de côté les pilules qu'on nous donne le soir pour dormir et, un jour, je les ai écrasées et les ai avalées avec un grand verre d'eau. J'avais dépassé la dose. J'ai tout vomi. Après, ils m'ont placé dans une cellule spéciale où j'étais surveillé jour et nuit. Ils n'aiment pas les suicides en prison. Ça entre dans les statistiques et ça fait mauvais effet.

Je perdais tout petit à petit : je flottais dans mes vêtements, mes gencives saignaient, mes ongles se cassaient, mes yeux me démangeaient. C'était comme si mon corps m'échappait. Qu'il ne voulait plus vivre avec ma tête. Ma tête devenue vide, qui ne donnait plus d'ordre pour tenir debout. D'ailleurs, quand je me levais, je tombais aussitôt. On me renvoyait à l'infirmerie.

— Allons, allons, faut pas vous laisser aller, disait l'infirmier. Vous avez si bien tenu le coup jusqu'à maintenant. C'est idiot !

Qu'aurais-je pu lui répondre ? Je n'avais même plus la force de parler.

Je refusais tous les parloirs. Ma mère, ma tante, mon avocat, je ne voulais plus les voir. J'ai renoncé à lutter et j'ai accepté l'enclos. Les quatre murs autour de moi et ma tête qui se vide. J'écoutais les bruits du soir, la toux des uns, les cris des autres, les gamelles qu'on frappe contre les barreaux, la télé qui résonne chez le voisin et je me disais : Tiens ! mon oreille marche encore. Je ne m'alimentais plus. Je ne demandais plus à aller à la douche. Je refusais la promenade. Je constatais avec un étonnement détaché la vitesse à laquelle mon corps se détériorait. Il partait à vau-l'eau mon corps. Il refusait de me tenir compagnie dans mon chagrin. Je le tâtais et ricanais tout seul. Je lui disais qu'il avait raison de se tirer. Je refusais qu'on me soigne. À quoi bon me maintenir en vie ? À quoi bon cette comédie ? À la fin, il a fallu m'hospitaliser pour de bon. On m'a transféré ailleurs, en ambulance. Dans un hôpital psychiatrique, je crois. On m'a mis dans un lit chaud et douillet. L'infirmière me prenait le pouls, me nourrissait à la cuillère, me disait : là, là, c'est bien, encore une cuillerée. Je me laissais faire. J'ouvrais la bouche mécaniquement et elle la remplissait. Elle m'essuyait la bouche, me disait : vous voyez, vous voyez... Et je lui souriais, béat.

J'étais devenu si faible, si faible. J'étais bien comme ça.

J'étais bien.

Le Président venait d'acheter une nouvelle maison à la campagne, non loin d'Alençon. Une maison pour lui et moi, où sa femme ne viendrait pas.

C'était une nouvelle étape dans notre relation et je constatais, ravie, que j'agrandissais mon territoire. Sans jamais rien lui demander, j'arrivais à mes fins. Je me rendais indispensable. Cette maison lui servirait à nouer des contacts secrets, à recevoir discrètement des personnes qu'il ne souhaitait pas rencontrer officiellement, à préparer la mise en place de sa prochaine campagne comme député local. La date des élections législatives approchait et il cherchait des alliances sur le terrain. À moi de jouer assez finement pour évincer sa femme et m'imposer avant le premier tour ! Il n'était pas question qu'elle empoche sans rien faire le fruit de tous mes efforts !

Pour le moment, je considérais mon parcours comme un sans-faute. Le Président pouvait me croire désintéressée et sincèrement amoureuse de lui. J'avais toujours refusé qu'il m'entretienne : l'appartement de Paris était mon domaine. Mais il était petit, modeste, et ne convenait pas à un personnage de son importance. La maison de campagne devenait ainsi son officine secrète et, moi, son égérie. Je savais parfaitement ce qu'il attendait de moi en public : que je sois belle, un rien provocante, drôle et attentive aux autres. Preuve éclatante de sa virilité et de son entrain.

Grâce à mes relations professionnelles, je pouvais en outre lui amener des gens du spectacle qui sèmeraient un peu de paillettes sur l'austérité de ces réunions qui manquaient souvent de légèreté et de gaieté. Il me donna le nom des invités qu'il avait conviés pour ce week-end : deux journalistes politiques, un de la télévision, l'autre de la presse écrite, un jeune député local qu'il savait sensible à ses arguments et deux barbons, fins tacticiens et vieux routiers, qui encourageaient les efforts du Président depuis qu'il s'était mis en tête de se présenter. J'ajoutai à cette liste, contre l'avis de ses conseillers qui la trouvaient « un brin vulgaire », le nom de Carole Robin, une ravissante actrice à la langue bien pendue qui venait de connaître un gros succès au cinéma et collectionnait les couvertures de magazine.

Et celui de Doudou.

J'invitai aussi maître Gopillon. Pour rendre service à Doudou dont l'affaire n'avançait guère. Je glissai à l'oreille du Président d'avoir un geste envers elle afin d'impressionner Gopillon et de le rendre plus énergique dans sa défense du dossier. Robert, le chauffeur, et sa femme Germaine se chargeraient du service. Afin que tout soit parfait.

Nous avons quitté Paris, Doudou et moi, le vendredi, en fin d'après-midi. Doudou avait demandé et obtenu de ne pas travailler le lendemain, et je suis passée la prendre avec la voiture. Pendant que Robert et sa femme se chargeaient d'ouvrir la maison, de préparer les chambres et un petit dîner pour nous tous, nous nous sommes installées près d'un bon feu de bois et avons ouvert une bouteille de champagne.

— Je rêve, dit Doudou, je rêve... Il faut que je me pince !

— Pourquoi ? ai-je demandé, engourdie par la chaleur des flammes et le Bollinger rosé.

— D'être ici, avec toi, à boire du champagne. Et tous ces gens qui arrivent demain...

— Ce sont des gens comme les autres.

— Pour toi, peut-être. Moi, je me fais l'effet de Bécassine invitée au château !

Elle avait les joues rosies par le feu et les yeux qui brillaient. Les jambes par-dessus l'accoudoir du fauteuil, elle balançait un pied tout en vidant sa coupe comme un enfant boirait de la limonade.

— Tu m'intimides, tu sais, et même, parfois, tu me fais peur ! Mais il y a autre chose qui m'intrigue... Tu ne vas pas te fâcher ? Promis ?

J'ai fait non de la tête.

— Pourquoi fais-tu tout ça pour moi ?

J'ai marqué une pause.

— C'est mon histoire à moi.

— Je veux savoir.

— Ça ne te regarde pas.

— Je te sers à quelque chose ? a-t-elle demandé, en renversant sa coupe contre son nez pour laper la dernière goutte.

J'ai éclaté de rire un peu durement et elle s'est rembrunie.

— Tu vois, tu te fâches.

— Non, mais ta question est ridicule. Tu ne me sers à rien. Je t'aime bien, c'est tout. Je n'ai pas envie de vivre seule et tu vis avec moi.

— Je suis ta dame de compagnie...

— Voilà, c'est ça.

— Je n'en crois pas un mot.

— Eh bien, tu devras t'en contenter.

— C'est la règle du jeu ?

Je n'ai pas répondu. Elle n'a pas insisté.

À la fin de la matinée, le lendemain, les invités sont arrivés. Les journalistes et leurs femmes d'abord. Dans des voitures flambant neuves, prêtées pour l'occasion. Les deux barbons ensuite, accompagnés de leurs épouses outragées à l'idée d'avoir à être polies avec moi. Plus je me montrais aimable avec elles, plus elles se mordaient les lèvres et leurs bajoues tressautaient ! Elles m'ont dit bonjour d'une main molle et ont évité, pendant tout le week-end, de s'adresser à moi directement. Puis ce fut le tour de la starlette, perchée sur des talons aiguilles et moulée dans un caleçon en caoutchouc noir. Une belle brune aux sourcils charbonneux, à la moue rouge prolongée d'une longue cigarette.

— Vous n'allez pas pouvoir vous promener en forêt dans cette tenue, lui ai-je fait remarquer.

— J'ai horreur de la nature ! Moi, je viens pour prendre l'air. De loin !

Je l'ai aidée à décharger ses nombreuses valises. Elle m'a laissée faire sans rien dire, s'exclamant devant le vert des arbres, le vert du gazon, le rose des roses et le bleu du ciel. Elle tenait dans ses bras un petit yorkshire femelle, prénommée Cerise, couverte de petits nœuds de toutes les couleurs. Cerise semblait détester la nature autant que sa maîtresse. Cette chienne avait quatre pattes comme tous ses semblables mais ne les utilisait jamais. Carole Robin la mettait à terre pour un petit pipi et la reprenait aussitôt en repoussant les gravillons du bout de ses talons aiguilles. À table, elle la posait sur ses genoux comme un sac à main et, entre deux bouffées de cigarette, la nourrissait de petites mouillettes beurrées trempées dans chaque plat.

Le jeune député jaillit d'une Renault 25, avec des lunettes Dior, un costume Dior et ses affaires de tennis. Il passa la main dans une mèche de cheveux, d'un geste fort séduisant, et demanda s'il y avait un tennis dans la propriété.

— Pas encore, mais il y a un court municipal si vous voulez.

Il a fait la grimace et a remis sa raquette dans le coffre.

— Ce n'est pas grave, a-t-il ajouté, j'irai courir.

Et il a sorti un sac en tissu éponge qui contenait son « équipement » pour courir.

— Le Président est arrivé ?

— Pas encore, mais nous l'attendons d'un instant à l'autre.

— Et qui sont les autres invités ?

Je lui ai donné les noms. Il a marqué un temps d'arrêt quand j'ai prononcé ceux des deux barbons. Le Président prenait du poids à ses yeux si les deux ancêtres se dérangeaient pour lui.

Maître Gopillon vint seul. Son téléphone portable à la main. Il ne s'en sépara pas un instant et s'excusait quand la sonnerie retentissait. Il partait alors dans la pièce voisine et on l'entendait discuter d'une voix animée et autoritaire.

— Il demande à sa femme de l'appeler régulièrement. C'est pour ça qu'elle ne vient jamais en week-end avec lui, me dit un des journalistes avec un grand sourire malicieux.

Enfin ce fut le tour du Président. Il amenait deux invités surprises : Jacques Lanquetot et sa fille. Je l'ai pris à l'écart et lui ai demandé la raison de cette invitation de dernière minute.

— Il est dans la panade et a besoin des conseils des deux anciens. Les dossiers volent dans chaque camp ! Je veux qu'il soit très bien traité. Occupe-toi surtout de sa fille.

— Qu'est-ce qu'elle a, Cécile ?

— Elle va très mal, paraît-il, et il ne la lâche plus. Peur du scandale...

Je ne l'avais pas revue depuis la réception au château.

Elle était méconnaissable. Pâle, hagarde, la démarche peu assurée. Elle se frottait continuellement les mains et les bras comme si elle avait froid.

— Somnifères ? ai-je demandé au Président.

— Non. Pire : drogues et drogues dures. Regarde ses bras, elle ne sait plus où se piquer. Lanquetot ne vit plus. Ce serait très mauvais pour lui, en ce moment surtout !

Le week-end fut un succès.

Doudou s'immobilisa sur le seuil du salon quand elle aperçut Cécile mais ne dit rien. Cécile ne la reconnut pas. Elle garda ses lunettes noires tout le temps et répondait mécaniquement quand je m'adressais à elle. J'étais la seule d'ailleurs à lui parler. Sa présence dérangeait les autres convives qui la dévisageaient à la dérobée. La femme d'un des deux barbons lui demanda pourtant, à un moment, si elle avait des enfants, et Cécile éclata d'un rire strident qui dégénéra en fou rire nerveux.

— Mais enfin, qu'ai-je dit de si drôle ? s'interrogea la grosse dame, étonnée.

— Rien du tout, madame, répondit Jacques Lanquetot. C'est une vieille plaisanterie de famille.

Puis se tournant vers sa fille, sur un ton très dur il ajouta :

— Tu te calmes, Cécile, tu te calmes.

Rien de cela n'échappa au jeune député qui se rapprocha de Cécile et tenta de lui parler.

Le Président put s'entretenir à bâtons rompus avec chacun et obtint des journalistes ce qu'il voulait : un entretien dans le journal de 20 heures et une grande interview en première page, en échange de révélations sur son programme et ses alliances. Les journalistes se frottaient les mains. Le Président aussi.

Lorsque la conversation devenait trop politique, la starlette posait une question insolente qui relançait l'animation.

— J'aimerais bien savoir pourquoi, jusqu'à maintenant, les députés ne payaient pas d'impôts ? Ce ne sont pas des citoyens français, peut-être ? Le Président a éclaté de rire et tout le monde l'a imité. Il semblait très amusé par le bavardage de l'actrice et j'ai demandé discrètement à Germaine de changer la distribution des chambres et de mettre la ravissante propriétaire de Cerise à côté du Président, au cas où...

Doudou écoutait, observait, l'air réservé. Le jeune député lui fit bien quelques avances, il lui proposa de venir courir avec lui, mais son esprit semblait ailleurs. Je lui lançais des clins d'œil complices auxquels elle répondait par de petits sourires. Le Président se montra très affectueux avec elle. Au moment de passer à table, il la prit par l'épaule et déclara que, s'il ne m'avait pas rencontrée... Un ange grivois plana au-dessus de l'assistance. Doudou piqua un fard. Le Président la serra contre lui puis la relâcha, en m'adressant le plus charmant de ses sourires. Son geste eut le résultat escompté. Je surpris le regard étonné de maître Gopillon qui se pencha aussitôt vers Doudou et entreprit de lui faire la conversation. Je l'avais placé à côté d'elle à table, pas très loin de moi, afin de suivre leur conversation. Il lui assura que, malgré le dossier que son mari avait constitué contre elle, il la défendrait bec et ongles.

— Qu'y a-t-il dans ce dossier ? ai-je demandé en faisant l'étonnée.

— Tout ce qu'on peut imaginer de vilenies sur son compte, a soupiré Gopillon, parlant à voix basse comme s'il me révélait un secret d'État. Il paraîtrait qu'elle n'entretenait pas la maison ni le jardin, que le bac à sable des enfants était rempli de crottes de chats et qu'elle les laissait jouer dedans !

— Mais c'est faux ! a protesté Doudou.

— Il a de l'imagination, votre mari ! a repris Gopillon en se tournant vers elle. Et le goût des détails salaces ! Outre la lettre de votre mère, il y en a une de votre voisine rapportant que les enfants restaient en pyjama jusqu'à midi, que l'aînée manquait souvent l'école et qu'elle vous a vue la gifler à plusieurs reprises !

— Elle ment ! a crié Doudou. Elle ment ! Comment peut-elle dire une chose pareille ?

— Vous savez...

Il eut un geste évasif et tripota son téléphone, surpris qu'il ne sonne plus.

— Cela va faire mauvais effet auprès du juge. Avez-vous constitué le dossier que je vous ai demandé ?

— Les lettres ? Non. Je ne sais pas à qui les demander.

Doudou semblait désespérée. Je la devinais au bord des larmes.

— À tout le monde. Les témoignages ne sont jamais vérifiés. Faites-vous faire une lettre par les invités du Président, disant que vous êtes exquise, ce que vous êtes d'ailleurs, et très préoccupée par le sort de vos enfants. C'est la signature au bas de la lettre qui compte. Évitez l'actrice, c'est tout ! Mais sinon, vous avez de quoi vous défendre dans cette assemblée...

Son regard a fait le tour de l'assistance. J'ai surpris l'étonnement dans les yeux de Doudou. J'ai remarqué qu'elle touchait à peine aux plats délicieux et que ses assiettes repartaient presque pleines.

— Je ne pourrai jamais faire ça.

— Allons, allons ! Rien que le nom du Président par exemple. Ou celui de M. Lanquetot sont des gages de moralité.

J'ai pris la liberté d'intervenir et j'ai proposé mon aide à maître Gopillon. Je rédigerais moi-même les lettres que je taperais à la machine et les ferais signer par les invités, avant leur départ.

On parla littérature, tennis, cinéma et télévision. On joua aux Ambassadeurs, et Carole Robin eut un franc succès en mimant *Le Pont de la rivière Kwaï*. À quatre pattes dans le salon, son petit derrière frôlant l'excellence offert à tous les regards, elle imitait le pont de son dos rond et Cerise jappait « Kwaï, Kwaï ».

Ce sont les apartés qui comptent dans ce genre de réunions. Les débuts d'alliance glissés entre deux portes, les rapprochements, les promesses, les invitations qui suivraient. Les plus puissants, malgré les apparences, étaient les deux barbons qui, le regard filtrant et roué, se laissaient courtiser en faisant grincer leurs mâchoires de vieux crocodiles.

Doudou a tenu bon tout le week-end. Le dimanche soir, quand nous nous sommes retrouvées seules pour fermer la maison, elle a poussé un grand soupir de soulagement.

— T'avais raison, quelle comédie ! J'ai pris dix ans d'un coup. Je ne savais pas le Président aussi puissant.

— Le pouvoir est une baguette magique. Je trouve ça aussi érotique que le plus bel homme du monde !

Elle a fait la moue. Je l'ai poussée du coude.

— Reviens sur terre et réfléchis. Ce prieuré est classé. Normalement, je ne devrais pas pouvoir changer une pierre ou modifier une parcelle de terrain. Dans quelques jours, je vais avoir l'autorisation d'abattre ce mur, d'acheter le terrain du voisin qui s'y refusait jusque-là, d'y construire une piscine et une serre, et, en échange, je ferai classer les arbres du village pour me donner bonne conscience et mettre les écolos dans la poche du Président. Étonnant, non ?

— En effet, mais moi, pour tout l'or du monde, je ne pourrais pas coucher avec lui !

— Je ne te le demande pas d'ailleurs !

Le Président était reparti, satisfait. Carole Robin aussi. Elle avait un nouvel amant qui pourrait lui servir un jour, pensait-elle. Elle ne savait pas, la pauvre, le peu d'intérêt qu'il portait à ces proies faciles. Il avait passé une partie de la nuit avec elle puis était revenu dans mon lit. Je ne lui fis aucune réflexion et mis son absence sur le compte de la fatigue. Il m'en fut extrêmement reconnaissant et nous n'en avons plus parlé.

C'est parce que j'avais su le tenir à distance dans les débuts de notre relation qu'il tenait tant à moi. Il croyait m'avoir conquise alors que je n'avais fait que surmonter le dégoût physique qu'il m'inspirait. Cela avait pris du temps. Je ne l'importunais pas avec mes caprices ou mes crises de jalousie. J'étais devenue en l'espace de deux ans la femme idéale qui comprend tout et lui prête main-forte. Grâce à lui, je connaissais le tout-Paris. Grâce à moi, il pouvait utiliser, sans en avoir l'air, mon carnet d'adresses. Nous étions complices. La seule différence entre lui et moi, c'est que je n'étais jamais dupe de rien. Lui était dupe de moi.

J'étais dans le bureau de M. Froment quand l'avocat m'a téléphoné.

— Il faut que je vous parle de toute urgence, m'a-t-il dit. Rappelez-moi au palais, j'y suis jusqu'à la fin de la matinée.

M. Froment m'avait convoqué pour m'entretenir de ma courbe de ventes qui dégringolait. Il me faisait la morale pour que je me reprenne et redevienne le meilleur de ses vendeurs.

— Vous avez des pépins ? Rien qui puisse gêner nos plans, j'espère ? Je compte sur vous. Je n'ai vraiment pas besoin d'états d'âme en ce moment. Il faut se battre ! Aller de l'avant ! Je suis clair ?

Je l'ai rassuré et lui ai demandé la permission de me retirer. J'ai rappelé l'avocat. Je m'attendais au pire en composant le numéro et je n'ai pas été déçu.

— Rien que des poids lourds ! s'est-il exclamé. Je ne sais pas comment elle s'y est prise. Dites, elle a de l'entregent, votre femme ! On ne va plus pouvoir la manipuler comme ça ! C'était facile jusqu'à maintenant mais, là, on s'attaque à du gros poisson !

Je suis resté silencieux. Doudou, jusqu'alors, n'avait opposé aucune résistance. Il était illégal, je le savais, de l'empêcher de rencontrer les enfants mais elle n'avait pas bronché. Il avait suffi que je la menace pour qu'elle se résigne et attende. Je pensais qu'elle se découragerait et reviendrait à la maison. Je connaissais son peu de goût pour la bagarre. Son inaptitude à s'organiser. À manier des documents légaux. Anita avait dû prendre les choses en main.

— Son avocat réclame le droit de visite pour le week-end en quinze. Il a introduit une requête auprès du juge d'instance et le oui a été immédiat. Il va falloir lui présenter les enfants. Ensuite, avec le dossier qu'elle a, inutile de vous dire qu'on ne pèsera pas lourd.

— Mais j'ai quand même en ma possession cette fameuse lettre où elle dit qu'elle part avec son amant et le témoignage de sa mère !

— Oui, mais elle a joint une note d'un psychologue qui parle de dépression nerveuse et met son abandon du domicile conjugal sur le compte de la déprime. C'est facilement plaidable, ça. D'autant plus que l'amant en question a fait une lettre où il raconte que, pendant toute son escapade, elle ne pensait qu'à ses enfants et leur achetait des petits paletots ! Il donne des détails : le nom du magasin, de la ville ! Tout juste s'il n'a pas joint le ticket de caisse ! Le juge va sangloter ! Pour peu qu'on tombe sur une femme...

— Alors, que me conseillez-vous ?

— De transiger. Vous allez y laisser votre santé, votre situation et, surtout, beaucoup plus grave, l'équilibre de vos enfants ! Pensez à eux. Ne vous battez pas pour des prunes. Avant, c'était facile d'agir sans les traumatiser. Maintenant, il va falloir, si vous voulez gagner, les mêler à la bagarre. Et ils sont encore petits...

— Je réfléchis et je vous rappelle.

— Oui, mais... Préparez-vous à les présenter parce que sinon vous êtes hors la loi ! Et là...

Son ton est devenu sibyllin. J'ai senti qu'il me lâchait. J'ai dû interrompre la conversation : on frappait à la porte. C'était M. Froment.

— Vous êtes parti si précipitamment de mon bureau. Ça va ?

Je lui ai fait signe que oui. Il m'a dévisagé, inquiet, a été sur le point d'ajouter quelque chose puis a refermé la porte. Je suis resté un long moment à détailler la porte fermée. Ça allait trop vite. J'avais besoin de prendre l'air. J'ai pris mon imperméable et suis sorti. J'ai dit en passant à la secrétaire que j'allais voir un client. J'ai respiré un grand coup dans la rue et ai défait ma cravate. Je l'ai pliée et l'ai rangée dans la poche de ma veste. JE NE VEUX PAS QU'UN AUTRE HOMME S'APPROCHE DE MES ENFANTS. JE NE VEUX PAS. ILS SONT À MOI. C'EST MOI, LE PÈRE !

Je me suis aperçu que je parlais tout haut, que les gens se retournaient. Ils doivent me prendre pour un fou. Ou un chômeur qui déraille. Je ne suis pas fou. Je ne suis pas chômeur. Je suis un père à qui on va ôter ses enfants et qui n'a rien fait pour ça. Je suis innocent et c'est moi qui suis puni. J'ai marché au hasard dans les rues de la ville. Cela faisait longtemps que je n'avais pas flâné ainsi.

Froment avait raison. Je ne pouvais plus continuer comme ça. Un pied au bureau, la tête ailleurs. Je faisais du mauvais travail, partout.

Après un moment, j'ai réussi à mettre les faits bout à bout. J'avais perdu. Il fallait me rendre à l'évidence. Si je persistais à me battre, je perdrais plus encore : mon travail, ma dignité d'homme... Par les temps qui courent, retrouver un job comme le mien, cela n'allait pas être évident. Je n'entendais parler que de chômage, de retraite anticipée, de licenciements. Les gens dans les bureaux n'osaient plus lâcher leur fauteuil, même pour aller faire pipi. J'étais en sursis. Le discours de Froment, ce matin, était un premier avertissement. Et puis j'avais toutes les traites à payer... La bagnole, la maison, la chaîne stéréo.

Je me suis laissé tomber sur un banc, juste en face d'une boulangerie et j'ai pleuré. Comme je n'avais jamais pleuré de ma vie. Antoine et Alice... Je ne les verrai plus. Comment en étais-je arrivé là ? Je ne comprenais pas. J'ai regardé les gens qui entraient dans la boulangerie, qui attendaient leur tour derrière la vitrine éclairée. Des femmes avec leurs gamins ou des vieux avec un cabas. Aucun homme de mon âge.

Des femmes avec leurs gamins. C'est l'ordre de la vie.

Les hommes travaillent, vont au bureau, et les femmes font la queue à la boulangerie avec les enfants. Doudou était sortie de la file d'attente et elle emportait les enfants. Je n'avais plus la force de me battre. Me battre pour quoi ? Puisque de toute façon la mère avait tous les droits même celui de partir. C'était la première fois que je me retrouvais face à une injustice et, malgré la rage que je sentais en moi, je compris que je renonçais.

Il y avait un truc qui m'échappait dans cette histoire mais je ne savais pas quoi. Doudou ne pouvait pas avoir TOUS les torts. Ce n'était pas réaliste de penser ça. Alors, qu'est-ce que j'avais fait de travers ?

Qu'est-ce que j'avais fait de travers ?

J'ai repris mon travail à la bijouterie mais j'avais la tête ailleurs. Comment allais-je m'habiller pour voir les enfants ? Je ne veux pas qu'ils soient déçus. Ils ont dû m'embellir dans leur tête et quand ils vont me voir...

Un soir, à la télé, j'avais écouté le témoignage d'un homme de 40 ans qui racontait qu'il avait attendu sa mère toute son enfance. Elle l'avait abandonné alors qu'il avait 3 mois et il avait été élevé par sa tante. On lui avait demandé comment il se la représentait cette mère idéale. Il avait répondu : aussi belle que Marylin Monroe !

À un moment, Raymond m'a appelée dans son bureau.

Je l'ai écouté sans rien entendre.

— Alors, qu'est-ce que je fais ? Tu m'écoutes ou pas ?

Il me houspillait, se trémoussait sur sa chaise à en faire péter les barreaux. C'était un vrai spectacle de l'observer, le Raymond, tout frétillant, anxieux, démonté en mille pièces qui ne s'emboîtaient plus. Il était ficelé d'amour et ne savait plus comment garder sa dignité dans tous ces nœuds-là. Il voulait bien perdre la face mais en beauté !

— Si, si...

— Alors ?

— Je vais revoir mes enfants, je lui ai dit.

— Ah ?

Il n'a même pas fait semblant de se réjouir. Il était là, tout ramassé sur son problème d'amour. Je lui montre ou pas qu'elle me fend le cœur, que je trottine baveux derrière elle. Il n'avait plus besoin de moi pour aller nourrir l'horodateur. Il devait même le remplir demi-heure par demi-heure, rien que pour avoir l'honneur de passer sous son nez. Elle l'avait tout requinqué, Agnès, avec son nez en l'air et sa petite frimousse de donneuse de plaisir. Il jouait avec les pièces de parking dans la coupelle et avait la chair molle, flasque, tressautante, d'un poisson ferré qu'on tient au bout de sa ligne et qui gigote encore avant de se rendre. Il me dégoûtait tout à coup. Il en devenait presque veule et répugnant de bassesse. Je ne sais pas pourquoi, je me suis mise à lui en vouloir de brader ainsi toute sa dignité. Je ne comprenais pas qu'il puisse s'agenouiller aussi rapidement, se prosterner, se ratatiner. J'aurais aimé qu'il résiste. Pour être honnête, je crois que je l'ai haï quelques secondes et je lui ai parlé durement, pour lui faire mal, pour qu'il réagisse.

— Vous êtes foutu. Ça suinte par tous les pores de votre peau que vous en pincez pour elle.

— Ah ?

Il s'est rétracté sur sa chaise et n'a plus bougé. Même ses doigts ont été saisis de paralysie et se sont crispés sur les pièces.

— C'est pas bon ?

— Avec une fille comme Agnès, c'est même très mauvais.

— Tu sais ça, toi ?

— C'est vieux comme le monde. À la maternelle déjà, les filles, elles aiment celui qui les regarde pas et qui leur tire les cheveux.

— Alors, qu'est-ce que je fais ?

— Vous la tenez à distance, vous l'ignorez dans la journée et la récupérez le soir, toute pantelante. Vous faites le supérieur, l'expert-comptable, vous vous grandissez de deux ou trois diplômes, parlez d'une envolée hiérarchique avec pépites à la clé. Vous bombez le torse, faites Tarzan. Mais pas cette mine de nigaud amoureux !

En fait, c'est en crachant ma bile que j'ai compris : j'étais en colère contre moi, contre tous les hommes du monde, contre toutes les filles du monde. Contre tout l'amour du monde où chacun se fait avoir en beauté. Le vrai amour, on le trouve chez les saints, les carmélites, chez des gens qui donnent sans compter. Mais sinon, ce n'est que du troc, du taux d'intérêt. Aime-moi ET je t'aimerai, dis-moi que je suis belle, intelligente et forte ET je te rendrai la pareille, dessine-moi un mouton ET je te ferai un baiser. C'est tout ça qui me sautait aux yeux sur la chaise cannelée en face de Raymond et de ses balbutiements. Je l'aimais bien, le Raymond. J'avais envie qu'il s'en sorte. Il soufflait. Il me fixait, les yeux exorbités. Soulevait ses lourdes paupières, ce qui plissait son front comme un vieux gant. Et moi, je m'emballais, je m'emballais. Plus j'ajoutais des mots, plus je m'éclaircissais les idées.

— Ça m'intéresse pas les rapports de force, grogna-t-il.

— Avec une fille comme Agnès, vous ne tiendrez pas longtemps.

— Qu'est-ce que t'y connais, toi, d'abord ?

— Bien plus que vous, en tous les cas. Je l'ai écoutée parler pendant des heures, Agnès. Et je ne me suis pas ennuyée. Elle n'aime que les vaches, les gros costauds qui lui en font baver, alors vous, avec votre cœur en pendentif, vous allez valser vite fait !

Je le dérangeais en disant ça. Il l'avait déjà repeinte en madone d'appartement, Agnès. Il se dandinait sur sa chaise et rongeait son pouce.

— Tu la connais mal. Je sais pas pourquoi je te demande conseil d'ailleurs...

— Vous avez raison, je ne suis pas une experte, je flaire, je flaire, c'est tout. Je ne veux surtout pas vous désillusionner. Allez, bonne chance !

Il boudait maintenant. Je lui avais détruit son rêve.

Ce soir-là, dans l'autobus du retour, je me suis demandé ce qui m'avait pris de déblatérer ainsi. Je ne me reconnaissais plus. Je changeais si vite que j'allais me mettre à me vouvoyer si ça continuait. Parce qu'ils en ont de l'amour, les gens. Tout au fond d'eux. Bien enfoui comme le lingot dans les draps. Mais ils n'osent pas le produire de peur de se faire détrousser. Ils le flattent, ils le caressent mais, au moment de le sortir, ils ont la trouille. Agnès, elle se défend comme elle peut. Elle joue les dures, les cuirs. Mais peut-être qu'au fond elle ne rêve que de se blottir contre le Raymond et de lui filer son lingot.

Qu'est-ce que je connaissais de l'amour, moi ?

Ce petit discours m'a menée tout droit à Christian.

J'ai ruminé longuement avant de lui écrire la lettre.

J'y pensais tous les jours mais c'était dur de mettre des mots sur ce qui était en train de se passer en moi. J'avais l'impression physique que je muais. Comme une chenille qui devient papillon, diraient ces vieux crétins de poètes.

Un soir, je me suis même couchée en riant. En riant de me voir si neuve dans le miroir.

Mais quand je me suis mise devant la feuille de papier, les mots sont venus tout seuls. Et j'ai écrit, j'ai écrit comme si je faisais un bilan.

« Christian,

J'ai mis du temps à t'envoyer cette lettre. Je me suis dit que ce n'était pas le moment de te parler de mes états d'âme surtout qu'ils sont plutôt toniques et gais. C'est vrai que j'ai pris la fuite. J'ai été lâche mais c'était malgré moi. Je n'étais plus à l'aise dans notre histoire. Il y avait un truc qui sonnait faux. Je n'étais pas à ma place. Ce n'était plus moi. J'avais l'impression qu'on répétait toujours le même échec. Ne plus te voir était une manière inconsciente de marquer une pause. De dire "attention !

il y a quelque chose qui ne va plus !". Je ne savais pas quoi exactement mais je sentais qu'il fallait que je me détache de toi. On s'est trop aimés tous les deux. Et, en même temps, que c'est dur de démêler l'amour de l'amour ! L'amour que je te porte et qui fait que je t'aime et t'aimerai toujours et... l'autre.

Je t'aime gratos. C'est comme ça mais ça n'a rien à voir avec...

Je ne sais pas comment appeler l'autre, l'autre amour qu'on a connu il y a très longtemps et qui n'est plus le même. Le fait qu'on ne se voie plus du tout depuis deux mois m'a fait du bien dans la tête. J'ai dissipé un malentendu que j'entretenais depuis des années : l'idée qu'on était toujours ensemble. Que ça allait de soi. Que, quoi qu'il m'arrive, tu serais là pour me protéger parce que tu n'aimais que moi. Tu ne peux pas savoir à quel point je me suis raccrochée à toi. Tu étais là et tu m'aimais et rien de mal ne pouvait m'arriver.

Un amour pas remis sur le métier.

Il fallait mettre de la distance entre nous. D'abord j'ai eu très mal. J'étais K. O. Je ne comprenais pas. J'ai fait le dos rond et j'ai attendu. C'était une étape à passer. Pour grandir. Pour me défaire d'un vieux truc qui me collait à la peau et me ramenait à un passé embelli, nostalgique. Comme si je redevenais adolescente tout d'un coup.

J'ai courbé la tête. Le cœur gros, mais bon... Et puis, tout doucement, les jours passant, la douleur a disparu et je me suis sentie très bien. Toute neuve. Comme si je reprenais mon indépendance.

Comme si j'avais grandi d'un seul coup. J'ai la sensation physique d'être devenue une autre et j'aime bien cette Doudou-là.

Je t'aime toujours immensément. Je n'ai pas envie de le renier. De prétendre le contraire. "Je t'aime à toutes les sauces" serait l'expression exacte. Je t'aime à l'infini : je t'aime tout le temps mais ça ne m'empêche pas de vivre. À mon compte. C'est compliqué peut-être mais ça a le mérite d'exister, et drôlement même ! La vie est redevenue belle et compacte. J'y ai repris ma place. À moi toute seule. Je travaille, je gamberge. Je vais revoir les enfants et je suis émerveillée. Ils me font aller de l'avant. Je les remplis, ils me remplissent. C'est la vieille histoire des vases communicants.

Voilà, mon amour chéri, le fond de mon âme aujourd'hui. T'en fais ce que tu veux. Tu bâilles, tu ricanes, tu mouilles un œil, tu rigoles, tu persifles, tu mets tout ça sous la pile ou au-dessus... mais c'est là. Et je ne te baratine pas. Foi d'Al Capone et de la Sainte Vierge réunis. Je t'embrasse très fort et espère te voir très, très bientôt, Doudou. »

J'étais très fière de moi en relisant cette lettre.

Pour une fois, je prenais l'initiative.

Pour une fois, la force venait de moi.

Je n'étais plus un petit wagonnet qu'on pousse, qu'on tire, qu'on entrepose sur une voie de garage.

J'ai posté la lettre et j'ai prié le Ciel très fort qu'il la lise et qu'il comprenne. J'avais peur, tout au fond de moi, qu'il ne ressente qu'un immense abandon.

Quand ils m'ont écrit de l'hôpital psychiatrique pour me dire que mon fils était interné, je peux dire que ç'a été un choc. La dernière fois que j'étais montée à Paris pour un parloir, je l'avais trouvé plutôt en forme. Ce devait être il y a trois, quatre mois. Je n'allais pas souvent le voir parce que je travaille et que ce n'est pas facile de m'absenter. Mais il avait l'air bien. Il parlait de sa défense, du procès qu'il attendait avec impatience, de ce qu'il allait faire à la sortie de prison. « Je vais m'en sortir, Tatie, je vais m'en sortir... » il disait.

Il ne m'a jamais appelée maman. C'est bizarre, ça. Même tout petit. Je lui disais « mais je suis ta maman », et il disait « tu es ma tatie. Comme Doudou, tu es sa tatie ». Je n'ai jamais compris. Comment un gamin qui ne dit ni papa ni maman peut-il être normal ?

C'est ma faute aussi. Je l'ai eu trop jeune. Je l'ai posé et je suis repartie vivre ma vie. J'étais insouciante à l'époque. Et puis ma sœur s'occupait de tout. Elle le faisait si bien que je ne me tourmentais pas. Je ne réfléchissais pas trop. Je m'en remettais à elle.

Moi, si j'avais pu choisir, je n'aurais pas eu d'enfant. Parce que mon enfance, comment vous dire, je n'en garde pas de bons souvenirs. Oh ! bien sûr, je n'ai manqué de rien. Je veux dire, rien de matériel. Mais, pour l'affection, ils étaient plutôt économes mes parents. Moi, c'était ma nounou que j'aimais, celle qui m'a élevée jusqu'à mes 13 ans. Après, elle a pris sa retraite, elle avait la jambe gauche qui enflait, qui tirait et elle soufflait en lui faisant monter les escaliers. On en a eu une autre avec ma sœur mais, celle-là, je ne l'aimais pas beaucoup. Toujours à me faire la leçon, à me dénoncer et puis elle parlait en tordant le nez. Mes parents, je leur disais papa, maman, en société. Parce qu'il fallait bien les appeler...

Notre père, il s'est intéressé à nous quand on a commencé à devenir de petites bonnes femmes. Pas avant. Il n'en avait que pour ses fils. Mais alors là, quand il nous a poussé des galbes, il s'est mis à nous regarder. De très près. Il nous lorgnait même par le trou de la serrure quand on prenait notre bain. Je le sais parce que je l'ai surpris plusieurs fois dans le couloir du premier, derrière la porte de la salle de bains, en train de reluquer ma sœur. Oh ! Il ne faisait rien de mal, je vous rassure. Je ne me souviens pas d'un seul geste déplacé. N'empêche qu'il nous espionnait. Un jour, notre mère l'a surpris et il a fait semblant de réparer la poignée qui était branlante. Je ne sais pas ce qu'elle en a pensé. En tous les cas, elle ne nous en a jamais parlé. De toute façon, à la maison, on ne parlait de rien.

Quand Paul, le mari de ma sœur, s'est installé, ç'a été comme un grand coup de vent frais. C'était le contraire de mon père, Paul. Il avait toujours besoin de toucher, d'embrasser, de câliner, de rire, de faire la fête et il annonçait la couleur, en plus. Il ne s'en cachait pas. On peut le traiter de tout mais pas de menteur ! Ça, on peut dire qu'il est tombé dans la mauvaise famille, question joie de vivre ! Lui et moi, ça a fait clic tout de suite. J'ai vite compris que, ma sœur, il l'avait épousée pour la situation mais que moins il la voyait, mieux il se portait. J'avais de la peine pour elle. Je crois bien qu'elle en a été amoureuse, au début. Quoi qu'elle en dise. D'abord parce qu'il était beau et que, ma sœur, elle a un petit côté, oh ! pas énorme, mais quand même... elle a un petit côté vaniteux. Elle aime bien les belles robes, les belles maisons, les beaux meubles, les beaux mâles. C'est pour ça qu'elle est si coiffée de son gendre. Et Paul, il était beau. Ça oui ! Et aristo avec ça ! « Même en slip, c'est un prince ! » disait sa maîtresse parisienne qui l'a quand même entretenu un bon moment. Ensuite, elle avait un petit côté midinette, ma sœur. Avec lui, elle a dû se laisser aller à rêver au prince Charmant mais ça n'a pas duré longtemps parce qu'il n'encourageait pas la rêverie. Il se moquait de tout. Alors, elle s'est réfugiée dans la religion. Et ça le mettait hors de lui, cette bigoterie !

On est vite devenus complices tous les deux. Complices puis amants. C'était du pareil au même. Il était élégant, il sentait bon le linge frais, il me faisait rire et surtout, surtout, il m'emmenait loin de la famille. Ce n'était que du plaisir, la vie avec

lui. Mais je n'étais pas amoureuse, ah ça, non !
D'ailleurs, je ne me souviens pas avoir été amoureuse. L'amour, je m'en méfie comme de la peste.
Les petites aventures, les baisers, les mots doux, les
frissons qui courent sur l'échine, d'accord, mais le
grand tremblement avec vœux éternels de fidélité,
je n'y crois pas une seconde. L'amour, ça se déguste
comme une bonne bouillabaisse mais il faut pas
que ça attaque la tête ! Ça doit rester strictement
dans le ventre. Là, ça fait du bien, ça réchauffe, ça
ventcoulise, ça requinque. Mais la tête, il faut se la
garder bien droite sur les épaules et ne pas la poser
sur le billot d'un autre ! Quand je vois là où ça l'a
mené, mon fils, l'amour ! Moi, je crois à la terre,
au soleil, aux maisons.

Je n'ai jamais eu plus de peine que lorsqu'on a
vendu nos maisons de Calais et de La Baule. J'ai
pleuré à m'en creuser des ravines. Mais pour un
homme, jamais ! Ma maison à Carry, quand je l'ai
achetée, c'était une ruine. Personne n'en voulait.
Une pauvre chose qui avait la scoliose, qui dégringolait de partout. Plus rien qui marchait, que des
sols branlants, des murs qui se fissuraient, un toit
qui prenait l'eau, des tuiles toutes ébréchées. Je
l'ai aimée tout de suite, celle-là. Je l'ai reprise en
main. Je l'ai bichonnée. Et que je te mastique les
fentes, que je te fais du plâtre, que je te bouche les
trous à grands coups de truelle, que je te redresse
la cheminée, que je te décape les poutres, que je
te mitonne des ouvertures. J'ai pas fait la mijaurée avec elle. Je grimpais sur les gouttières, je les

rafistolais avec du fil de fer — je n'avais pas beaucoup de sous — je montais les échafaudages, je
mangeais du plâtre, je me cassais les reins à porter
des dalles de pierre, des bricoles de récupération
que je piquais à droite, à gauche, mais je ne rous-
pétais jamais. C'était la joie même. Du solide, du
palpable, du visible à l'œil nu. Pas comme les mots
d'amour qu'on ne sait même pas pourquoi on les
dit et qu'on se retrouve encore plus bête après ! Je
vibrais avec ma maison, je m'escagassais la santé,
j'étais une héroïne. Et pas une de ces lymphatiques
qui s'écroulent dans les bras d'un homme ! D'ailleurs, il n'y avait pas un homme qui me rendait
aussi fière, aussi pleine d'émotions que ma maison.
Et le soir, quand j'étais toute vermoulue, quand la
fatigue me coupait les reins, je reculais de quelques
pas et je la regardais qui reprenait tournure, qui se
redressait avec ses volets verts, ses tuiles rouges, et
j'avais de l'amour pour elle...

Tiens ! Quand j'ai appris pour Christian, la première fois, la fois du crime, c'est dans ma maison
que je suis allée me réfugier. C'était comme si je
rentrais dans un ventre. Je me suis enroulée dans
l'entrée, là où le carrelage est toujours frais parce
que la source coule en dessous et je me suis couchée. J'ai attendu que le mal passe, qu'il se perde
dans les murs, dans le toit, qu'il se faufile entre deux
huisseries mal ajustées. Et la maison a pris le mal.

Je leur aurais dit aux enfants qu'ils étaient frère
et sœur. Mais ma sœur ne voulait pas. Elle avait
peur du scandale. Elle disait qu'on en avait eu

assez dans la famille. Qu'est-ce que ça apporterait de plus de remuer toute cette boue ? Je ne sais pas, moi. J'aime pas les secrets. Ça ronge tout, le secret. C'est comme la rouille. On croit qu'on est gagnant à les cacher sous le tapis mais, quand on le retrousse, le tapis, il y a de la vermine en dessous. Mais elle a insisté pour que ça reste entre nous et je lui ai obéi.

C'est quelqu'un de bien, ma sœur. Elle serait venue vivre avec moi à Marseille, elle se serait vite épanouie. Un soir qu'on était sur la terrasse à se boire un petit Martini bien frais avec des olives noires de mon jardin, le seul olivier qui donnait encore parce que je l'avais greffé, encouragé, que je lui avais parlé, collée contre l'écorce avec les bras autour, un soir, j'ai bien cru qu'elle disait oui. Elle avait la peau dorée ce soir-là et les cheveux défaits sur les épaules. Elle était toute répandue contre le mur. Elle allait dire oui, et puis elle a pensé à notre mère et s'est reprise. Moi je n'en voulais pas à Marseille. Je savais qu'à elle seule, toute impotente et ramassée dans son fauteuil, elle nous saccagerait la vie. Alors elle est repartie. Avec Christian et Doudou.

Ce n'est pas un mauvais petit, mon fils. Au contraire. Ma sœur me le disait toujours. Et ma sœur, elle reconnaît le bon grain de l'ivraie. Je devrais parler au passé parce que, maintenant, il n'est plus grand-chose.

Je suis montée tout de suite à Paris pour le voir après que j'ai reçu la lettre de l'hôpital. Et là, je l'ai plus reconnu. Ils m'ont laissée seule avec lui, dans sa cellule. D'abord, quand je suis rentrée, il me tournait le dos. Il était appuyé contre la fenêtre, la fenêtre avec des barreaux, et il regardait le ciel. Il avait les cheveux tout blancs, tout blancs. Il paraît qu'ils ont blanchi d'un coup. En une nuit. Et puis il se tenait comme un petit vieux. J'ai dit tout doucement : Christian... Christian. Il n'a pas bougé. J'ai repris : c'est Tatie, mon chéri, c'est Tatie. Il s'est retourné et ça a été horrible, vous savez. Il n'avait plus rien dans son regard. Vous imaginez des yeux sans rien dedans... Que du vide, du vide. De la mort qui attend, tapie, prête à sauter et à l'emporter.

Je ne sais même pas s'il m'a reconnue.

Il m'a regardée un long moment. Je lui ai souri. Je lui avais apporté de belles tomates de mon jardin. Celles qu'il aime, les olivettes qu'on met dans la salade et qui craquent sous les dents. Je les lui ai tendues, bien à plat, toutes luisantes et rouges, dans ma main. Il n'a pas bougé. Il n'a rien dit. Il s'est retourné et il a regardé le ciel à nouveau, le bras appuyé au montant de la fenêtre. Comme un petit vieux qui attend. Je suis restée comme ça. Debout dans la cellule. Je ne savais pas quoi dire. Je n'osais même pas m'approcher. Il m'impressionnait. Et puis il y avait toutes ces années où je ne m'étais pas occupée de lui, où je l'avais laissé grandir sans même lui parler comme je le faisais pour l'olivier qui se mourait, ces années qui me remontaient à la gorge et empêchaient la voix de sortir. J'ai eu honte, vous savez, j'ai eu honte. Et je me suis dit qu'il ne faut jamais laisser passer une seconde, une minute d'amour parce que cette seconde, cette minute, elle ne se représentera plus jamais. Et vous, quand vous êtes jeune, quand vous avez la peau dorée à craquer, que la musique fait onduler vos hanches et frissonner les hommes, vous prenez tout cet amour comme un dû et vous remettez à plus tard. Sauf qu'elle ne se représente plus cette seconde d'amour. Et qu'il faut lui sauter dessus quand elle passe. Sinon, des années après, vous êtes dépouillés. Et vous vous plaignez. Mais il ne faut pas se plaindre, il faut se frapper la poitrine et se contrire de l'avoir laissé passer, ce minuscule instant d'amour.

C'est la honte qui m'a clouée sur place avec mes olivettes qui ne voulaient rien dire puisqu'elles arrivaient bien trop tard.

À la fin, ils sont venus me chercher. J'ai murmuré :

— Christian, je m'en vais.

Il n'a pas bougé.

Le médecin m'a expliqué qu'il restait comme ça toute la journée. Il n'est pas violent, non, il ne bouge pas, c'est tout. On le couche, on lui fait faire pipi, il ne sait plus faire pipi tout seul. On le fait manger. On le rase. Lui, il ne fait rien qu'à rester silencieux tout le temps et à regarder dehors.

— Qu'est-ce qu'on va faire, docteur ? je lui ai demandé.

— Je crains qu'il n'y ait rien à faire, madame.

— Mais il ne va pas finir sa vie comme ça ! Je peux le prendre, moi. Je m'en occuperai, je le rafistolerai. Je le mettrai au soleil sur ma terrasse et je lui ferai de la bonne soupe. Il reprendra goût à la vie, vous verrez.

— Vous oubliez qu'il a commis un meurtre, madame. Il doit rester en prison.

Il avait une voix froide, unie et un visage où pas un muscle ne bougeait. Il m'a fait signer des papiers, des tas de papiers parce que Christian changeait d'administration. J'ai signé automatiquement.

— Mais après, je lui ai dit, après...

— Ce sont les experts qui décideront.

— Marquez sur vos papiers que je veux le reprendre.

Il a marqué d'une petite écriture fine et étroite, en haut d'un énorme dossier. Et il a souligné deux fois. Il n'y avait pas le nom de Christian sur le dossier, il y avait un numéro. Après, il m'a donné une lettre qui était arrivée pour lui. Je l'ai mise dans mon sac, à côté des tomates.

Je l'ai lue dans ma maison, la lettre de Doudou. Elle était belle, sa lettre.

Au moins, Doudou va bien, je me suis dit, assise sur la terrasse en regardant le soleil qui se couchait dans la mer. Au moins, Doudou va bien...

Alors j'ai repensé au secret et je me suis mordu les lèvres pour ne pas pleurer. Ce sont de sales bêtes, les secrets, croyez-moi. Ce sont de sales bêtes. Elles vous font croire qu'il y va de votre vie de les tenir cachées sous le tapis et, pendant ce temps-là, elles mangent tout et elles engraissent. Faut pas les laisser vivre. Faut les traquer, les écraser du pied.

C'est comme ça qu'on arrête le mal.

Pas autrement.

Pas autrement.

Le samedi que j'attendais et redoutais tant est enfin arrivé.

Les avocats avaient tout arrangé entre eux. Je n'avais pas osé appeler André. C'est lui qui m'a téléphoné, trois jours avant.

Il a dit : Bonjour, c'est André, ça va ?

J'ai dit : Ça va et toi ?

Puis il y a eu un petit silence et enfin il a demandé :

— Comment vois-tu ça ?

J'ai mis du temps à comprendre ce qu'il entendait par là. J'ai répondu que je ne savais pas. J'ai même dit en riant nerveusement que je ne voyais rien du tout.

— Je suis trop émue, André.

Il s'est gratté la gorge et puis il a repris avec la même voix, calme, posée :

— Bon alors... Voilà ce à quoi j'ai pensé. Tu vas venir à la maison. C'est mieux si tu les retrouves dans leur cadre. Je t'accueillerai et je partirai sous un prétexte quelconque. Tu feras ce que tu veux. Tu peux rester ou aller te promener avec eux. Le soir, on dînera tous les quatre. C'est important. Qu'ils voient qu'on n'est pas fâchés. Tu dormiras à la maison. Je te laisserai la chambre et j'irai dans le salon. Le dimanche, on improvisera...

Sa voix s'est cassée et il a ajouté :

— J'ai pas été plus loin que le dimanche matin.

J'ai frissonné. J'avais les mains nouées sur le récepteur. Je lui ai dit dans un souffle mais je lui ai dit quand même :

— André... Je suis prête à tout pour les enfants, mais il faut que ce soit bien clair entre nous : je ne reviens pas.

Il a laissé passer un moment et il a dit :

— C'est clair.

Il s'est gratté la gorge à nouveau.

— Il faut leur annoncer graduellement les choses. Tu le feras sûrement mieux que moi.

— Merci.

— Je leur ai dit que tu avais été malade, que tu étais soignée à l'hôpital. C'est important que tu dises la même chose.

J'ai eu un petit rire nerveux. J'ai raccroché.

Anita m'avait prêté sa voiture et j'ai retrouvé sans peine le chemin du lotissement, à trois kilomètres de la ville. J'aurais pu conduire les yeux fermés. Je me suis garée le long du trottoir. J'ai éteint le moteur. J'ai respiré profondément et je suis sortie. J'ai pris l'allée de graviers, je suis passée devant la boîte aux lettres numéro 12.

Ils devaient me guetter derrière la fenêtre car je les ai reçus de plein fouet. Tous les deux. Deux petits paquets jetés à cent à l'heure dans mes jambes et qui criaient « maman, maman ».

Je me retenais pour ne pas pleurer, pour que le premier visage qu'ils voient de leur mère ne soit pas inondé de larmes. J'ai serré les mâchoires très fort, me suis accroupie et les ai pris contre moi. Mes bébés, mes bébés, je répétais. Maman, maman, ils me disaient en me serrant à m'étouffer. Ma petite maman d'amour que j'aime plus que tout au monde, m'a dit Alice. Maman, ma maman que j'aime plus que tout au monde dans mon cœur, a dit Antoine.

Ils me serraient si fort que je suis tombée en arrière sur les graviers et ça les a fait beaucoup rire.

— T'as vu comme je suis fort, m'a soufflé Antoine. Je suis grand maintenant.

— Et moi, à l'école, je sais écrire mon nom en lettres attachées ! a clamé Alice. Mais Céline, c'est plus ma copine.

Ils se sont mis à parler tous les deux ensemble de leurs copains, de la maîtresse, de l'épée du prince Philippe, du nouveau vélo d'Alice. Je les écoutais, assise dans le gravier. Émerveillée. C'est comme si je les avais quittés la veille.

À un moment, seulement, Alice a laissé échapper dans un soupir :

— C'est pas rigolo de pas voir sa maman...

— C'est pas rigolo de pas voir ses enfants, je lui ai répondu.

Elle a soupiré et m'a dit :

— T'es plus malade ?

— Non.

— Parce que, si t'es malade, moi je peux te soigner. Je te mettrai un pansement et tu seras plus malade.

— Quand papa, il a eu mal au genou, c'est Alice qui l'a guéri. Elle lui mettait de la glace dessus.

— Ah ? Et comment il est tombé malade, papa ?

— En grimpant à l'échelle, a dit Antoine. Moi, quand je tombe, je pleure plus, même. Je suis plus un bébé. Tu veux que je te montre ?

Il a fait une galipette dans l'herbe et il est retombé à plat sur le dos. Il a hurlé. Je l'ai pris dans mes bras. Il pesait si lourd maintenant ! On est rentrés à la maison. André faisait du café dans la cuisine. Rien n'avait changé. La maison était propre. Tout brillait. La mère d'André avait dû passer par là.

— Salut, il m'a dit. Tu veux un café ?

J'ai dit « oui » et je suis allée l'embrasser. J'étais très émue. Je l'ai pris dans mes bras. Au début, il était tout raide et gardait ses mains le long du corps et puis, au bout d'un moment, il s'est laissé aller et m'a serrée contre lui. Les enfants nous regardaient et pouffaient.

— Oh ! les amoureux ! Oh ! les amoureux, ils se sont mis à chantonner.

André s'est tout de suite repris et m'a demandé à nouveau si je voulais un café. J'ai dis « oui » une seconde fois. Il m'a fait signe de m'asseoir à la table de la cuisine, a sorti une tasse, le sucrier, une petite cuillère.

— Tu n'en prends pas ? j'ai demandé en voyant qu'il ne sortait qu'une tasse.

— Si.

Puis il a regardé la table et a souri.

— C'est l'émotion, il a dit, ça va passer. Je ne voyais pas du tout les choses comme ça !

— Pipiolit ! a crié Alice. C'est ce que dit Pipiolit au pôle Nord !

On est restés un long moment comme ça, dans la cuisine, à tourner nos cuillères dans les tasses et à essayer de boire un café trop brûlant qui nous faisait grimacer dès qu'on le portait aux lèvres. Les enfants étaient allés me chercher leurs jouets et les avaient répandus sur le sol de la cuisine. Puis ils étaient repartis en chercher d'autres. André s'est levé, a porté sa tasse dans l'évier, l'a lavée, posée sur l'égouttoir. S'est essuyé les mains. A remonté son pantalon. Serré son nœud de cravate.

— Il faut que j'aille au bureau. J'ai pas beaucoup travaillé ces derniers temps, j'ai du retard. On se retrouve ici, ce soir ?

— Oui. J'irai faire les courses.

— C'est pas la peine. Le frigo est plein.

Il a dit au revoir aux enfants et il est sorti.

J'ai passé un long moment dans la chambre des enfants. Alice m'a présenté Madeleine et Sophie, ses nouvelles poupées, et tous leurs habits. Antoine, ses voitures et ses avions. Ils venaient à tour de rôle s'asseoir contre moi, frottaient leur tête sur moi et réclamaient : un câlin, maman, un câlin...

Après ils ont eu faim et on est allés chez McDonald's manger des frites et boire du Coca avec plein de pailles. Je ne pouvais pas manger. Je les tâtais. Je les prenais contre moi. Je mangeais leur cou, leurs cheveux, leurs bras. J'avais envie de mordre leurs cuisses et leur petit derrière. Ils se laissaient faire en riant, disaient que ça faisait des guili. On a joué au jeu du serpent avec l'emballage des pailles : vous prenez le papier de la paille, vous le tortillonnez, ensuite vous versez une goutte de Coca sur la queue du tortillon qui figure un serpent et le serpent se redresse, se tord, va pour mordre...

Antoine l'a massacré à coups de verre, de poing, d'assiette et a triomphé en disant :

— J'ai tué le serpent, je suis grand, moi !

— Moi, mon serpent, je le tue pas. Je le laisse vivre parce que c'est utile dans la nature, a dit Alice. C'est méchant les serpents, maman ?

— Ça dépend lesquels. Et même les plus méchants, si tu les laisses tranquilles, ils ne te feront rien. Faut pas les attaquer, c'est tout.

Après le McDonald's, on est allés au square, faire du toboggan, du tourniquet et de l'escalade sur les constructions en bois. Je les regardais monter et descendre, virevolter et crier.

— Regarde-moi, maman, regarde-moi !

J'étais redevenue une maman.

Le soir, on a dîné à la maison. André avait acheté un poulet. Il y avait de la ratatouille, des pâtes, du fromage et des glaces. André a ouvert une bouteille de vin. On a bu un peu tous les deux.

C'est ce moment-là que j'ai choisi pour annoncer aux enfants qu'ils allaient venir vivre avec moi, à Paris. Qu'on allait quitter la petite maison blanche du lotissement. Mais qu'ils verraient leur papa quand ils voudraient. Chaque fois qu'ils en auraient envie.

— Je vous aime comme avant, a dit André. Ça ne va rien changer. Je vous appellerai tous les jours...

— Et tu nous enverras des fax, a dit Alice. Le papa de Céline, quand il voyage, il lui envoie des dessins par fax et elle les colorie à l'école !

— Parce que papa, c'est normal, il faut qu'il gagne des sous, a dit Antoine.

Et voilà, je me suis dit. Et voilà...

Bien sûr, il y aurait des questions après. Et la lassitude de ne plus voir leur père tous les soirs, de ne plus courir dans l'allée en entendant le bruit du moteur qui s'arrête. Je le savais.

Ils avaient sommeil. Ils se frottaient les yeux. On en a pris chacun un dans les bras et on les a couchés. Ils se sont endormis, sans rien dire, chacun dans son lit.

Quand on est redescendus, André et moi, dans la cuisine... Quand on est redescendus...

On a tout rangé en silence. On a mis la vaisselle dans le lave-vaisselle. J'ai passé l'éponge sur la table. Il a sorti la poubelle. J'ai donné un coup de balai. Il a rebouché la bouteille de vin. Rangé les serviettes des enfants dans le tiroir. On cherchait tous les deux à quoi s'occuper encore. On tournait dans la cuisine, on se heurtait, on s'excusait... Et puis on s'est assis. De part et d'autre de la table. On ne savait pas quoi se dire.

— Tu vas les prendre quand ? a demandé André.

— À la fin du mois. Quand l'école sera finie...

— Tu as un logement à Paris ?

— Oui. Au début, ce sera un peu camping mais...

— Je te verserai une pension.

Je l'ai remercié. Je savais que je pouvais compter sur lui.

— J'aimerais les voir souvent... Je veux dire, je ne voudrais pas d'un droit de visite strict avec horaires et tout.

J'ai hoché la tête. J'étais d'accord.

— Tu veux un café ?

J'ai dit non. Il a paru soudain embarrassé. J'ai compris qu'il avait quelque chose à me dire mais ne savait pas comment s'y prendre. J'ai entendu le bruit d'une voiture qui roulait, une porte de garage qu'on ouvrait, des portières qui claquaient... Les voisins rentrent, je me suis dit.

— Comment elle va, la Méduse ?

— Je ne veux pas qu'un autre les approche... Je ne le supporterai pas, il a lâché soudain sans me regarder.

On pouvait maintenant sentir la tension entre nous. Toute la tension de la journée qui se condensait dans ces quelques mots jetés brusquement dans la banalité de cette fin de soirée. La voisine criait, appelait ses enfants, le mari fermait le garage...

Je n'ai pas répondu.

Il évitait toujours de me regarder.

— Tu as quelqu'un dans ta vie ?

— Non. Pas pour le moment.

Il s'est redressé et cette fois-ci m'a fixée droit dans les yeux.

— Je ne supporterai pas que mes enfants te voient avec un autre, qu'un autre leur donne des ordres, s'occupe d'eux... Je ne le supporterai pas.

— André, je ne vais pas vivre comme une nonne le reste de mes jours.

— Si tu ne veux pas que ce soit la guerre... il a dit d'une voix sourde, pleine de menaces.

— André, s'il te plaît, on ne va pas se disputer pour quelque chose qui n'existe pas.

— Mais ça risque d'exister, hein ?

Il était debout maintenant et me toisait. Il croyait m'impressionner, me faire peur. Je n'avais plus peur.

J'ai levé la tête vers lui.

— J'ai envie de vivre seule.

— T'as changé. T'es différente...

— Si tu m'avais enlevé les enfants, je crois que je serais devenue folle.

— Et moi alors ? il a hurlé. Comment je vais vivre maintenant ?

— Moi, je ne t'empêcherai pas de les voir. C'était cruel, ça. Vraiment cruel.

Je n'ai pas crié. J'avais décidé de rester calme.

— Mais tu vas te débrouiller comment ? Tu ne le sais même pas, je parie !

— Je vais m'organiser... J'ai un salaire.

— Mais comment tu vas faire, toute seule ?

— Comme des millions de femmes. Je ne suis pas la première.

— Ça ne va pas être facile.

— Peut-être.

— Tu préfères ça à vivre avec moi ?

— Oui.

— Tu ne m'aimes plus du tout alors ?

— Je ne veux plus vivre avec toi.

— C'est pas comme ça que je voyais la vie... Pas comme ça du tout.

— Moi, je ne la voyais pas du tout, la vie avant. J'avais 20 ans quand on s'est marié ! Est-ce qu'on sait ce qu'on fait à 20 ans ?

— Mais tu répétais tout le temps que tu m'aimais ! Comment veux-tu que je m'y retrouve, moi !

— Je sais. Je n'étais pas finie. C'était le brouillard dans ma tête et je me suis raccrochée à toi.

— C'est ça ! Et quand tu n'as plus besoin de moi, tu me jettes !

— Je ne te jette pas, André. Je te quitte. Je ne te jetterai jamais. On s'est trompé. On n'aurait jamais dû se marier ou faire des enfants ensemble. Mais on l'a fait. Ce n'est pas une raison pour continuer cette erreur plus longtemps.

— Et elle est comment la vie que tu veux mener ? Hein ? Qu'est-ce qu'elle a de si formidable ? Je t'offrais tout : une belle maison, un mari solide, fidèle, parce que moi je ne t'ai jamais trompée, jamais ! Tu ne peux pas en dire autant ! Pas de soucis ! Rien ! Alors, tu veux quoi ? Je vais te le dire, tu ne sais même pas ce que tu veux !

— Si je sais : je veux vivre autrement. Il s'est passé tant de choses, André, pendant cette année... Tant de choses... Je ne suis plus la même du tout et, toi, tu voudrais que je revienne, que je reprenne ma place derrière l'évier et que tout redevienne comme avant. C'est impossible, André. Impossible. Je ne sais pas ce qui m'attend, mais je préfère ça à ma petite vie d'autrefois avec, comme seul horizon, tes promotions et une nouvelle voiture ou une nouvelle maison. Ce n'est pas ta faute. Trouve-toi une fille gentille qui a les mêmes buts que toi et...

— Ça t'arrangerait, hein ? Tu te sentirais libre ?

— Je me sens déjà libre.

Il est allé vers le Frigidaire. S'est ouvert une bière et l'a bue appuyé contre le plan de travail. Il jouait avec la capsule et la faisait tourner entre ses doigts. La capsule est tombée, il s'est penché pour la ramasser et, en se relevant, s'est cogné la tête contre le coin du plan de travail.

— Et merde ! Et merde ! il a crié. Tu me fais chier, Doudou, tu me fais chier !

On n'avait plus rien à se dire. J'étais fatiguée. Je lui ai demandé si je pouvais aller dormir dans sa chambre comme il en était convenu. Il a fait signe que oui. Il est allé au salon sans rien dire. A allumé la télévision.

Je suis montée. Je me suis déshabillée et me suis couchée tout de suite. Je tombais de fatigue.

Dans la nuit, j'ai senti deux petits pieds contre ma jambe...

Puis deux autres...

Alice et Antoine étaient venus me rejoindre. On s'est serrés tous les trois les uns contre les autres. Sans rien dire et on s'est endormis dans le grand lit autrefois conjugal.

Le dimanche a été moins gai.

Nous sommes allés voir un match de foot dans le quartier. Il a fallu affronter les voisins, les regards curieux et alléchés. J'ai revu la Méduse. Elle était enceinte à nouveau. Je lui ai dit bonjour sans même lui en vouloir. André était nerveux. Il a égaré ses clés de voiture, marchait dans les flaques, se cognait partout. Il applaudissait à tout rompre dès qu'une équipe marquait un point. Il a plu. On est rentrés à la maison. Je suis montée avec les enfants dans leur chambre. On a joué aux marionnettes et Alice m'a dit qu'elle savait que j'allais revenir bientôt : les marionnettes l'avaient prévenue.

André regardait la télé dans le salon.

Je leur ai donné leur bain, les ai fait dîner. Les ai couchés.

André était toujours dans le salon.

Je les ai embrassés très fort et leur ai promis de venir les chercher dans vingt dodos. Ils m'ont fait promettre vingt fois de revenir. J'ai promis vingt fois. Je suis restée dans leur chambre jusqu'à ce qu'ils s'endorment. Je suis allée dire au revoir à André. Il n'a pas baissé le son de la télé. J'ai pris mon sac. J'ai fermé la porte et suis remontée dans la voiture.

Vingt dodos après, je suis revenue les chercher. Leurs affaires étaient prêtes. Les vélos, les draps, les couvertures, les manteaux d'hiver, les bottes en caoutchouc, l'épée du prince Philippe, les avions, les chars, les poupées et leur garde-robe. Tout se trouvait dans l'entrée, prêt à être enlevé. André était là. Avec sa mère. Elle m'a tendu la main sans desserrer les lèvres, puis est montée dans la chambre des enfants finir de ranger.

— Pourquoi lui as-tu dit de venir ? j'ai demandé à André.

— Je ne supportais pas l'idée de me retrouver tout seul, après. Je vais vendre la maison, me louer un appartement en ville. Il n'y a que des couples et des enfants, par ici...

Alice et Antoine étaient accrochés à moi et répétaient : on part en voyage, on part en voyage !

— Tu as des lits pour les enfants ? s'est inquiété André.

— Mais oui...

On a chargé la voiture. Ma belle-mère était toujours au premier étage.

— Je me demande ce qu'elle peut bien ranger, je n'ai pas pu m'empêcher de dire.

André a haussé les épaules. Puis l'a appelée.

— Non, non, ce n'est pas la peine, je lui ai dit. Je ne tiens pas spécialement à lui dire au revoir et elle non plus, je crois.

— Si. Écoute. Il y a quelque chose que je voudrais avant de partir. J'y tiens beaucoup.

J'ai eu peur, soudain. Il paraissait tendu, mal à l'aise. Comme s'il me préparait un mauvais coup. Son regard glissait sur le côté, et il se touchait les cheveux pour se donner une contenance. J'ai redouté une reculade de dernière minute. Le jugement définitif n'était pas encore prononcé et il pouvait encore demander un répit.

— Je voudrais que maman nous filme avec la caméra. Tous les quatre. Et que ce soit gai ! Tous les quatre ensemble... S'il te plaît !

Je l'ai regardé, ébahie.

— Mais qu'est-ce que tu en feras ?

— C'est pour montrer aux gens comme on était heureux ensemble. Pour que les enfants aient un souvenir plus tard...

— Un film !

— S'il te plaît. Ça ne te coûte rien et, pour moi...

J'ai rappelé les enfants qui étaient déjà installés dans la voiture. La mère d'André est descendue du premier étage. Elle devait être au courant car elle a pris la caméra sans rien dire. On s'est assis tous les quatre sur le canapé vert bouteille du salon et André nous a demandé de rire, de chahuter, de l'embrasser, de le prendre dans ses bras, tous ensemble. Cela a beaucoup amusé les enfants : ils se renversèrent sur leur père, l'embrassèrent, m'embrassèrent. Alice a pris mon visage et celui de son père et les a collés joue contre joue jusqu'à ce que je dépose un baiser sur la joue d'André. Alors celui-ci a passé son bras autour de mes épaules et a souri devant l'objectif de la caméra, devant le visage glacé et fermé de sa mère qui filmait, bien droite, sans bouger les pieds. Souris, m'a-t-il dit à l'oreille, je veux un beau souvenir. Alice a éclaté de rire, a mis une main sur chacune de nos têtes et nous a ébouriffé les cheveux. André a protesté, elle a continué de plus belle. Puis a tiré sur sa cravate. Antoine a dégainé son épée et nous a menacés. André m'a serrée plus fort pour me défendre du péril de l'épée et je me suis laissée aller contre lui. On s'est embrassés encore une fois devant la caméra qui tournait, qui tournait... et sa mère qui nous filmait, raide comme une statue, la bouche pincée.

— Tu es sûre qu'elle nous filme, j'ai chuchoté à André, prise d'un fou rire. À mon avis, elle doit cadrer nos pieds et nos chaussettes.

— Je t'aime, m'a dit André. Je vous aime tous les trois.

— Nous aussi on t'aime, ont crié les enfants.

Nous étions un couple heureux, sans histoires, qui s'aimait mais se séparait.

— Il n'y a plus de film, a dit ma belle-mère. C'est fini.

C'était fini.

Elle a posé la caméra. Nous a accompagnés à la voiture. A embrassé les enfants. A fait un effort pour me serrer la main. André m'a embrassée. Il m'a retenue un moment dans ses bras comme s'il allait me parler. J'attendais, ramassée contre lui. Nous n'avions jamais été aussi proches l'un de l'autre. Puis il m'a relâchée.

— Appelle-moi dès que vous êtes arrivés. Je vais me faire du souci. Et attention sur la route ! Sois prudente !

Il nous a dit au revoir longuement. Tout seul, planté là dans l'allée à agiter les manches de sa veste verte. Les enfants lui ont fait des signes de la main jusqu'à ce qu'ils ne le voient plus. J'ai agité la main aussi. Et puis j'ai mis mon clignotant et j'ai tourné. Le lotissement est devenu tout petit dans le rétroviseur. Plus il devenait petit, plus je me sentais forte et solide. J'ai empoigné le volant et j'ai poussé un grand cri de joie. Alice et Antoine ont échangé un regard inquiet dans le rétroviseur.

— C'est parce que je suis heureuse, je leur ai dit, je suis si heureuse. Il faut que ça sorte, tout ce bonheur...

Un jour, quand j'ai eu 17 bougies, maman m'a donné un gros dossier tout ficelé d'élastiques. Elle m'a dit : « Lis-le, on en parlera toutes les deux quand je reviendrai du cinéma. » Elle partait à la cinémathèque voir une rétrospective des films de Woody Allen, un vieux metteur en scène dont elle se vaporisait quand elle était jeune.

J'exagère, maman n'est pas auguste. On a fêté ses 39 ans, il y a deux semaines. Je lui pique ses vestes, elle me pique mes chausses. Elle dit que la mode n'a pas changé en vingt ans, qu'on a juste inventé de nouvelles matières, de nouveaux termes, c'est tout. Mais que sa génération à elle avait fait tout le boulot. On oublie toujours que sa maman a été jeune, qu'elle a été amoureuse, qu'elle a eu une vie avant nous. Pour Antoine et moi, maman, c'est maman. Ce n'est pas Doudou.

J'ai ouvert l'énorme dossier et une quantité d'enveloppes jaunes s'en est échappée. Sur chaque enveloppe était marqué un nom : Doudou, Christian, Anita, Mamou, Maman, Fernande, Guillaume, André. André, c'est mon père. J'ai failli ouvrir celle-là en premier mais elle m'avait bien recommandé de suivre l'ordre des enveloppes. Trois fois, elle a dû me le dire en pointant son doigt sur moi. Une manie qu'elle a.

J'ai tout lu. D'un coup. J'avais les mains qui tremblaient et les feuillets éparpillés sur mes genoux. J'ai pleuré beaucoup. J'ai ri aussi. Quand elle raconte ses vacances avec Antoine et moi à la mer... Quel astrolabe !

J'ai pas vraiment été choquée, non... parce que, avec maman, on parle beaucoup. Et de tout. Elle dit que l'amour, elle ne sait pas vraiment ce que c'est, qu'il y a des gens qui y croient, d'autres pas. Et qu'elle, après vingt ans d'essais, elle n'a pas encore réussi une transformation. Que papa est un type bien, un peu amidonné mais correct.

Qu'il n'était pas fait pour elle.

Les autres, non plus, d'ailleurs, elle ajoute en riant. Il y en a eu des passagers dans la vie de maman, je le sais, mais pas un qui ait posé sa malle à la maison. Elle les éjectait avant. Je crois qu'elle tenait trop à son indépendance. Elle peut être maniaque, parfois. Maniaque et ritournelle !

Elle répète sans arrêt, par exemple, que, pour s'en sortir, il ne faut dépendre de personne. C'est une rengaine chez elle ! Et pour ne pas être dépendante, elle ajoute : il faut avoir confiance en soi, il faut s'aimer.

— Mais comment on fait pour s'aimer ? je lui demandais toujours, énervée.

— D'abord, tu prends tout l'amour qu'on te donne et, ensuite, avec cet amour-là, tu te construis brique par brique. Comme une maison. C'est l'amour qui fait tenir debout.

Quand on était petits et qu'on faisait des bêtises, Antoine et moi, je me souviens, elle nous expliquait : « Je t'aime toujours mais je n'aime pas ce que tu viens de faire. » Pour que la bêtise n'efface pas tout l'amour qu'elle avait pour nous. Que le monde ne devienne pas tout à coup guerrier et froid et qu'on se sente abandonnés. Un enfant, on y entre comme dans un moulin, elle serinait encore. Moi, je n'ai jamais voulu entrer chez vous, j'ai toujours frappé d'abord. Correct, mère, correct. Pas de reprenette à faire. J'ai compris pourquoi elle tenait tant à son idée de confiance en soi et d'amour en lisant les grosses enveloppes jaunes. Elle n'en avait pas reçu beaucoup, elle, d'amour. Ou alors du tout tordu comme celui de Christian.

Complètement fil de fer, le cousin ! Et envahissant avec ça, un vrai lierre !

Quand je suis arrivée à la scène d'amour sur la poubelle, le jour de son mariage, j'ai sauté des pages. C'était du malheur qui me tombait en paquet sur la tête. Je me suis dit que j'étais périmée d'avance, moi, avec une histoire comme ça en préambule !

Pauvre papa ! Il éclipsait loin derrière. Pour papa, la vie est toute simple : sa maison, son boulot, sa voiture, sa femme. Il n'est pas bête, attention ! Mais il n'est pas fil de fer, c'est tout.

Tandis que maman...

Son histoire avec Christian. J'étais vraiment basse, après l'avoir lue. C'est ce que j'ai eu le plus de mal à avaler.

Je crois qu'il s'est laissé mourir en prison. Il n'a pas insisté beaucoup pour durer. J'étais toute petite mais, un jour, j'ai vu maman pleurer, assise sur un tabouret dans la cuisine. Elle venait d'apprendre que Christian était mort. Elle m'a dit que c'était un cousin, que c'était son frère, bref qu'elle m'expliquerait plus tard quand je serais grande. Elle m'a dit aussi qu'elle était en berne et que, si elle piétinait pendant quelque temps, il ne faudrait pas lui en vouloir. Mamou, aussi, est morte. J'aurais bien aimé la connaître davantage. Maman nous en parle souvent, et c'est comme si elle était toujours là avec nous. Elle s'est fait renverser par une voiture. Un chauffard. C'était avant la Loi des Lois. Avant qu'on bride les moteurs à cinquante à l'heure. Il n'y avait que ça pour arrêter le massacre sur les routes. Moi, j'ai voté pour. C'était la première fois que je déposais le bulletin, j'avais 16 ans et j'ai fait la fière. Antoine n'avait pas encore l'âge de voter et il voulait s'assurer que mon vote serait le bon. Parce qu'il y mettait sa colère lui aussi. Fernande, elle, est descendue dans la rue pour bouillonner contre les chauffards. Tatie, elle m'emporte. Elle râle tout le temps contre les constructions dans le Midi, la pollution de la blue water et la disparition des poissons, mais c'est une solide. Elle nous a appris à faire notre pain, à sculpter du bois, elle a planté des arbres pour nous : on a chacun notre figuier à Carry. Le mien n'a pas donné de figues pendant cinq ans alors que celui d'Antoine croulait sous les fruits. Je donnais des coups de pied, en cachette, dans le figuier, quand Tatie avait le dos tourné. Elle prétend qu'il faut leur parler aux arbres ! Les coups de pied, c'est une manière de parler aussi.

Maman, elle nous a jamais interdit les colères. Bien au contraire. Elle disait que ça formait le caractère, même si elle ne voulait pas y assister. On allait dans les toilettes piquer nos cramoisies et, quand on en avait fini, on ressortait. On faisait la paix, elle nous embrassait et on n'en parlait plus.

Le père de maman, il n'est jamais revenu. Ça, c'est un vrai mystère. Je suis sûre que ça la virevolte, maman, cette histoire. Elle n'en parle jamais. C'est comme un trésor de guerre qu'elle garde tout au fond de son cœur. Mais je surprends quelquefois son regard vague, un regard de petite fille en manque qui scrute le ciel. Ils m'étripent ces regards, j'ai envie de la rouler dans mes bras mais c'est son regret à elle et j'y peux rien. C'est un sacré trou dans sa vie et il n'y a que cet homme-là, ce disparu, qui peut le combler. Tout le reste est saccharine à côté.

La Méduse, je m'en souviens bien. Sa fin a été tragique. On l'a lue dans le journal. Une nuit, elle a pris la voiture de son mari et a fait le tour des fermes en abattant tous les veaux. Parce que les veaux émettent du méthane en rotant : 80 millions de tonnes de méthane par an ! Et elle ne supportait plus cette pollution supplémentaire. C'est un fermier qui l'a surprise alors qu'elle mettait en joue son dernier veau. Elle a retourné l'arme contre elle.

Guillaume, c'est mon préféré dans l'histoire. Le seul qui aime vraiment maman, si vous ouvrez bien vos mirettes. Au début, il venait nous voir. Puis il s'est marié, et sa femme a pris maman dans le nez. Alors il nous envoie des cartes postales pour Noël, pleines de paillettes dorées. Je sais qu'il dîne avec maman de temps en temps. En cachette.

Anita est toujours la meilleure amie de maman. Elle est basse, celle-là, extrêmement basse. Elle a fini par épouser son Président mais il n'est jamais devenu Président. À peine député. Et encore... Il a vite été coulé par un scandale financier. Aujourd'hui, elle se mange l'humeur dans son immense appartement, avenue Montaigne, avec son old gringo, aigri et ronchon, prostate sur un tas d'or. Elle ne le supporte plus. Elle vient à la maison et gémit du nez. Puis repart faire des shopi-nettes. Elle se console en dépensant. Elle le reconnaît, d'ailleurs ! Elle ne peut même pas s'escasser, elle perdrait trop d'argent d'un coup ! Moi, je ne la trouve pas bioutifulle du tout. Elle porte toujours ses cheveux noirs répandus sur les épaules. Elle date ! Maman m'assure que c'était une étoile quand elle l'a connue. J'ai du mal à la croire. Il paraît que, la première fois qu'elle nous a vus, elle a demandé à maman comment il fallait nous parler.

— Ben... comme à des êtres humains, a répondu maman en riant.

— Tu veux dire qu'ils comprennent si je leur parle normalement !

Quelle crétinabulle, celle-là ! Mais maman l'aime bien. Elle dit qu'elle fait partie de son histoire. Maintenant, je comprends mieux. Je n'ai plus le même point de vue sur elle.

Mon autre grand-mère, la mère de maman, elle nous gelait l'orteil. Il faut reconnaître qu'on n'avait pas le temps de s'habituer : à peine on arrivait chez elle qu'on repartait. On râlait, Antoine et moi, parce qu'il fallait se rembobiner les manteaux et les bonnets. À la fin, on ne voulait plus se déshabiller. Basse, l'aïeule, basse ! Toujours à lui faire des reproches à maman ! À parler du passé. Maman endurait un moment, puis frappait des mains en disant : c'est l'heure, les enfants... et on levait le camp. Elle est morte, il y a deux ans, d'une attaque cérébrale. En ouvrant la fenêtre. Elle a dû tirer trop fort et paf ! un vaisseau a pété dans le cerveau. Elle a été effacée aussitôt. Maman n'a pas eu l'air trop triste. Elle m'a expliqué qu'elle ne voulait pas faire semblant, qu'il y avait un grave contentieux entre elles deux, et c'est là qu'elle m'a parlé pour la première fois des enveloppes jaunes. Elle m'a promis de me les donner à lire quand le moment serait venu.

Quand elle a eu sa période noire, au moment de son divorce, elle s'est mise à écrire, à écrire, et elle a demandé à tous les gens autour d'elle, qui participaient à son histoire, d'écrire aussi. Comme quand on joue au cadavre exquis, elle m'a dit. Je ne connaissais pas cette estourbe-là et elle m'a expliqué. Chacun écrit un mot ou un bout de phrase sur un papier, plie le papier et le fait passer au suivant qui gribouille à son tour. Maman, elle, elle écrivait un bout de son histoire et, après, elle faisait passer et quelqu'un d'autre prenait la relève. À mon avis, il y en a qui ont triché et qui ont lu ce qui était caché.

Maman n'a pas triché. Elle a attendu que tout le monde y soit allé de sa petite lambinette et, un jour, elle m'a raconté, quand elle s'est sentie assez costaud, elle a ouvert les enveloppes et a tout lu sans crier pause. Ça lui a fichu un coup sur la girafe, je crois. Mais après, elle s'est sentie légère comme un duvet crevé. Elle était encore plus convaincue qu'il faut tout se dire, rien se cacher, et qu'il n'y a pas pire rongeur que le secret.

— Pas de terribles secrets entre nous, elle nous a fait jurer, que des petits secrets légers, des barbes à papa qu'on garde pour soi pour mieux se pourlécher les babines.

Maman adore les mots. Antoine aussi. Il en invente sans arrêt de nouveaux. On a tout un vocabulaire à nous trois. On appelle ça le vocabalai.

Elle a voulu que je lise à mon tour pour que je comprenne que la vie n'a pas toujours l'air de ce qu'elle est. Qu'il faut être indulgent avec les gens, ne pas les juger quand on ne sait pas ce qu'ils ont enduré.

Papa s'est remarié. Cinq ans après son divorce. Elle s'appelle Annie, sa femme. « C'est un brave

bout, dit Antoine, qui lutte pour faire un plus un. »
Elle travaille aux impôts et ne contrarie jamais
papa. Nous non plus, d'ailleurs. Elle n'a jamais
essayé de jouer à la maman. Elle est très contrite
car ils n'arrivent pas à avoir de petits bouts. Elle
a tout essayé : de l'embryon congelé, conservé
trois semaines, à la stimulation électronique avec
lâcher d'œufs dans l'utérus. Rien n'y fait. Elle est
au courant de toutes les nouvelles techniques et
feuillette les revues médicales comme d'autres les
magazines ! Papa, lui, je crois qu'il s'en tapisse. Il
ne palpite qu'à son boulot. Grâce à lui, Antoine et
moi, on a toujours le dernier ordinateur qui vient
de sortir et on se régale. Il s'occupe aussi de jeux
vidéo, de programmes sophistiqués, de connexions
inter-machines. Moi je n'y comprends rien, mais
Antoine bidouille comme un fou. Maman dit que
ça rend autiste tous ces circuits imprimés. Maman
peut être très péremptoire, et c'est pour ça qu'elle
n'a jamais réussi à vivre avec quelqu'un. Avec nous,
ça va, parce qu'elle tend l'oreille. Elle est vraiment
attentionnée. Mais les pauvres hommes qui ont
tenté l'aventure, elle leur a gâté la promenade ! Ils
ont vite redescendu la falaise. Papa, ça le console :
il n'est pas le seul à avoir échoué avec elle.

— Votre mère, il nous dit toujours, c'est une
énigme pour moi.

— Forcément, j'ergote, elle va à mille à l'heure
et, toi, tu méticulises.

— La vitesse n'est pas une qualité, il répond,
vexé.

— Mais toi, tu ne l'as jamais regardée. Tu ne savais même pas à qui tu parlais. Il n'y a pas pire que le missionnaire hébété !

Après je m'arrête. Quand je m'emporte, je lui bloque ses effets. Il est lent, papa, très lent. Je préfère ne pas trop parler de maman avec lui parce qu'on n'est jamais d'accord. Et puis, je l'aime bien. Il ne nous a jamais laissés tomber. J'en vois tant de coppertines autour de moi dont les parents ont lâché les cordes. Je me dis que j'ai de la chance.

Au début, quand on est arrivés à Paris, il nous a beaucoup aidés. Maman avait un boulot de vendeuse et du mal à suivre. Ce n'est que bien plus tard qu'elle a trouvé cet emploi comme rédactrice de dictionnaire chez Larousse. Elle se mandarine. Comme nous avec les ordinateurs. Pour la faire enrager, je lui dis que c'est le gouffre des générations. Elle patauge dans l'encre et, nous, on a les doigts propres. Elle hausse les épaules et soupire : « Pauvre crétinabulle ! »

Elle n'en pense pas une mouillette, je vous rassure. Elle se ferait hacher le menuet pour nous.

Quand elle est rentrée du cinéma, elle avait l'air bien embarrassé, emmitouflée dans son écharpe. Elle a frappé à la porte de ma chambre et a murmuré :

— Alors, ma limace chérie...

Je l'ai regardée, j'ai mis l'index sur ma tempe, puis j'ai frappé mon cœur.

— Barjo, la compagnie !

Elle a eu l'air inquiet. Je l'ai prise dans mes bras et on a roulé sur mon lit.

— T'es sûre, elle m'a demandé, tu ne m'en veux pas ? Parce que je vous ai aimés tout le temps, tout le temps. Tu le sais, ça ?

— Bien sûr, grosse Panzani, je lui ai dit. Je le sais, et depuis le début, que tu nous aimes. T'avais pas besoin de me filer ta littérature pour me convaincre !

Tu te rappelles ? je lui ai dit pour lui soigner l'inquiétude... Tu te rappelles... au début, quand on dormait tous les trois dans la même chambre, le même lit, et que papa venait nous voir. Il faisait le tour des lieux et déclarait notre installation « précaire ». Il détaillait chaque couteau, chaque fourchette, chaque petite cuillère, comme si tu allais nous empoisonner.

Tu te rappelles le grand brun que tu as balourdé devant nous parce qu'il avait osé me donner un ordre ? Et la maîtresse à qui tu as tenu tête tout un trimestre parce qu'elle voulait me faire écrire de la main droite ?

Tu te rappelles ?

Elle se souvient de tout. Elle tient un gros cahier où elle note tous les détails. On l'appelle la Bible. Quand on a un doute, on le consulte. Parce que la mémoire, j'ai remarqué, elle enregistre différemment selon les gens. Finalement, je lui ai posé la question à cent mille francs.

— Pourquoi tu m'as fait lire tout ça aujourd'hui ?

— Pour que tu comprennes un peu la vie. Que tu ne te maries pas avec le premier garçon venu. T'es grande maintenant, ma limaçonne. Ça prend du temps de savoir qui on est. Mais c'est aussi intéressant que de tomber amoureuse. Ça commence par de toutes petites choses comme de savoir rester seule le soir, de poser une étagère sans demander à personne de t'aider, de faire une recette de cuisine avec patience, de payer un loyer, des assurances et toutes les notes.

J'ai soupiré.

— C'est de la sueur, c'est sûr !

Elle a ri.

— Et c'est jamais gagné, elle a ajouté, il m'arrive encore de rêver à l'homme qui me prendra dans ses bras et me protégera. Mais j'ai maintenant une petite voix intérieure qui crie « stop ! » et qui remet les choses à leur place.

— Ah ! Ah ! T'es pas sortie du puits !

— Non mais je sais une chose aujourd'hui : je voudrais être son amie avant de tomber amoureuse.

— Ça, c'est garanti. Je vais pas attendre 39 bougies pour le comprendre.

Après, on n'a plus rien dit.

On s'est recueillies dans les bras l'une de l'autre. On a fait pommes et poires dans l'armoire. J'avais encore de nombreuses questions à lui poser mais je ne voulais pas gâcher ce moment-là. Comme dit Tatie, dans son enveloppe, quand l'amour passe, pour une seconde, pour une minute, il faut lui serrer la cravate et en profiter.

C'est ce qu'on a fait ce jour-là.

DANS LA MÊME COLLECTION

Uris Leon, *Exodus*
Verdun Jean, *La franc-maçonne du Luberon*
Vincenot Henri, *La Billebaude*
Williamson Penelope, *La passion d'Emma*

Mise en pages :
Patrick Leleux PAO
14000 Caen

Cet ouvrage a été imprimé par

à Saint-Amand-Montrond (Cher)
en juin 2016

Dépôt légal : juillet 2016
N° d'impression : 2020789

ISBN : 978-2-36559-162-1

Imprimé en France